Das Buch

Karoline Wolf, die gerade eine schmerzhafte Trennung verwinden muss, erhält den Auftrag, für ihre Dresdner Zeitung einen Enthüllungsartikel über den ehemaligen Kriegsberichterstatter und Fotografen Thomas Reuter zu schreiben. Die Gründe für das plötzliche Ende seiner erfolgreichen Karriere wurden nämlich nie vollständig bekannt; man weiß lediglich, dass er nun zurückgezogen auf der Ostseeinsel Hiddensee lebt. Als Karoline auf der Insel ankommt, ist sie sofort vom Charme der kleinen Orte und von der Schönheit der Landschaft bezaubert. Der misstrauische Thomas Reuter lässt die ersten Interviewversuche jedoch scheitern. Er will nicht, dass etwas über sein Leben in die Öffentlichkeit dringt. Erst mit Hilfe des kleinen Pit gewinnt Karoline sein Vertrauen, und als sie Thomas bewegende Geschichte erfährt, beschließt sie, den Artikel nicht zu schreiben. Doch ihr Chef will auf die Sensationsgeschichte nicht verzichten …

Die Autorin

Christine Lehmann wurde 1958 in Genf geboren und lebt seit 1963 in Stuttgart. Sie promovierte in Vergleichender Literaturwissenschaft und arbeitet als Nachrichtenredakteurin im SWR-Hörfunk. Als Autorin veröffentlichte sie Artikel, Essays, Sachbücher und Kurzgeschichten sowie vier Kriminalromane.

CHRISTINE LEHMANN

DER BERNSTEINFISCHER

Roman

WILHELM HEYNE VERLAG
MÜNCHEN

HEYNE ALLGEMEINE REIHE
Nr. 01/13329

Umwelthinweis:
Dieses Buch wurde auf chlor- und säurefreiem Papier gedruckt.

Redaktion: Birgit Groll

Originalausgabe 5/2001

Printed in Germany 2001
Umschlagillustration: IFA-Bilderteam/Nicos
Umschlaggestaltung: Nele Schütz Design, München
Satz: Buch-Werkstatt GmbH, Bad Aibling
Druck und Bindung: Elsnerdruck, Berlin

ISBN: 3-453-18936-1
http://www.heyne.de

1

Der Wind trieb die Wolken über die Insel hinweg aufs Festland zu. Tom blickte vom Leuchtturm übers Meer. Unterhalb der Steilküste rauschte die See auf den Geröllstreifen. Möwen kreischten und schaukelten auf dem Wind, und wieder einmal hatte Tom das Gefühl, am Ende der Welt zu sein. Hier hörte sein Lebensweg auf, brach ab, wurde vom Meer weggespült.

Tom nahm die Zügel seines sandfarbenen Ponys, das er für den Streifzug über die Insel mit Stativ und Kameratasche beladen hatte, und wandte sich auf den Pfad gen Norden.

Es war ein glänzender Septembertag. Windzerzauste Bäume duckten sich in die Senken zwischen kahlen Hügeln, das trockene Gras zitterte im Wind. Das Pony schritt trittsicher über die schmalen sandigen Pfade des Dornbuschs, die bergauf, bergab an der Steilküste entlang zum Toten Kerl führten. Gras und Wurzeln knackten unter den unbeschlagenen Hufen Lizzys, und bald ließ Tom den Leuchtturm hinter sich. Jenseits der Steilküste hörte er das Meer rauschen. Ein paar Wolken hingen im blauen Himmel.

Tom liebte es, allein mit dem Pony und dem Wind über die Insel zu streifen. Er bewegte sich mit der Leichtigkeit eines Menschen, der sich seiner körperlichen Fähigkeiten sicher ist. Der Wind raufte ihm das strohblonde Haar, und in seinem hageren Gesicht leuchtete ein Paar scharfer blauer Augen. In seinen Gesichtszügen spiegelten sich die Stille des Lebens, das er führte, und die Härte einer bewegten Vergangenheit. Hätte er sich jemals mit seiner Wirkung auf andere beschäftigt, oder wäre er eitel gewesen, so hätte ihn sein athletischer

Wuchs vielleicht mit Stolz erfüllt. Aber er schätzte an sich nur, dass er sich auf seine Ausdauer und Entschlossenheit verlassen konnte. Seine einstige selbstbewusste Reaktionsschnelligkeit allerdings hatte er verloren, und darum fühlte er sich unsicher, wenn er es mit anderen Menschen zu tun hatte.

Als Pferd und Mann eine Senke am Swantewitberg erreicht hatten, band Tom Lizzy an einem Baum fest und nahm die Kamera aus dem Packsattel. Er hatte vor einigen Tagen im Wurzelwerk eines Buschs ein Ameisennest entdeckt. Um welche Art von Ameisen es sich handelte, würde er später bestimmen. Jetzt kam es darauf an, im Sucher seiner Kamera eine Struktur im Gewusel winziger rötlichschwarzer Leiber zu entdecken. Tom legte sich quer über den Weg auf den Boden. Als erfahrener Fotograf achtete er dabei automatisch auf viele Kleinigkeiten. Die Sonne durfte nicht ins Objektiv fallen, sein eigener Schatten das Objekt nicht verdunkeln. In aller Ruhe robbte er sich an das Ameisennest heran. Die kleinen Ameisenleiber funkelten rotbraun zwischen kristallin blitzenden Sandkörnern und graubraunen Zweigstückchen.

In Toms Seele kehrte absolute Ruhe ein. Er konnte stundenlang lauern, bis er auf den Auslöser drückte. Die Leidenschaft des Fotografen verwandelte sich in absolute Geduld. Tom vergaß die Welt um sich herum und nahm von Sonne und Wind nur wahr, was sich als Licht und Schatten durch das kleine Rechteck seines Suchers bewegte.

Wäre er nicht so absorbiert gewesen, hätte er vielleicht gehört, dass sich jenseits des Hügels, an dessen Fuß er lag, etwas oder jemand näherte. Lizzy hatte längst die Ohren gespitzt und starrte in Richtung des Leuchtturms. Aber Tom war vollständig auf die winzige Welt der Ameisen am Strunk des Buschs konzentriert. Es gab keinen Grund für ihn, mit bösen Überraschungen zu rechnen. Im Herbst waren wenig Gäste auf der Insel. Gewöhnlich hatte Tom an so einem Morgen den Norden der Insel ganz für sich allein.

Der kleine Pit war vor einer Stunde mit seinem roten Fahrrad von Zuhause aufgebrochen und in der Windstille hinterm Deich von Vitte nach Kloster geradelt. Das Fahrrad hatte ihm sein Vater zum fünften Geburtstag geschenkt. Den ganzen Sommer über hatte Pit damit seinen Aktionsradius erweitert. Allerdings hatte seine Mutter ihm verboten, alleine auf den Dornbusch zu radeln. Doch als Pit hinter Kloster die sonnigen Hügel sah und den glatten Weg vor sich, der zum Leuchtturm hinauf führte, konnte er nicht widerstehen. Die Wege da oben waren schön für einen kleinen Jungen und sein Fahrrad. Man konnte mit Schwung in eine Senke rasen, drüben wieder hinauf, über die Kuppe fliegen, hinein in den Himmel, und erneut in eine Senke sausen. Und immer gab es noch eine Herausforderung, noch einen Hügel, noch einen Kitzel, nicht zu wissen, wie der Weg hinter der Kuppe weiter ging.

Pit vergaß alle Verbote und die Strecke, die er bereits zurück gelegt hatte, umrundete den Leuchtturm und nahm den ersten Hügel in Angriff, dann den zweiten und dann den dritten. Der Schwung trug ihn zur Hälfte den Anstieg hinauf. Dann musste er sich in die Pedale werfen. Das Hinterrad drehte hohl im Sand. Aber er schaffte es und warf sich auf den Sandpfad jenseits der Kuppe.

Da sah er das sandfarbene Pony mit gespitzten Ohren unten am Baum stehen. Wo dieses Pony war, war auch der Mann mit der Kamera, ein Mann, dem Pit auf dem Dornbusch nicht begegnen durfte. Denn er sprach ab und zu mit Mama und wusste, dass sie ihm verboten hatte, hier herum zu radeln.

Da lag er, unten quer über dem Weg.

Aber es war schon alles zu spät. Pit trat in die Pedale, um zu bremsen, aber er schlitterte in einem Schwall von Sand den tief ausgetretenen Pfad hinab, unaufhaltsam. Er sah, wie der Mann aufblickte und den Arm schützend hob, sah diese eisigen blauen Augen.

Das Fahrrad stoppte in Toms Rippen. Es überschlug sich. Pit hagelte über Tom hinweg und kugelte in die Senke. Das Fahrrad sauste hinterher. Die Kamera flog Tom aus der Hand und knallte ins Ameisennest.

Das Pferd scheute, riss den Kopf hoch, wieherte und wich gegen den Baum aus, als ihm das Fahrrad gegen die Fesseln schlitterte. Auf seinem Packsattel zerkrachte etwas.

Pit war auf den Füßen, schneller als er begriff, was geschehen war. Blitzschnell sondierte er seine Lage. Das Fahrrad lag dem Pony vor den Hufen, Tom versperrte ihm den Fluchtweg nach Hause und stand eben auf, ein großer breitschultriger Mann in schwarzer Lederjacke mit fürchterlich kalten und brutalen Augen. Im nächsten Moment würde er ihn schnappen und festhalten. Und was dann geschehen würde, wagte Pit sich nicht auszumalen. Er befand sich in Lebensgefahr.

Pit riss sein Fahrrad an sich. Das Pony scheute noch einmal, und erneut knirschte der Packsattel am Baumstamm.

»Langsam, Pit«, sagte Tom und streckte die Hand aus.

Der kleine Junge sah seine Zähne zwischen den Lippen blitzen, die mordlustigen Augen ganz nah, und sprang auf sein Fahrrad. Ohne sich zu besinnen, warf er sich auf die abschüssige Wiese und raste mit schlingerndem Vorderrad in halsbrecherischem Tempo querfeldein zwischen den Hügeln hinab. Im Augenwinkel sah er, dass Tom ihm hinterher sprang, schließlich aber zurückblieb. Dann war er endlich hinter einer Hügelkuppe außer Sicht.

›Als ob ich ihn auffressen würde‹, dachte Tom. Er blieb so lange auf der abschüssigen Trockenwiese stehen, bis er sehen konnte, dass Pit den Leuchtturmweg erreicht hatte, der nach Kloster hinabführte. Die Rippe, die mit Pits Fahrrad in Kontakt gekommen war, tat ihm weh, als er sich umwandte, um wieder zu dem Pfad hinauf zu steigen, auf dem sich der Unfall ereignet hatte. Lizzy blickte ihm fast verlegen entgegen.

»Das war nur Pit Eilers, der Sohn von Marina und Gert«, sagte er, dem Pony beruhigend auf den Hals klopfend.

Lizzy schüttelte Kopf und Mähne.

Auf dem Packsattel war das Stativ verbogen. Die Teleskopbeine krümmten sich in alle Richtungen.

Tom wandte sich dem Busch zu und klaubte seine Kamera aus dem Ameisennest. Ameisen rasten darauf herum und liefen ihm in Panik den Arm hinauf. Das Objektiv war aus dem Verschluss geknackt. Aus der empfindlichen Spiegelreflexmechanik rieselte der Sand. Diese Kamera war nicht mehr zu retten.

Tom ertappte sich dabei, wie er den aufgewühlten Sand in der Senke mit den Augen nach Blutspuren absuchte. »Himmel!«, dachte er beschämt. Immer noch der alte Blick des Kriegsberichterstatters, und das nach vier Jahren auf der Insel. Dabei war hier nur ein fünfjähriger Junge in den Sand gefallen, weil er nicht aufgepasst hatte. Kinder taten sich bei solchen Stürzen nicht so weh wie Erwachsene. Trotzdem wäre ihm wohler gewesen, wenn er sich hätte vergewissern können, dass Pit sich nicht ernstlich verletzt hatte.

Er verstaute die Trümmer seiner Kamera in Lizzys Packtasche und zog die zweite Kamera heraus. Sie lag glatt und kühl in seiner Hand. Das dunkel schillernde Objektiv linste ihn fragend an. Tom ließ seinen Blick über das wellige Land schweifen, das sanft zum Bodden abfiel. Das Wasser zwischen Hiddensee und Rügen leuchtete frisch und dunkelblau.

Dann steckte er die Kamera zurück in die Packtasche und band Lizzy vom Baum los. Die Ameisen mussten ihr Nest reparieren, und er hatte ja doch keine Ruhe mehr, ehe er nicht mit Marina geredet hatte.

Es war nicht das erste Mal gewesen, dass er den Jungen offensichtlich zu Tode erschreckt hatte. Seitdem er ihn im Sommer allein an der Steilküste der Hucke aufgestöbert hatte, rannte Pit nur noch vor ihm davon. Tom hatte damals Marina nichts davon erzählt, wo sich Pit herumtrieb, wenn er mit dem Fahrrad unterwegs war. Aber er wusste, dass Marina Pit verboten hatte, alleine auf den Dornbusch zu fahren. Wie jede Mutter machte sie sich Sorgen, dass ihrem Sprössling etwas passieren könnte.

Andererseits wollte Tom den Kleinen nicht bei seiner Mutter verpetzen. Pit war ein seltsamer Junge. Er war scheu und still und schien sich nur in sicherer Entfernung von Fremden wohl zu fühlen. Sein Mund wurde zu einem Strich und sein kleines Gesicht verhärtete sich, wenn man ihn tadelte. Mit seinem feinen Auge für Ungereimtheiten hatte Tom längst bemerkt, dass Pit Angst vor Menschen hatte.

Nachdenklich wandte er sich Richtung Swantewitschlucht und bog hinter dem Leuchtturm auf den Weg ins Innere der Insel ab.

Er hatte sich vor vier Jahren das Haus am Hexenberg gekauft. Es stand allein hinter dem Hügel auf halbem Weg vom Leuchtturm nach Kloster.

Dort sattelte Tom erst einmal Lizzy ab und stellte sie auf die kleine Koppel hinterm Haus. Er besaß kein Telefon, darum konnte er Marina in Vitte nicht einfach anrufen und sich nach Pit erkundigen. Also schwang er sich aufs Fahrrad.

In Kloster begegneten ihm die ersten Menschen, die er außer Pit an diesem Morgen gesehen hatte, Touristen, die sich vor dem Gerhart-Hauptmann-Museum versammelten. Die Inselkirche war von einem Gerüst umgeben.

Tom schrie dem alten Fischer Jupp sein »Moin, Moin« zu und bog auf den windgeschützten Weg am Westdeich entlang ein. Von Kloster bis Vitte, dem Hauptort der Insel, waren es gut zwei Kilometer.

Hinter dem Deich rauschte die Ostsee. In seinem ersten einsamsten und schwersten Jahr auf der Hiddensee hatte Tom vor allem das Meer mit seiner Kamera studiert. Er kannte all seine Gesichter, den zarten Schaum, die wütende Gischt, das dunkle Flaschengrün des Sturms, das Blau des Friedens. Am meisten hatte ihn jedoch der Horizont interessiert, die Linie zwischen Himmel und Erde, mal wie mit dem Lineal gezogen, dann wieder im Dunst verwischt und immer unerreichbar. Wer sich aufs Meer begab, erreichte sie genauso wenig wie er, der am Strand stand und das Objektiv in die Ferne richtete. Doch kam er sich hier wie jemand vor, der auf einer Insel gefangen war und sich auf das beschränken musste, was er am Strand fand: Muscheln, Bernstein, Treibholz, Kanister; Boten einer widersprüchlichen Welt, aus der er sich verabschiedet hatte.

Marina und Gert Eilers waren vor gut zwei Jahren mit dem kleinen Pit auf die Insel gekommen. Damals wurde am Dornbusch gerade die Wetterstation eingerichtet. Gert war Meteorologe. Tom war einer der Ersten gewesen, die neugierig bei ihm angeklopft hatten. Gert lud ihn dann in das kleine alte Fischerhaus ein, das er mit seiner Frau und Pit in Vitte bewohnte. Dort sah Tom die schöne Marina zum ersten Mal mit dem noch nicht ganz dreijährigen Pit am Rockzipfel.

Marina kam ihm immer vor wie eine wunderbare Blüte an der Seite des etwas struppigen Gert. Sie war schlank, wirkte fast zerbrechlich. Aus ihren großen graublauen Augen sprachen Verständnis und der Wunsch nach Freundschaft. Blondes Haar floß ihr wie Messing über Schultern und Rücken.

Als Tom vom Hauptweg in die sandige Straße einbog, an der die Eilers wohnten, kam ihm Marina in einem geblümten Kleid und einer Jeansjacke darüber entgegen. Der Wind spielte mit dem Rock. In einer Hand trug sie eine Einkaufstasche. An der anderen ging Pit.

Doch kaum bog Tom um die Ecke, riss der Junge sich los, kehrte um und rannte zum Haus zurück.

Marina blickte ihm verdutzt hinterher und wandte sich dann mit einem verlegenen Lachen Tom zu, der mit seinem Fahrrad bei ihr bremste und abstieg.

»Hallo Tom. Was Pit nur wieder hat. Es sieht ja geradezu so aus, als habe er Angst vor dir.«

»Kleine Jungs leben in ihrer eigenen Welt«, erwiderte Tom. »Mach dir keine Sorgen. Ihm geht es gut, ja?«

»Abgesehen davon, dass er eben mit einem aufgeschürften Knie heimgekommen ist. Aber er will mir wieder mal nicht sagen, was passiert ist. Und, was machst du hier?«

»Ich … äh…« Tom hatte, kaum, dass er in Marinas argloses Gesicht geblickt hatte, beschlossen, ihr nichts von seiner Begegnung mit Pit auf dem Dornbusch zu erzählen. Er wollte Pit nicht in den Rücken fallen und Marina nicht ängstigen. Und auf die zerstörte Kamera und das kaputte Stativ kam es ihm nicht an. Doch nun konnte er seine Anwesenheit nicht erklären.

Marina lächelte. »Na, hast du Lust auf einen Kaffee?«

»Du bist doch gerade auf dem Weg zum Einkaufen.«

»Oh, das hat Zeit. Ich habe den ganzen Tag Zeit einzukaufen. Aber, wenn du etwas anderes vorhast …«

Sie musterte den Mann, der da in seiner abgeschabten Lederjacke vor ihr stand, die Brauen leicht zusammengezogen, die strohblonden Haare etwas vom Wind zerrauft. Tom war immer unschlüssig, fand sie, ein eigenartig zurückhaltender Mann, der ungern sich selbst in den Mittelpunkt stellte, dafür aber umso mehr Anteil nahm an dem, was sie, Pit und Gert betraf. Ein guter Freund, aber einer, der hinter seinen so oft gesenkten Lidern ein Problem verbarg, das Marina zu ahnen meinte, wenn er sie ansah, intensiv und … liebevoll.

Im ersten Sommer hatte er sie des öfteren besucht. Dann hatten sie nachmittags auf der Bank hinter ihrem Haus im Garten gesessen und Kaffee getrunken. Anfangs hatte er kaum ein Wort gesagt und nur sie reden lassen bis ihr die Themen ausgingen. Dann hatte er sie stumm angeschaut. Erst allmählich hatte er entweder zu ihr oder zu sich Zutrauen gefasst und auch ein wenig von sich preisgegeben. Da hatte es einmal eine Ehefrau gegeben, die es ihm übel genommen hatte, dass er so viel auf Reisen gewesen war.

»Diesen Sommer«, sagte sie nun, da er immer noch nichts sagte, »hast du dich ziemlich rar gemacht, finde ich.«

»Ich hatte viel zu tun.«

Marina lächelte nachsichtig. Man sah Tom eigentlich immer an, was er fühlte, zumindest sie sah es. Seit einiger Zeit hatte sie nicht mehr nur den Verdacht, dass er sich in sie verliebt hatte und dagegen ankämpfte. Vielleicht kam er darum nicht mehr.

»Oder«, sagte sie, »stört es dich, dass Pit vor dir davonlaufen könnte, wenn du zu uns kommst?«

Tom hob plötzlich die im Sonnenlicht so frappierend blauen Augen. »Das wird sich schon wieder legen«, sagte er ausweichend.

»Hast du eine Idee, warum er das tut?«

»Nein, Marina. Ich könnte nur spekulieren.«

Dabei sah er so verschlossen aus, wie Pit ausgesehen hatte, als er vorhin heimkam, oder vielmehr nicht eigentlich verschlossen, sondern eher so, als hätten die beiden gemeinsam eine Dummheit angestellt. Aber genauso wenig, wie Marina aus ihrem Jungen etwas herausbekam, würde sie Tom gesprächiger machen.

»Na gut«, sagte sie. »Dann werde ich mal einkaufen gehen. Du hast sicher auch noch etwas vor.«

»Äh, ja, ich muss … ich muss mit dem Bürgermeister reden. Irgendjemand hat wieder mal die Schilder am Naturschutzgebiet auf dem Bessin aus der Verankerung gerissen und umgeworfen. Bis bald mal wieder, Marina. Und Gruß an Gert.«

»Ich werd's ausrichten.«

Dabei besuchte Tom Gert in seiner Wetterstation öfter als sie, dachte Marina, während er sein Fahrrad bestieg. Sie war enttäuschter, als sie es sich eingestehen wollte.

2

Karoline wandte den Blick zurück. Noch leuchtete Rügen im herbstlichen Abendlicht. Die reetgedeckten Häuser von Schaprode schienen sich vor dem drohenden Regen in die grünen Hügel zu ducken. Auf dem großen Parkplatz standen nur drei Autos, darunter das von Karoline. Sie war die Einzige, die das kleinere Fährboot nach Neuendorf auf Hiddensee bestiegen hatte. Ein junger Kerl kassierte für die Überfahrt über den Bodden. Ein Alter steuerte. Beide redeten nicht. Das Boot tuckerte gegen gischtige Wellen an.

Die Insel lag lang gestreckt wie ein gestrandetes Schiff vor der Westküste Rügens unter den heranziehenden Wolken. Achtzehn Kilometer Land, kaum einen Kilometer breit, im Norden bergig und im Süden so flach, als wolle es in den Wellen versinken.

Erst gestern früh hatte Manfred Schulze sie zu sich ins Büro gerufen.

»Karo, nimm es mir nicht übel«, sagte er, »aber du siehst aus als hättest du drei Wochen lang nicht geschlafen.«

Manfred leitete die Redaktion des *Dresdner Tagblatts* und war seit fünf Jahren Karolines Chef, ein Mann von gut fünfzig Jahren, der als Journalist alles Menschliche gesehen hatte und selbst immer so wirkte, als wisse er mehr, als man ihm sagte.

»Also, was ist los?«

»Nichts Besonderes«, sagte Karoline. »Es ist nur … naja, Klaus hat sich von mir getrennt. Oder vielmehr, ich bin ausgezogen.«

»Klaus!« Manfred zog die buschigen Brauen zusammen. »Wie lange wart ihr zusammen?«

»Sieben Jahre«, antwortete Karoline seufzend.

»Verstehe, das schmerzt. Aber wie kommt dieser Dummkopf dazu, dich zu verlassen?«

Karoline lächelte schwach. Manfreds poltrige Parteilichkeit tat ihr gut. Wegen Klaus war sie vor fünf Jahren von Berlin nach Dresden gezogen. Er arbeitete als Ingenieur am Wiederaufbau der Frauenkirche. Sie hatte für den Job als Journalistin beim *Dresdner Tagblatt* eine gute Stelle beim Rundfunk aufgegeben.

»Wolltet ihr nicht heiraten?«, bohrte Manfred weiter.

»Klaus wollte mich heiraten«, räumte Karoline widerstrebend ein. Zu verblüfft war sie immer noch über das, was geschehen war.

»Er hat mir einen Diamantring geschenkt und um meine Hand angehalten. Und drei Tage später sagte er mir, er habe noch einmal nachgedacht und sich entschieden. Und zwar für die Sekretärin aus dem Ingenieurbüro, blond.«

Manfred hustete mitfühlend und fing an, auf seinem mit Papieren überhäuften Schreibtisch zu kramen. »Du solltest mal raus aus der Stadt. Lass dir den Wind der Ostsee um die Nase wehen. Ich habe da was für dich, einen Job, für den ich eine Frau brauche.«

Unter den Bergen von Papieren wühlte er einen zerknitterten Brief hervor und blickte Karo über seine Lesebrille hinweg an.

»Thomas Reuter, sagt dir das noch was?«

»Aber sicher. Das ist doch dieser Fotograf.«

»Genau. Seit vier Jahren hat man nichts mehr von ihm gesehen und gehört. Scheint abgetaucht zu sein nach dieser Geschichte … Du weißt schon.«

Karo nickte.

Manfred blickte auf den Brief in seiner Hand. »Und nun scheint er unter die Bernsteinfischer gegangen zu sein. Ein Kollege hat mir geschrieben. Ganz am Schluss seines Briefs erwähnt er einen Tagesausflug nach Hiddensee, den er im Sommer mit seiner Familie unternommen hat. Und dort will er Reuter gesehen haben.«

»Aber interessiert das wirklich noch irgendwen?«

»Na hör mal, Karo! Reuter ist ein Sohn der Stadt Dresden, und zwar ein viel gerühmter. Auch wenn ihn nicht alle für einen anständigen Mann halten. Aber sein Schicksal dürfte wohl interessieren. Man will doch wissen, wie so einer endet.«

»In Armut und Einsamkeit«, bemerkte Karoline schmunzelnd.

»Einige mag es geben, die das wünschen. Aber mich interessiert nur die Wahrheit.« Manfred lächelte eigenartig, als er das sagte. »Und wenn die einer rauskriegen kann, dann du. Du lässt dich wenigstens nicht von Gefühlen beeinflussen.«

Karo war sich nicht sicher, ob sie dieses Kompliment Manfreds schätzte. Denn nach dem ersten Schock der Trennung fragte sie sich, was sie falsch gemacht hatte. Sie hatte ihre Beziehung immer immun geglaubt gegen blonde Sekretärinnen. Aber nun sprach Klaus von Wärme und Leidenschaft und knallte ihr an den Kopf: »Du bist zu kalt. Bei dir kriegt ein Mann ja Frostbeulen.« Das hatte sie ungeheuer verletzt.

»Kopf hoch, Karo!«, raunzte Manfred feinfühliger als er wirkte. »Jetzt fährst du erstmal für eine Woche nach Hiddensee in die Herbststürme. Und hinterher sieht alles ganz anders aus.«

Vom ersten Moment an, da sie in der Redaktion arbeitete, war er in sie verliebt. Das wusste sie. Obgleich er nicht darüber sprach, wusste sie auch, dass er seine Karriere und seine Hoffnungen auf Glück für seine Ehe geopfert hatte, für eine Frau, die ihm die Hölle heiß gemacht hatte, damit er von Hannover nach Dresden zog, wo sie herkam. Und nun ging sie fremd, munkelte man. Seit zehn Jahren leitete er das *Dresdner Tagblatt*, Durchgangsstation für junge Journalisten, die woanders dann Karriere machten. Auch Karo würde ihm irgendwann davonlaufen, das wusste er.

Der Ostseewind bließ mächtig, riss an Karolines silbergrauer Windjacke und peitschte Gischt über den Bug des Bootes. Die Häuser von Neuendorf-Plogshagen tauchten unter tiefhängenden Wolken knapp über der rauen See auf. Es war eine Ansammlung von einem guten Dutzend Gebäuden, ein Dorf ohne Mitte. Alle Hauseingänge zeigten nach Süden. Im Sommer mochten Jachten in dem kleinen Fischerhafen schaukeln, jetzt waren nur ein paar Fischerboote am Kai vertäut. Nachsaison. Einige wenige Inselgäste standen in Windjacken am Hafen herum. Die Ankunft eines Bootes mit einem Gast stellte eine willkommene Abwechslung dar.

Karoline schulterte die Reisetasche, lehnte die Hand des Bootsjungen ab und sprang an Land, obgleich das klatschende Wasser zwischen schwankendem Boot und Kaimauer ihr kurz den Puls hochjagte. Als junge Journalistin war sie schon während ihrer Berliner Zeit in Bosnien gewesen, später im Kosovo, und hatte einige Male in Bundeswehrhubschraubern gesessen und mit Soldaten die Suppe gelöffelt. Sie konnte sich auf ihre Trittsicherheit verlassen, auch und gerade wenn eine Horde skeptischer Männer darauf wartete, dass sie ins Stolpern geriet. Obgleich sie zierlich gebaut war, hatte sie etwas an sich, das mehr oder minder gestandenen Männern Respekt einflößte. Vielleicht lag es daran, dass sie keine

Angst zeigte, zumindest keine vor Matsch, Dreck, Ratten und Kakerlaken.

»Unsere Karo ist unser bester Indianer«, pflegte Manfred zu sagen. Aber Karoline fühlte sich in Wahrheit oft verzagt und unsicher. Doch es gab niemanden, bei dem sie sich dann anlehnen konnte. Auch Klaus hatte sie immer stark haben wollen und dann verlassen, weil sie ihm zu stark war.

Sie blickte einer Möwe ins kalte gelbe Auge, die einen Moment dicht über ihr schwebte. Das Tier kreischte und ließ sich dann von einer Böe forttragen. Die Insel empfing einen nicht unbedingt herzlich. Karoline schaltete von der Stadthektik einen Gang herunter. Hier ging man zu Fuß. Hier gab es keine Autos, nicht einmal Straßen. Auf einem Weg aus Betonbohlen und auf sandigen Trampelpfaden ging man durch das südlichste der vier Inseldörfer.

Karoline hatte sich das *Hotel am Meer* im Internet herausgesucht, ohne zu wissen, wie ungeheuer verschlafen der Ort wirklich war. Links ein Fahrradverleih, ein handgeschriebenes Hinweisschild auf Räucheraal, steile Häuser, die fast alle im Sommer Pensionsgäste beherbergten.

Sie trug Jeans unter der silbergrauen Windjacke und Schnürstiefel. Obgleich wetterfest gekleidet, konnte sie ihre Herkunft aus der Großstadt nicht verleugnen. Karoline besaß viel natürliche Eleganz. Klaus hatte sie wohl vor allem als präsentable Frau geschätzt, dachte sie jetzt manchmal bitter. Ihr schmales Gesicht wurde von dichtem halb langen Haar umrahmt, das die Farbe von Haselnüssen hatte. Unter den geraden Brauen blickte sie mit festen dunkelbraunen Augen in die Welt. Ihre Lippen waren voll und weich geschwungen und verrieten dem, der genau hinsah, Karolines Sinn für Humor. Für ihre knapp dreißig Jahre hatte sie viel von der Welt gesehen, auch Schlimmes.

Jenseits des Stückchen Landes, das sie in Richtung Dünen überquerte, um zum Hotel zu gelangen, glühte ein Sonnenuntergang. Gen Norden erstreckte sich eine endlos blühende Heide in leuchtendem Rostrot und Blauviolett.

Das *Hotel am Meer* lag an den Dünen zur offenen Ostsee. Die Straße aus Betonplatten machte hier vom Hafen am Bodden kommend einen Bogen in die Heide gen Norden. Das Hotel wirkte wie eine weiße Kurbadvilla aus dem vorigen Jahrhundert und die Gartenwirtschaft unter den alten Bäumen vor dem Hotel war jetzt, Anfang Oktober, so gut wie geschlossen. Am Schlüsselbrett der Rezeption fehlte nur ein Schlüssel.

»Außer Ihnen ist nur noch ein älteres Ehepaar aus Berlin da«, sagte Martha Helbig, die resolute Wirtin, in deren grauen Augen sich das eigenartige helle Zwielicht der Insel zu spiegeln schien. »Ich hoffe, Sie sind mit dem Zimmer zufrieden.«

Karoline war es.

3

Pit lag im Sand in der Kuhle am Hang des Hexenbergs und linste zwischen den hohen Gräsern hindurch auf das Haus hinab, das in einer Senke des Dornbuschs lag, dem Hügelkopf der Insel. Der wilde Wein, der das Haus bis zum Reetdach bedeckte, glühte blutrot in der Morgensonne.

Von seinem Platz aus hatte Pit den gesamten Norden der Insel im Blick, links den Anstieg des Dornbuschs bis hoch zum Leuchtturm über der Steilküste, rechts den Weg nach Grieben, dem nördlichsten Dorf, und das sanft zum Bodden hinab schwingende Land mit seinen vereinzelten knorrigen Bäumen, Dornbüschen und

Gras- und Schilfflächen. Im Nordosten mischten sich die grünen Streifen der beiden Landzungen Alt- und Neubessin mit dem blauen Wasser, und es war nicht möglich zu unterscheiden, wo Rügen begann.

Aber Pit war zu jung, um sich für die Schönheiten der Landschaft zu interessieren. Er hatte sein Fahrrad in den Sand geworfen und duckte sich hinter den Gräsern. Er durfte nicht gesehen werden von dem Mann, der jetzt da unten aus der blau gestrichenen Haustür kam, über den Vorplatz zur Scheune ging und sich dann mit einem roten Halfter in der Hand der Koppel zuwandte, auf der das sandfarbene Pony stand.

Pit verfolgte ihn jetzt seit gut drei Wochen und wusste mittlerweile alles über Lizzy und Tom. Heute war Montag, und da wurde das Pony vor einen kleinen Wagen gespannt und trabte durch Kloster nach Vitte und bog dort zum Hafen ab. An anderen Tagen belud er es mit Kisten und streifte mit ihm über die Pfade des Dornbuschs, manchmal bis hoch zum Toten Kerl oder zum Enddorn oder bis ins Naturschutzgebiet von Alt- und Neubessin. Dort legte er sich dann mit einem Fotoapparat auf den Boden, oder hockte stundenlang im Gras. Wie eine Katze vor dem Mauseloch wartete er auf irgendetwas, das Pit, versteckt hinter einem Busch oder Hügel, nie sehen konnte; vielleicht auf Trolle oder Feen oder die Geister der Erde, von denen sein Vater ihm abends aus Büchern vorlas.

In seinem kurzen Leben, von dem sich die Hälfte Pits bewusster Erinnerung entzog, hatte er begriffen, dass es lebenswichtig war, immer zu wissen, was die Großen und Starken vorhatten und wo sie plötzlich auftauchen konnten. Es war wie früher bei dem Hund des Nachbarn, den Pit immer beobachtet hatte, damit er wusste, wo er war und nicht von ihm überrascht werden konnte. Auch vor diesem Hund hatte er Todesangst gehabt. Und Tom war unheimlich stark, stärker noch als Nünü, der bärenstarke Sohn vom Enddornwirt, und vor dem hatte Pit auch Angst. Diese Angst war ein Alptraum, der Pit vertraut war. Zwei Sommer lang hatte er eine unbeschwerte Freiheit in der Stille der Insel genossen, in den Dünen, in Wind und Gischt. Aber jetzt war diese alte Angst vor den Großen und Starken wieder da.

Denn er hatte einem von ihnen eine Kamera zerstört. Dafür musste es eine Strafe geben. Eine fürchterliche Strafe, wenn er sich erwischen ließ. Und wenn seine Eltern das alles herausbekamen, dann würden sie ihn nicht mehr lieben. Sie würden ihn einsperren, verstoßen. Pit dachte das nicht in diesen Worten, aber er fühlte es, er wusste es irgendwie, er hatte es in seiner unerinnerbaren frühen Kindheit so erfahren.

Als Tom unten den Kutschbock bestieg, duckte Pit sich noch tiefer in seine Kuhle.

Das Pony zog an und bog zur Auffahrt zum Leuchtturmweg ein. Es schnitt die Kurve ums Haus wie immer so eng, dass das Weinlaub wackelte. Tom trug die alte schwarze Lederjacke und hatte den Kragen hochgeschlagen. Das Pony trabte zügig den Leuchtturmweg hinab.

Erst als der grüne Wagen hinter dem ersten Haus von Kloster verschwunden war, nahm Pit sein Fahrrad auf, rutschte auf den Weg hinab und fuhr hinterher. Lizzy war nicht beschlagen, darum hörte man ihren Hufschlag kaum. Pit hatte aus sicherer Entfernung beobachtet, wie die Inselgäste manchmal erst im letzten Moment ins Gebüsch sprangen, wenn sie das Pony hinter ihrem Rücken schnauben hörten.

Als Pit aus Kloster herauskam, sah er das Gespann wieder vor sich auf dem Weg am Deich entlang Richtung Vitte fahren. Er konnte es wagen, relativ nah heranzuradeln. Selbst wenn Tom sich umdrehte und ihn sah, konnte er doch nicht einfach vom Kutschbock springen und sich auf ihn stürzen. Das wusste Pit. Einen Ponywagen konnte man nicht stehen lassen wie ein Auto.

In Vitte gabelte sich die Straße. Ein Arm führte als Sackgasse am Laden vorbei in die Dünen. Aber Tom bog auf den Weg Richtung Hafen am Vitter Bodden ein. Lizzy schnitt wie üblich die Linkskurve. Pit sah, wie eine Frau auf einem Fahrrad in die Bremsen stieg und gegen den Zaun kippte.

»Flegel!«, fluchte Karoline und pflückte sich aus dem Zaun, an dem sie sich festgehalten hatte. Ein Spreißel blieb in ihrer rechten Hand stecken. Er brach ab, als sie ihn rausziehen wollte.

Genau vor ihr bremste nun ein kleiner Junge auf einem roten Fahrrad und blickte sie groß, beinahe erschrocken an.

»Guten Tag«, sagte sie lächelnd über so viel Kinderblick.

»Man darf ihm nicht in den Weg kommen«, bemerkte der Kleine ernst.

»So?« Sie zupfte unkonzentriert an dem Spreißel herum, der nur noch tiefer eindrang. »Und wer bist du?«

»Ich bin Pit. Ich bin schon fast sechs Jahre.«

»Ich heiße Karoline.«

»Du musst eine Pinzette nehmen«, sagte Pit. »Meine Mami nimmt immer eine Pinzette. Sie kann gut Dornen herausziehen.«

»Aha.«

»Wir wohnen gleich da drüben«, sagte Pit und deutete einen Sandweg in den Ort hinein. »Komm. Mami soll dir den Dorn rausziehen. Sie kann das.« Er schob sein Fahrrad bis zu einem reetgedeckten Häuschen und stieß das Törchen auf. »Mami! Mami!«

Es war Karoline etwas peinlich, als nun eine hübsche junge Frau mit langem messingfarbenem Haar um die Hausecke kam. Über dem geblümten Kleid trug sie eine Jeansjacke und unter dem Arm einen leeren Wäschekorb. Sie lächelte auf ihren blonden Sprössling herab.

»Mami, du musst Karoline den Dorn aus der Hand ziehen.«

Die Frau zog leicht die feinen Brauen zusammen und musterte Karoline aufmerksam, aber nicht unfreundlich.

»Entschuldigen Sie«, sagte Karoline. »Aber Ihr Sohn ist überzeugt, dass nur Sie mir mit einer Pinzette aushelfen können.«

Die Frau lachte. »Kommen Sie.«

»Eilers«, las Karoline auf dem Schild am Gartentor, neben dem sie ihr Fahrrad abstellte. Seit jeher legte sie Wert darauf, die Namen der Personen zu wissen, mit denen sie Umgang hatte. Und sie vergaß kaum je einen Namen wieder. Es war in ihrem Beruf sehr nützlich, zu wissen, welche Namen vor Jahren einmal in welchen Geschichten eine Rolle gespielt hatten.

»Ah«, sagte sie nun, »Ihr Mann ist Gert Eilers, der Wettermann auf Hiddensee. Man sieht ihn oft im Fernsehen.«

»Und ich heiße Marina.«

Karoline stellte sich vor und zuckte zusammen, als Marina ihre kühle Hand um ihre schloss und dabei den Spreißel noch tiefer hineintrieb.

»Oh, tut mir Leid«, sagte Marina. »Kommen Sie rein. Ich hole die Pinzette. Gehen Sie schon mal ins Wohnzimmer.«

»Hier lang!«, rief Pit und ergriff Karolines andere Hand.

Sie sah die graublauen Augen der Mutter auf den Jungen fallen und dann erstaunt zu ihr hochblicken. Das Befremden Marinas konnte ihr nicht entgehen.

Die Stube, in die Pit sie führte, war klein, aber hell und freundlich eingerichtet. Es gab kein Sofa, aber vier Sessel mit hübschem Blumenmuster, ein Tischchen, ein kleines Bücherregal und einen Fernseher. An einem der beiden Fenster stand ein Nähtischchen.

»Ich muss jetzt wieder hinaus«, erklärte Pit. »Ich muss aufpassen.«

Das kam Karoline zwar seltsam vor, aber wer durchschaute schon die Seele eines kleinen Jungen? Wahrscheinlich wollte er seine Freunde abpassen. Da kam auch schon Marina mit Pinzette, Pflaster und Salbe wieder. Während Pit verschwand, hieß sie Karoline auf dem Stuhl am Nähtisch Platz nehmen und beugte sich über ihre Hand.

»Pit scheint Sie zu mögen«, sagte sie. »Er fasst nicht leicht Zutrauen.«

Karoline hatte das Gefühl, sie müsse sich dafür entschuldigen. »Ich wäre vorhin fast mit einem Pferdefuhrwerk zusammengerasselt und bin in den Zaun gefallen. Pit kam gerade dazu. Er hat sofort begriffen, was los ist. Ein helles Kerlchen. Und sehr hilfsbereit.«

Die Pinzette piekste. »Entschuldigung«, sagte Marina und blickte kurz hoch. »Das wird wohl Tom gewesen sein. Seine Lizzy rast immer so um die Ecken.«

»Lizzy ist dann wohl das Pony«, sagte Karoline leichthin. »Ein hübsches kleines Biest.«

»Er hat es seit zwei Jahren.« Marina beugte sich wieder über Karolines Hand. »Da haben wir ihn. Schauen Sie. Ganz schön lang.« Sie hielt den Spreißel gegen das Licht. »Warten Sie, ich mache Ihnen noch Salbe und Pflaster drauf, damit es sich nicht entzündet.«

Karoline musterte verstohlen das mit viel Liebe eingerichtete Zimmer mit der niedrigen Decke. Es war alles ordentlich und blitzsauber. Eine Hausfrau mit Leib und Seele, dachte sie. Auf so einer Insel gab es ja nicht viel anderes als Haushalt, wenn man nicht eine Pension führen wollte, und das war dann Haushalt hoch zehn.

»Sagen Sie, dieser Tom, das ist nicht zufällig Thomas Reuter?«

Wieder dieses Misstrauen in Marinas Augen. »Kennen Sie ihn?«

»Nicht persönlich.«

»Und warum fragen Sie?« Der Ton war deutlich zurückhaltender. Es war dieselbe Zugeknöpftheit, die Karoline auch bei ihrer Wirtin vom *Hotel am Meer* aufgefallen war, als sie nach Reuter fragte. »Kenne ich nicht«, hatte sie geantwortet. »Aber hier lassen sich immer wieder Leute vom Festland nieder. Wir respektieren es, wenn sie ihre Ruhe haben wollen.«

»Reuter ist ein bekannter Fotograf«, erklärte Karoline nun. »Zumindest war er es bis vor ein paar Jahren. Er hat eine Unmenge internationaler Preise bekommen. Seine Fotos aus Krisengebieten haben mehr als einmal die internationale Politik zum Handeln gezwungen. Ich bin selber Journalistin. Wir haben oft über ihn berichtet.«

»Wo kommen Sie her?«

»Aus Dresden.«

»Und Sie machen hier Urlaub?«

»So kann man es nennen.«

»Der Herbst ist die schönste Jahreszeit. Wenn die Heide blüht. Wie lange wollen Sie bleiben?«

»Eine Woche, denke ich. Mal sehen. Ich wohne im *Hotel am Meer*.«

»Ah ja, Neuendorf-Plogshagen. Das ist ein schönes Stück bis Kloster, vor allem gegen den Wind, nicht?«

Karoline stutzte. Sie befanden sich nicht in Kloster, sondern in Vitte, woraus sie schloss, dass Marina an die Entfernung dachte, die zwischen den Süderdörfern und dem Wohnort Toms lag, also Kloster. Was es hieß, gegen den Wind zu radeln, hatte Karoline gerade eben zu spüren bekommen. Sie war wie alle Städter, die an das Tempo von Autos gewohnt sind, die sechs Kilometer durch die Heide viel zu schnell gefahren und völlig ausgepumpt in Vitte angekommen. Sonst wäre sie wahrscheinlich imstande gewesen, schneller zu reagieren, als das Pferdefuhrwerk ihren Weg kreuzte.

»So«, sagte Marina, als das Pflaster über der kleinen Wunde an Karolines äußerer Handkante klebte. »Hoffentlich entzündet es sich nicht.«

»Sicher nicht. Vielen herzlichen Dank!«

Marina lächelte offen. »Keine Ursache. Schönen Aufenthalt noch. Und wenn Sie meinen Mann in der Wetterstation besuchen wollen – er freut sich.«

Sie schüttelten einander in der Haustür die Hände.

Karoline hatte sich entschieden, Pits Mutter nicht zu fragen, wo Reuter wohnte. Sein Name hatte bei Marina eine gewisse Nervosität ausgelöst, so eine Hast, das Thema zu wechseln. Karoline schmunzelte vor sich hin. Marinas Gedanken kreisten verdächtig eng um Tom. Die hatten doch nicht etwa eine kleine Affäre? Dabei konnte sie sich für eine verheiratete Frau kein untauglicheres Gelände für eine Liebelei vorstellten als diese Insel mit seinen nicht einmal 13 000 Einwohnern.

Sie bestieg ihr Fahrrad wieder und wandte sich den Dünen zu. Die Straße führte an einem kleinen Supermarkt vorbei mitten in den schweren Sand der Dünen. Karoline ließ das Fahrrad unten und stieg hinauf.

Sie atmete tief. Jeder Atemzug schien den Staub der Stadt zu vertreiben und ihre Lungen mit Freiheit zu füllen. Der Blick, der sich ihr oben öffnete, weitete ihr das Herz. Graugrün brandete die See an den schmalen Strand von silbriggrauem Sand. Alle zwanzig Meter liefen Wellenbrecher aus Holzpflöcken vom Strand bis weit ins Meer. Silbermöven schaukelten über den Wellen. Weißgraue Wolken eilten aufs Land zu. Nie war Karoline das Zusammenspiel von Grautönen so lebendig und farbig erschienen.

Sie ging ein Stück am Strand entlang und genoss Wind und Salzluft. Dann kehrte sie zu ihrem Fahrrad zurück. Als sie nach Vitte hinabgerollt kam, stand der grüne Wagen mit dem sandfarbenen Pony vor dem kleinen Supermarkt. Ein Stein vor dem linken Vorderrad diente als Bremse.

Karoline hielt nach Reuter Ausschau. Vermutlich befand er sich im Laden. Im offenen Wagen lag ein größeres Postpaket und sie warf einen Blick auf die Adresse. ›Thomas Reuter, Leuchtturmweg 9, 18565 Kloster, Hiddensee.‹ Der Absender war ein Buchversand.

Außerdem lagen hinter dem Kutschbock Kehrschaufel und Besen neben einem Blecheimer, dessen Verschmutzung seinen Verwendungszweck verriet. Auch im *Dresdner Tagblatt* hatten sie unter der Rubrik ›Buntes aus aller Welt‹ schon über den Kampf der Hiddenseeer gegen die Pferdeäpfel auf den Wegen berichtet.

Karoline schob ihr Fahrrad über die Straße und stellte es in einen der Fahrradständer vor dem kleinen Supermarkt.

Als sie wieder hochblickte, sah sie den kleinen Pit unten an der Kreuzung um die Ecke kommen. Er winkte ihr zu. Sie winkte zurück. Aber offenbar war es nicht das, was Pit bewirken wollte. Er kam zögernd näher, das Gesichtchen wirkte aufgeregt, fast angstvoll.

»Geh weg da!«, rief er.

Karoline verstand nicht. Pit konnte doch nicht sie meinen. Sie blickte sich um.

In diesem Augenblick erschien der blonde Kerl mit der alten Lederjacke in der Ladentür, in der Hand eine Einkaufstüte. Thomas Reuter. Aber er beachtete sie nicht, er hatte die Augen auf den Jungen geheftet.

Karoline sah, wie Pit vor Schreck erstarrte und dann zurückwich.

Auch Reuters Schritte stockten. »Pit!«

Da hielt den Jungen nichts mehr. Er drehte sich um, taumelte dabei gegen das Pony, das zusammenschrak, und rannte los, was seine kurzen Beine hergaben.

Und nun ging alles sehr schnell.

»He Pit!«, rief Reuter. »Lauf doch nicht immer weg!«

Da warf das Pony den Kopf hoch und trabte los, vielleicht angestiftet vom Ruf seines Herrn, zumindest jedoch ungebremst, denn der Stein vor dem Radreifen war verrutscht, als Pit gegen Pferd und Wagen getaumelt war.

Reuter stand wie erstarrt.

Aber Karoline rannte los. Pit drehte sich um, erschreckt von dem Lärm hinter sich. Er stolperte über seine Füße und fiel der Länge nach auf den Boden. Karoline überholte den Wagen, erreichte das Pferd, griff ihm ins Zaumzeug und riss es nach links. Das rechte Vorderrad rollte äußerst knapp an Pit vorbei, bevor sie Pferd und Wagen schließlich zum Stehen brachte. Karoline ließ das Pony los und ging auf die andere Seite des Wagens, um nach Pit zu sehen. Aber der Junge war bereits auf die Füße gekommen und entwischte ihr, kopflos vor Panik, um die nächste Ecke. Karoline rannte ein Stück hinterher, gab es dann aber auf und kehrte um.

Äußerst verwundert sah sie nun, wie Reuter gerade den Kutschbock bestieg, die Zügel aufnahm und dem Pferd das Kommando zum Anziehen gab. An ihr vorbei und ohne sie überhaupt anzusehen, lenkte er den Wagen auf die Dorfstraße Richtung Norden aus dem Ort hinaus.

»Was war das denn?«, fragte sich Karoline verblüfft. »Träume ich?«

Nichts in dieser verschlafenen Straße deutete noch auf das Ungeheuerliche hin, das sich da eben abgespielt hatte. Eine Alte trat aus dem Laden, schwer beladen mit Tüten.

Karoline ging zu ihrem Mietfahrrad. Doch, ein Zeugnis gab es von dem Geschehnis. Neben ihrem Fahrrad stand verwaist die Einkaufstüte, die Reuter offenbar hatte fallen lassen.

Karoline nahm sie und stellte sie in den Drahtkorb auf ihrem Gepäckträger.

Verwundert dachte sie darüber nach, was sie gerade eben gesehen hatte; einen kleinen Jungen in Panik, der sie vor dem Mann hatte warnen wollen, der da aus dem Laden kam und sichtlich unfähig gewesen war, die Katastrophe abzuwenden, die sich vor seinen Augen entwickelte.

Sie hatte sein Gesicht nur kurz gesehen, die unheimlich blauen Augen, die zusammengezogenen Brauen, die eigenartige Mischung von Härte und Sensibilität auf seinen Lippen.

Schon auf den Archivfotos, die Karoline sich vor ihrer Abreise aus Dresden angeschaut hatte, war dieses Gesicht nicht leicht zu durchschauen gewesen. Es schien nichts über die Gefühle eines Mannes verraten zu wollen, der in seinem zehnjährigen rasanten Aufstieg zum berühmtesten Fotoreporter weder Angst noch Skrupel gekannt zu haben schien.

Die bedrückendsten Bilder, die je in Hochglanzmagazinen erschienen waren, stammten von ihm: ein Kind, das verlassen im Zug von Kosovoflüchtlingen stand und noch nicht weinte, aber im nächsten Moment in Tränen ausbrechen würde. Seine Fotos zwangen den Betrachter, innezuhalten und die Geschichte zu ergründen, die etwa das Lächeln eines Mädchens erzählte, das an Krücken ging, weil eine Bodenmine ihm den Fuß abgerissen hatte.

›In einem einzigen Augenblick, den man mit der Kamera festhält, muss mehr Vergangenheit und Zukunft stecken und mehr Trauer und Freude, als man in einem Roman abhandeln kann‹, hatte Karoline in einem Interview mit Reuter gelesen, das fast zehn Jahre zurück lag.

Immer war es ihm gelungen, das Entsetzen von Krieg und Gewalt zu zeigen, ohne wirklich Entsetzliches abzulichten. Nie hatte er Leichen fotografiert, nie auf blutende Opfer gehalten.

Nur ein einziges Foto war von ihm veröffentlicht worden, das einen toten Menschen zeigte, einen jungen Briten, der im Kaschmir von Unabhängigkeitskämpfern entführt und erschossen worden war. Reuters Rolle dabei war unklar geblieben. Als dieses Foto erschien, galt er als tot.

Mit Beklommeheit las Karoline daraufhin im Archivmaterial die Nachrufe auf ihn, die vor fünf Jahren in zahllosen Zeitungen und Magazinen erschienen waren. Die erste Kamera, eine Pentacon, mit zwanzig vom Vater geschenkt. Steiler Aufstieg zum Pulitzerpreis. Beeindruckende Fotoreportagen.

Wirklich sympathisch schien Reuter seinen Kollegen allerdings nicht gewesen zu sein. Ein Abenteurer ohne Bindungen. Irgendwann hatte es ihn mal erwischen müssen. Das klang bei allen Artikeln durch. So als seien die daheim eigentlich etwas böse auf ihn gewesen für das, was er gewagt hatte, und für die entsetzlich guten Bilder, mit denen er die Öffentlichkeit immer wieder beunruhigt hatte.

Ein Jahr später gab das Außenministerium in einer kurzen Mitteilung bekannt, dass Reuter sich auf der deutschen Botschaft in Neu-Dehli gemeldet hatte. Kein Foto. Kein Interview. Kein Empfang des Heimkehrers in Dresden. Reuter blieb ein Phantom und verschwand, kaum dass er in der Pressemitteilung aufgetaucht war, völlig von der Bildfläche.

Was war das für ein Mann, der so wenig Freunde gehabt hatte, fragte Karoline sich. Auf der Insel hatte ein Kind Todesangst vor ihm. Seine Mutter zuckte zusammen, wenn sein Name fiel. Und er selbst war gelähmt vor Schreck.

Karoline zog das Fahrrad aus dem Ständer, versicherte sich, dass Reuters Einkaufstüte sicher verwahrt war und schwang sich aufs Rad. Reuter war mit seinem Pferdewagen nach Norden abgebogen.

Der Nordwestwind fegte über die Hügel des bergigen Nordkopfs der Insel heran und machte das Vorankommen schwer. Kloster war der größte Ort der Insel mit Kirche und Friedhof am Westdeich und Hafen am Bodden. Karoline passierte das Hauptmann-Museum und die Kirche und kam an eine Kreuzung. Geradeaus ging es nach Grieben, einer Häuseransammlung an der flachen Ostküste des Dornbuschs, rechts zum Hafen, und links zum Leuchtturm, der in rund siebzig Meter Höhe auf kahlen Hügeln stand. Kiefern duckten sich in Senken. Weit verstreut standen einige wenige Häuser. Zottelige Galloway-Rinder grasten zusammen mit ein paar Pferden.

Karoline bog in den Leuchtturmweg ein. Der Hexenberg verstellte den Blick auf den Verlauf des Weges. Weiter rechts hinter dem Hügel aber war ein kleines Häuschen mit Scheune sichtbar. Das Haus glänzte blutrot.

Tom wendete Pony und Wagen auf dem kleinen Platz zwischen seinem Haus und der Scheune. Lizzy schüttelte zwar verwundert die Mähne, trabte dann aber doch willig die Auffahrt wieder hinauf, zurück auf den Leuchtturmweg. Erst hinter Kloster war Tom gewissermaßen wieder zur Besinnung gekommen und schimpfte sich einen Schwachkopf. Er war nach dem Beinaheunfall Pits abgehauen wie ein Schuljunge, der eine Fensterscheibe eingeschmissen hatte. Seit einem bestimmten Moment seines Lebens, an den er nicht denken wollte, schien er dazu verdammt, bei unvorhergesehenen Ereignissen den Kopf zu verlieren.

Erst hinter Kloster hatte er sich gefangen und entschlossen, zurückzufahren, um nach Pit zu schauen und diese Frau wieder zu finden, die so beherzt eingegriffen hatte. Aber erst auf seinem Hof gab es genug Platz, den Pferdewagen zu wenden. Als er nun um den Hexenberg herumkam, erschrak er erneut.

Da kam ihm diese Frau schon entgegen. An dem Fahrrad erkannte er, dass sie dieselbe war, die er in Vitte beinahe umgefahren hatte, als er zum Hafen abbog. Er hatte sie nur im Augenwinkel gesehen. Auch vor dem Laden hatte er sie kaum wahrgenommen. Nur die silbergraue Jacke war ihm als auffälligster Nebenaspekt der Szene im Gedächtnis hängen geblieben.

Tom zügelte Lizzy.

Die Frau hielt ebenfall an und sah zu ihm auf. Auf ihren halb geöffneten Lippen lag ein abwartendes, fast ein wenig spöttisches Lächeln. Ihre Augen hatten die Farbe von dunklen Bernsteinen, Augen, die sich von nichts aufhalten ließen, um zu sehen, was anderen entging. Sie waren Tom entschieden zu forschend, zu neugierig.

Doch da wandte sie ihren Blick auch schon ab, fast hastig, so als könne oder wolle sie den seinen nicht ertragen. Sie drehte sich zum Gepäckträger ihres Fahrrads um und nahm eine Einkaufstüte aus dem Korb.

»Hier. Das haben Sie vor dem Laden vergessen«, sagte sie mit einer etwas kühlen aber untergründig lebhaften Stimme.

Tom beugte sich vom Kutschbock herab und streckte seine Hand aus. Seine Finger berührten die ihren, als er ihr die Tüte abnahm.

»Danke.«

Er hob die Tüte über die Rückenlehne des Kutschbocks und stellte sie hinter sich auf der Ladefläche des Wagens ab. Lizzy missverstand den leichten unabsichtlichen Ruck an ihrem Zügel und zog an. Der Entschluss des Ponys, den Weg fortzusetzen, fiel in den Moment größter Unentschlossenheit Toms, wie er das Gespräch fortsetzen sollte. Und so ließ er Lizzy laufen, ohne sie zu zügeln.

Tom hörte das ratlose Lachen der Frau hinter sich und schimpfte sich diesmal nicht nur einen Schwachkopf. Konnte eine Frau ihn so aus der Fassung bringen, nur weil sie reagierte, wo er nur ohnmächtig zusehen konnte, und weil sie ihn mit ihren forschenden Augen anschaute, als könne sie auf den Grund seiner verunsicherten Seele sehen? Und was tat er? Er haute wieder ab. So ging das nicht weiter. Tom verschob die Absicht, sich bei Marina nach Pits Wohlergehen zu erkundigen und wendete bei nächster Gelegenheit in Kloster das Gespann erneut.

Lizzy schüttelte unwillig die Mähne. Das Hin und Her erzürnte das Pony. Da es aber Richtung Stall ging, legte es einen steilen Trab vor. Allerdings fühlte es sich kurz vor dem Abzweig zum Haus erneut gezügelt und bockte. Da versöhnte es auch die beruhigend klopfende Hand seines Herrn nicht, als er es an einem Baum festband.

Tom hatte weiter oben das Fahrrad der Frau aufblitzen sehen. Es lag verlassen neben dem Weg. Weit konnte sie nicht sein. Auf Hiddensee ging niemand so schnell verloren. Mit großen Schritten stieg er die Pfade zum Leuchtturm hinauf.

Hinter der nächsten Anhöhe stand sie dann, nur einen Fußbreit von dem Abbruch der Steilküste entfernt, wo es siebzig Meter in die Tiefe ging. Eine große Silbermöwe schaukelte über ihr, kreischte auf und sauste vor dem Wind ins Inselinnere.

Karoline hatte ihr ins gelbe Auge geblickt, strich sich jetzt eine Haarsträhne aus dem Gesicht und wandte sich um, so zufällig, wie man sich gelegentlich umdreht, weil man sich beobachtet fühlt.

Da stand Reuter, still, schlank, breitschultrig, das strohblonde Haar leicht vom Wind zerrauft, die Hände in den Taschen seiner uralten Jacke, fast scheu. Wieder schien er nicht zu wissen, was er eigentlich sagen sollte.

»So«, sagte Karoline leise lächelnd, »haben Sie ihr Pony nun doch endlich einfangen können?«

Darauf schien er nicht antworten zu wollen oder zu können. Er musste seine Stimme erst einmal frei räuspern.

»Vorsicht. Passen Sie auf, die Grasnarbe ist nicht sonderlich stabil. Sie kann abbrechen. Bleiben Sie lieber von diesem Abgrund weg.«

Karoline blickte in die Tiefe. Die Steilwand bestand

nicht aus Felsen, sondern aus sandiger Erde. Unten klatschte die See auf einen Geröllstreifen. Ein paar Leute waren dort zugange. Vermutlich suchten sie Bernstein.

Sie trat zurück und lächelte. »So steil geht es doch auch wieder nicht hinab. Wenn man fiele, würde man hinabrutschen und könnte sich außerdem im Sand festkrallen.«

»Darauf würde ich es an Ihrer Stelle nicht anlegen«, sagte er. »Auch wenn es Ihnen offenbar nicht an der nötigen Kaltblütigkeit fehlt.«

Karoline warf den Kopf etwas zurück. Tom glaubte darin eine Geste der Verletzbarkeit zu erkennen.

»Ich meine«, sagte er, »wenn Sie nicht so schnell reagiert hätten, dann befände sich der kleine Pit jetzt vermutlich im Rettungshubschrauber auf dem Weg nach Strahlsund.«

»Ach was. Es ist ja nicht gesagt, dass Ihr Pony Pit tatsächlich überrannt hätte. Pferde treten doch keine Menschen, die am Boden liegen.«

»Sehr freundlich, dass Sie das so sehen.« Tom fuhr sich durch die Haare. »Denn ich fürchte, ich selbst habe mich ausgesprochen blöde verhalten.«

»Ach, es geht so.« Karoline lächelte gewinnend. »Aber der Junge hat ja einen Heidenrespekt vor Ihnen. Er ist gelaufen, als stände der Leibhaftige vor ihm.«

Toms Augen wurden schmal. »Ich habe ihm nichts getan.«

»Oh, entschuldigen Sie. Das wollte ich damit wirklich nicht andeuten. Aber es ist doch merkwürdig, dass Pit solche Angst hat?«

»Er hat ... Nun, ich vermute, er hat Angst vor einer Strafe. Er hat mir vor ein paar Wochen eine ... nun, er hat mir was kaputtgemacht. Es war ein Unfall.«

»Ein seltsamer Kerl«, bemerkte Karoline vage.

Tom deutete ein Lächeln ein. »Falls Sie nur Pit damit meinen ..., er ist eigentlich ein ganz normaler kleiner

Junge, der aus seiner Umgebung eine Welt der Abenteuer macht.« In Toms etwas heiseren Stimme lag viel Wärme. »Wahrscheinlich bin ich in seiner Fantasiewelt gerade der böse Räuberhauptmann.«

»Ich hatte als Kind Angst vor Krokodilen unterm Bett«, bemerkte Karoline.

»Und ich vor dem Nachbarn im Rollstuhl.«

Karoline lachte.

Doch ihr Lachen schien wie ein Schatten auf sein Gesicht zu fallen und machte ihn plötzlich ernst. Einen Wimpernschlag kurzen Moment jedoch leuchteten seine Augen so unmittelbar in ihre hinein, dass Karoline ein leichter Schauer den Rücken hinunterlief.

»Jedenfalls«, sagte er hastig, »möchte ich Ihnen danken für das, was Sie für Pit und seine Eltern getan haben.«

»Marina und Gert Eilers.«

»Ah, Sie kennen die beiden?«

»Ihn nur aus dem Fernsehen. Aber sie habe ich vorhin kennen gelernt. Eine ausnehmend schöne Frau.«

Tom senkte die Lider. »Ja.«

»Pit hat mich zu ihr geschleppt, damit sie mir einen Spreißel aus der Hand puhlt. Ich hatte mich unvorsichtigerweise an einem Zaun festgehalten, als ich einem Fuhrwerk ausweichen musste.«

»Daran bin ich vermutlich ebenfalls Schuld. Lizzy schneidet immer so die Kurven. Es tut mir Leid.«

»Nun, Sie scheinen ja ganz schön am Zügel von Lizzy zu hängen. Übrigens, ich heiße Karoline Wolf.«

»Tom«, sagte er und streckte ihr die Hand hin.

»Karo für meine Freunde und Kollegen«, erwiderte sie, um die Gleichheit der Kurznamen zu schaffen, da er ihr seinen vollen Namen offenbar nicht nennen wollte.

Seine kräftige Hand umschloss kurz die ihre.

»Angenehm, Karo. Auch wenn ich wohl weder zu Ihren Freunden noch zu Ihren Kollegen gehöre.«

Du meine Güte!, dachte Karoline. Als sie nun Luft holte, um ihm zu erklären, dass sie Kollegen waren, wenigstens ehemalige, und warum sie auf der Insel war, ließ er ihre Hand schon wieder los und trat zurück.

»Ich muss gehen. Nochmals vielen Dank. Ich muss hinunter und mich um Lizzy kümmern, bevor sie verrücktspielt. Sie hat mich ganz schön an der Kandarre, wie Sie sehr richtig bemerkten. Schönen Aufenthalt noch auf der Insel. Und bleiben Sie von dem Abgrund weg.«

Mit einem flüchtigen Lächeln wandte er sich ab.

Im nächsten Augenblick war seine schlanke breitschultrige Gestalt hinter der nächsten grünen Erhebung verschwunden. Die Möwen kreischten.

4

Marina deckte den Tisch. Es war acht Uhr abends. Durch die kleinen Fenster des alten Fischerhauses sah sie die Nacht heraufziehen. Gert würde jeden Augenblick heimkommen. Sein Arbeitstag begann am späten Vormittag in der Wetterstation in Kloster und gegen acht Uhr abends radelte er wieder heim nach Vitte.

Pit war heute wieder einmal mit Schrammen an der Schläfe und an den Armen nach Hause gekommen. Als sie ihn fragte, was passiert war, wurde sein Mund zu einem Strich. Marina kannte diese Momente nur zu gut, in denen sich der Junge ganz in Schweigsamkeit verkapselte. Er war zwar ein lenkbarer Junge und tat, was man ihm sagte, aber er ließ niemanden an sich heran, auch Marina nicht, seine Mutter. Entweder er malte und spielte stundenlang still vor sich hin, oder er war allein mit seinem Fahrrad unterwegs. Mit den anderen Kindern im Dorf war er nicht zusammen.

Ein mit Gert befreundeter Psychologe hatte Marina einmal erklärt, dass es einfach verschlossene und ängstliche Kinder gebe, ohne dass der Grund immer gleich offen auf der Hand liegen müsse. Pit sei an sich ein heller, aufgeweckter Bursche. Sie sollten sich keine Sorgen machen.

Aber die panische Angst vor Tom war eine Manie, die Marina mit wachsender Sorge sah. Auch Tom würde sich kaum je wieder zum Kaffee in ihren Garten einladen lassen, wenn Pit dann über alle Zäune das Weite suchte.

Marina nahm Suppenteller aus dem Küchenschrank und seufzte unwillkürlich.

Als Gert und sie mit Pit vor gut zwei Jahren das Fischerhäuschen in Vitte bezogen hatten, glaubte sie sich am Ziel ihrer Träume. Sie hatte ein Kind, einen liebevollen Mann und ein Haus auf einer Insel, alles, was sie sich gewünscht hatte. Dann kam Tom und erzählte ihr von Reisen, von orientalischer Gastfreundschaft oder der Abgeklärtheit und Lebensfreude tibetanische Mönche. Und allmählich war er mehr geworden, als nur eine Abwechslung im täglichen Einerlei von Wetter und Wäsche.

Als sie die Terrine mit dampfender Aalsuppe auf dem Esstisch abstellte, hörte sie die Haustür gehen.

Gert streifte die Schuhe ab und hängte die Windjacke an den Haken im Flur. Pit polterte die Treppe hinab und flog ihm in die Arme.

Gert stellte ihn wieder auf die Füße und küsste seine Frau. »Na, alles okay? Stell dir vor, heute sind die Computer schon wieder zwei Minuten vor der Sendung abgestürzt. Und dann habe ich mich auch noch fürchterlich verhaspelt.«

Marina lachte freundlich. »Deine Fans wird es gefreut haben. Es macht die Sache menschlicher, nicht? Komm, das Essen ist fertig.«

Gert rieb sich die Hände. Er war nicht der Mann, den Marina ohne Zögern gut aussehend genannt hätte. Er war klein und kräftig gebaut. Sein borstiges Haar hatte die Farbe von Filz. In seinem, trotz seiner gerade mal 28 Jahre, bereits markanten Gesicht steckte eine etwas lange gebogene Nase. Aber er besaß eine eigenartige Ausstrahlung, die ihn auf schwer zu benennende Weise für die Fernsehkameras bestens geeignet machte. Seine dreißigsekündigen Auftritte im Hauptwetterbericht, in denen er den Wind und die Küstenwetterverhältnisse erklärte, waren Quotenrenner. Und es lag nicht nur daran, dass er sich immer mal wieder irgendeinen dummen Spruch einfallen ließ, seine Tante Liselotte in Berlin grüßte, oder den Zuschauern Berta und Karl aus Pforzheim empfahl, für die Reise an die Ostsee den Badeanzug einzupacken.

In Gerts kleinen grauen Augen blitzten viel Humor und Gelassenheit. Er war wie ein Fels an Marinas Seite. Sie wusste, dass sein Herz vollständig von Liebe zu ihr und seinem Sohn erfüllt war und war ihm zutiefst dankbar dafür.

»Hm, Aalsuppe!«, sagte Gert und setzte sich zu Tisch. Während Marina ihm und dem Jungen auftat, erläuterte er die Computerpanne beim Wetterbericht. »Demnächst werde ich wieder anfangen, die Temperaturtafeln von Hand zu malen.«

»Wie wird denn das Wetter?«, erkundigte sich Marina, um Gert von den computertechnischen Einzelheiten abzulenken.

»Morgen sonnig, am Mittwoch durchwachsen, viel Wind. Und am Donnerstag kann es dann ziemlich stürmisch werden.«

»Mami hat Karoline den Dorn aus der Hand gezogen«, meldete sich Pit plötzlich.

»So? Wie schön«, sagte Gert leicht verblüfft. Es geschah selten, dass Pit irgendetwas erzählte.

»Karoline Wolf heißt sie«, erklärte Marina. »Sie kommt aus Dresden und ist Journalistin. Eine sympathische Frau. Sie wohnt im *Hotel am Meer*.«

»Dann lad sie doch mal ein«, sagte Gert. »Sie kennt doch sicherlich niemanden hier auf der Insel. Und Inselgäste kommen immer ganz gern mit Einheimischen in Kontakt.« Er grinste verschmitzt.

Pit fragte, ob er aufstehen dürfe, und nachdem er in sein Zimmer hinaufgegangen war, sagte Marina: »Übrigens scheint Karoline Wolf unseren Tom zu kennen, von früher, aus seiner Zeit als Pressefotograf. Mir war gar nicht klar, dass Tom so eine Weltberühmtheit gewesen ist.«

»Das war er allerdings«, sagte Gert. »Aber das kannst du nicht wissen, denn du liest ja den *Blickpunkt* nicht.«

Marina schwieg.

»Das sollte kein Vorwurf sein«, sagte Gert. »Du hast ja Recht, wenn du dich nicht mit diesem ganzen Schund und Schmutz der Welt voll stopfst, so wie unsereiner. Und Tom hat allzureichlich davon Zeugnis abgelegt. Er war ein sehr guter Fotograf. Der Beste!«

»Und dann?«

»Nun, er wurde entführt und es hieß, er sei tot. Aber dann tauchte er wieder auf. Und seitdem lebt er hier auf der Insel. Hat er dir das denn nie erzählt? Ihr habt doch so viele Nachmittage hier hinterm Haus miteinander verbracht.«

»Nein, darüber haben wir nie gesprochen.«

Gert lächelte. »So? Worüber habt ihr denn dann eigentlich geredet? Hm? Was hattet ihr beide denn so Geheimnisvolles zu besprechen?«

Marina lachte. Aber in Gerts Ohren klang es angespannt. Er fragte sich seit Längerem schon, warum Tom Marina diesen Sommer nicht mehr besucht hatte. Oder hatte sie es ihm nur nicht mehr erzählt?

»Und worüber redet ihr eigentlich«, fragte sie, »wenn Tom dich in der Wetterstation besucht?«

»Über Computer. Wie wir Männer halt so sind.« Gert grinste. »Übrigens hat Tom sich eine von diesen elektronischen Kameras schicken lassen. Die Bilder, die sie macht, kann man gleich auf dem Computer bearbeiten.«

»Ah, interessant.«

Marina begann das Geschirr zusammenzustellen. Während sie die Küche in Ordnung brachte, ging Gert zu Pit hinauf, um ihn ins Bett zu bringen und ihm vorzulesen. Gert nahm sich dafür Zeit. Die Stunde, die er abends mit Pit verbrachte, war ihm beinahe heilig.

Als er herunterkam, saß Marina an ihrem Nähtischchen und nähte Knöpfe an Hemden und Blusen.

»Woher sind die Schrammen an Pits Schläfe und Armen?«, erkundigte sich Gert.

»Du weißt doch, dass Pit so etwas nicht erzählt«, antwortete sie, ohne aufzublicken. »Vielleicht ist er mit dem Fahrrad hingefallen. Ich fürchte, er entfernt sich viel zu weit vom Haus.«

»Mach dir keine Sorgen. Kleine Jungen haben immer mal Schrammen. Das gehört dazu.« Gert nahm eine Computerzeitschrift vom Stapel und setzte sich in seinen Sessel.

»Zu dieser Karoline Wolf«, sagte Marina über Nadel und Faden gebeugt, »scheint er allerdings erstaunlich viel Vertrauen zu haben. Ich habe gesehen, wie er sie an der Hand nahm.«

Gert runzelte die Stirn. »Ist doch schön«, sagte er. »Es wird auch langsam Zeit, dass Pit sich ein paar Freunde draußen sucht.«

»Nur, dass Frau Wolf in einer Woche wieder verschwindet«, bemerkte Marina trocken. »Außerdem wären gleichaltrige Freunde besser, nicht?«

»Hm. Das wird schon. Pit ist eben ein Eigenbrötler. Mach dir keine Sorgen.«

»Ich mache mir keine Sorgen. Ich habe nur eine Feststellung getroffen«, erwiderte Marina mit einem Unterton, der Gert aufhorchen ließ.

Aber Marina nähte schweigend weiter. Also wandte Gert seine Aufmerksamkeit der Zeitschrift zu.

»Übrigens«, sagte Marina nach einer Weile. »Ist dir schon aufgefallen, dass Pit panische Angst vor Tom hat?«

»Tatsächlich? Aber wieso denn?«

»Das weiß ich auch nicht. Ich weiß überhaupt nicht, was in dem Jungen vorgeht.«

Gert legte die Zeitschrift beiseite. »Was ist los, Marina? Ist etwas Bestimmtes vorgefallen? Gibt es ein Problem?«

Es entging ihm nicht, dass sie sich mit der Nadel in den Finger stach.

»Hör mal«, sagte er, »ich bin vermutlich nicht sonderlich feinfühlig und rede manchmal zu viel über das Wetter und die Computer. Aber, wenn du …«

In diesem Moment hörte er, wie draußen ein Fahrrad gegen die Hauswand gelehnt wurde. Gleich darauf klopfte jemand mit den Fingernägeln gegen die Fensterscheibe.

Marina sprang auf. »Das ist Tom!«

Sie sah auf einmal so glücklich aus, dass es Gert einen scharfen Stich ins Herz versetzte. Lebhaft sprang sie zur Tür und verschwand im Flur, um die Haustür aufzumachen. Dann trat Tom an ihr vorbei ins Wohnzimmer. Er trug abgewetzte Jeans und einen alten blauen Troyer mit Reißverschlusskragen unter der Lederjacke. Neben seiner rauen Männlichkeit erstrahlte Marina noch reiner und schöner, als Gert sie ohnehin schon fand.

»Schön, dass du mal wieder den Weg in unser Haus findest, Tom«, sagte er. »Setz dich. Was willst du trinken? Wein oder Bier?«

»Wein, wenn ihr einen offen habt«, sagte Tom. Dabei blickte er Marina an, die lächelnd in der Tür stand und sich nun umwandte, um den Wein und Gläser zu holen.

»Und wenn wir keinen offen hätten«, sagte Gert herzlich, »dann würden wir eben einen aufmachen. Wenn du uns schon mit einem deiner selten gewordenen Besuche beehrst.«

»Ich hatte viel zu tun im Sommer«, murmelte Tom.

Gert kämpfte erneut gegen sein aufsteigendes Misstrauen an. Warum gebrauchte Tom eine so windige Ausrede? Was lief da eigentlich?

Marina kam mit Gläsern und einer Flasche Wein aus der Küche wieder. Gert bemerkte, dass sie nicht ihn ansah, als sie sich neben ihn setzte und ihm die Flasche zum Entkorken reichte, sondern Tom.

»Und? Was führt dich zu uns?«

»Es geht um Pit.«

»Wir sprachen gerade von Pit, als du kamst«, sagte Gert munter. »Marina sagt, er hätte eine blödsinnige Angst vor dir entwickelt.«

»Daran bin ich vermutlich selber Schuld«, sagte Tom eilig.

»Nein«, erwiderte Gert sehr ruhig. »Ich glaube, daran bist du nicht Schuld, genauso wenig wie wir. Vielleicht ist es wirklich an der Zeit, dass wir dir etwas erklären, Tom …«

Gert blickte zu seiner Frau hinüber, um sich ihrer Zustimmung zu versichern, bemerkte aber leise Anzeichen von Angst in ihrem Gesicht und zögerte.

»Vielleicht sollten wir Tom erst einmal anhören«, sagte Marina. »Was ist denn passiert?«

Tom begann stockend. »Pit hat mich vor ein paar Wochen auf dem Dornbusch mit seinem Fahrrad über den Haufen gefahren. Mir ist nichts geschehen und ihm auch nicht. Aber es ging eine Kamera zu Bruch.«

»Wir ersetzen dir natürlich den Schaden«, sagte Gert.

»Himmel, nein! Darum geht es doch nicht! Pit konnte nichts dafür. Ich lag mitten im Weg. Außerdem war die

Kamera ohnehin alt. Aber ich glaube, dass Pit seitdem Angst vor einer Strafe hat, oder sagen wir ruhig, vor meiner Rache. Er ist mir immer irgendwie auf den Fersen. Aber er hat sich nie so weit genähert, dass ich mit ihm hätte reden und seine Befürchtungen zerstreuen können.«

»Aber warum hast du uns das denn nicht gleich erzählt?«

»Weil ich …«, Tom drehte das Weinglas in den Händen und blickte dann die beiden an, die ihm gegenüber saßen. »Nun, ich dachte, er müsste es euch selber sagen. Auch wenn ich nicht behaupten kann, das Pit und ich so dicke Kumpels wären, dass wir uns nicht gegenseitig verpetzen. Nun gut. Es war vielleicht ein Fehler. Aber es hätte nichts an dem geändert, was heute geschehen ist.«

»Hat es etwas mit den Schrammen zu tun«, sagte Marina, »die Pit im Gesicht und an den Armen hat?«

»Ich fürchte, ja. Und zum Glück hat er nicht mehr als diese paar Schrammen abgekriegt. Dass nicht noch Schlimmeres passiert ist, verdankt ihr übrigens nicht mir, sondern …«

»Um Himmels willen! Was ist denn passiert?«

Gert bemerkte auf einmal, wie Tom seine Frau anblickte, als ob er erst durch sie Zutrauen zu sich selbst fände.

»Nun, ich sagte schon« begann Tom, »dass Pit mir oft mit dem Fahrrad hinterherfährt. Montags, wenn ich Lizzy anspanne, liegt er auf einem Hügel am Hexenberg und beobachtet, was ich tue. Vielleicht wird er einmal ein guter Jäger, oder …« Tom lächelte leicht, » … oder ein guter Fotograf. Die Geduld dazu hat er jedenfalls. Heute nun habe ich Lizzy wie üblich vor dem Laden in Vitte abgestellt. Man kann sie dort nicht anbinden. Außerdem ist meine Wagenbremse kaputt. Sie lässt sich nicht mehr feststellen. Deshalb schiebe ich wenigstens einen Stein vor ein Rad. Als ich wieder aus dem Laden heraus kam, stand Pit mitten auf der Straße, viel näher als sonst. Ich habe die Situation völlig falsch eingeschätzt. Ich dachte, er wolle mir etwas sagen. Also sprach ich ihn an. Er erschrak, drehte sich um, stolperte gegen Lizzy und rannte weg. Dabei scheute das Pony und stürmte los. Pit fiel hin …«

Marina schlug die Hände vor den Mund.

»Ich selbst war … nun ja. Ich konnte nicht so schnell reagieren. Aber da war eine Frau, ein Inselgast, die das Pferd in letzter Minute erwischt und weggezogen hat. Pit ist nichts geschehen. Aber das ist wahrlich nicht mein Verdienst. Ich werde das Pony künftig woanders anbinden und die Bremse reparieren. Das immerhin kann ich euch versprechen.«

»Nun«, schluckte Gert. »Man kann ja nicht jede Eventualität voraussehen. Mach dir bitte keine Vorwürfe. Es ist ja alles gut gegangen. Weißt du, wer diese Frau ist?«

»Eine gewisse Karoline Wolf.«

»Oh die!«, rief Marina. »Ja, die kenne ich.«

»Wenn ihr wollt, dann kriege ich raus, wo sie wohnt. Ich habe mich schon bei ihr bedankt, aber wahrscheinlich wollt ihr das auch noch tun.«

»Sie wohnt im *Hotel am Meer*«, sagte Marina. »Sie ist eine Journalistin aus Dresden.«

Tom wurde blass. »Eine Journalistin?«

»Und sie kennt dich sogar von früher«, sagte Marina munter. »Du stammst doch auch aus Dresden.«

»Das hat mir gerade noch gefehlt!«, knurrte Tom.

»Na!«, machte Gert.

»Ich glaube, ich muss euch was erklären.«

»Ganz und gar nicht«, unterbrach ihn Gert. »Du bist uns keine Erklärungen schuldig.«

Tom senkte den Blick.

»Diese Karoline Wolf hat erzählt«, sagte Marina, »dass du einmal ein berühmter Fotograf warst. Es sei viel über dich geschrieben worden.«

»Dann ist sie tatsächlich wegen mir hier.«

»Sie hat aber gesagt, dass sie Urlaub machen will.« Marina rief sich die genaue Formulierung ins Gedächtnis. »Jedenfalls so ähnlich. Man könne es so nennen, hat sie gesagt.«

Tom fuhr sich durch die Haare. »Dann ... tja, dann hat sie womöglich alles nur inszeniert, um an mich heranzukommen. Nein, nicht das mit Lizzy und Pit, das sicher nicht. Aber es war kein Zufall, dass sie zugegen war.«

»Aber Tom«, sagte Gert mit der ganzen Seelenruhe, die ihn auszeichnete, »du siehst Gespenster. Was auch immer früher einmal war, wen interessiert das heute noch? Du hast ja keinen umgebracht ...«

Gert sah ein gehetztes Zucken in Toms Auge.

»... oder eine Bank ausgeraubt.«

Tom bemühte sich zu lächeln. »Nein. Aber ich möchte auch über das, was ich nicht getan habe, keine Auskunft geben. Schon gar nicht öffentlich.«

»Es wird dich niemand dazu zwingen können.«

Tom seufzte. »Entschuldigt bitte. Ihr müsst mich für verrückt halten, dass ich so ...«

»Aber nein«, sagte Marina so warm, dass es Gert kalt den Rücken runter lief. »Wenn du darüber nicht reden willst, dann ist das doch kein Thema.«

Tom blickte Marina dankbar an. »Es tut mir Leid, dass ich mich so anstelle. Aber ...«

»Nun ist es aber gut«, griff Gert ein. »Von uns wird diese Journalistin nichts über dich erfahren, falls sie es bei uns versuchen sollte.« Er grinste seine Frau an. »Den ersten Kontakt hat sie ja bereits geknüpft.«

Marina sah nun allerdings gar nicht so aus, als könne sie darüber lachen.

»Macht euch über mich keine Gedanken«, sagte Tom eilig. »Frau Wolf macht ja sonst einen ganz netten Eindruck, und warum solltet ihr keinen Umgang mit ihr haben? Immerhin hat sie Pit vor ziemlichem Schaden bewahrt. Kümmert euch also nicht um mich. Das ist nicht so wichtig.«

Was, fragte Tom sich, als er später auf dem Fahrrad über die dunkle Insel zu seinem Hexenberghaus radelte, was war das nur gewesen, das Gert ihm vorhin hatte eröffnen oder erklären wollen? Soweit er das rekonstruieren konnte, musste es sich dabei um etwas Grundsätzliches über Pit gehandelt haben. Aber er war wieder einmal zu unaufmerksam gewesen, zu sehr gefangen in seinen eigenen Angelegenheiten.

5

Karoline verwarf den Rock und zog stattdessen lieber die dunkelbraunen Leinenhosen und die pastellgrüne Seidenbluse an. Zu einem Interviewtermin ging man immer elegant gekleidet, besonders, wenn er heikel war. Während ihrer Auslandsreisen hatte sie die Erfahrung gemacht, dass ihr vor allem in Bundeswehrverbänden, Flüchtlingslagern oder Überschwemmungsgebieten, wo der Journalismus noch reine Männersache war, eine betont weibliche Kleidung mehr Respekt verschaffte, als wenn sie in Jeans und Stiefeln kam. Es ging nicht immer, aber es kam immer gut, wenn sie mit Stöckelschuhen ungerührt im Schlamm versank und dabei noch eine gute Figur machte.

In diesen schlammigen Gegenden war sie der Gast aus einer Welt, in der alles in Ordnung war. Und als Gast kam man anständig gekleidet. Ein alter Mann, den sie nach dem großen Erdbeben in der Türkei auf einer Kiste vor den Trümmern seines Hauses sitzend getroffen hatte, hatte es einmal erbarmungslos auf den Punkt gebracht.

»Sie sehen aus, als ob Sie es nicht nötig hätten, ihr Geld damit zu verdienen, dass sie über Trümmer steigen. Aber Sie sind trotzdem hier. Und wenn Sie wieder daheim sind, dann erzählen Sie es Ihren Freundinnen. Und wenn jede nur einen Pullover, eine Jacke schickt, dann hätten unsere Kinder und Frauen etwas zum Anziehen, wenn der Winter kommt.«

Er selbst hatte keine Kinder und keine Frau mehr. Das Haus, vor dem er seit drei Tagen saß, war ihr Grab geworden.

Selten hatte Karoline die Diskrepanz zwischen ihrer sicheren Welt und der anderen, über die sie berichtete, so fürchterlich empfunden. Doch sie hatte sich klar gemacht, dass sie genau hinsehen und schreiben musste, denn sie war für andere eine Hoffnung auf Hilfe.

Doch das, was sie heute vorhatte, war weniger leicht zu rechtfertigen. Das hatte mehr mit Sensationslust zu tun als mit ehrlicher Berichterstattung. Reuter würden keine Vorteile daraus entstehen, dass sie über ihn berichtete, und auch niemandem sonst.

Als sie sich nach dem Frühstück aufs Fahrrad schwang, war sie sich fast sicher, dass Reuter das Interview ablehnen würde. Leider würde sie dann spätestens morgen wieder heimreisen müssen. Schade.

Als Stadtkind hätte Karoline sich nie vorstellen können, dass es ihr ein schmales Stück Land im Meer ohne richtige Straßen, voller Wind, Sand, Heide und Gebüsch so antun würde. Es war wie die Erinnerung an eine Kindheit, die sie so nicht gehabt hatte, eine Kindheit mit nackten Füßen und Sand zwischen den Zehen, mit Versteckspiel in den Dünen, Krabben fangen, flache Steine übers Wasser springen lassen.

»Na, Sie haben ja schon richtig Farbe gekriegt«, hatte die Hotelwirtin heute früh zu ihr gesagt.

Sie radelte langsam den Weg nach Norden. Das Wäldchen auf halber Strecke bremste den Wind, der sie erneut mit voller Wucht erfasste, als sie auf die blühende und glühende Heide hinausfuhr. Aber heute kam er von Südwest und trieb sie vorwärts. Die Sonne schien. Der Himmel war so blau, wie er es nur im Oktober sein konnte. Und es war so mild, dass sie ihre graue Jacke in den Korb auf dem Gepäckträger legte, in dem schon ihre Fototasche stand.

In Vitte hielt sie nach Pit und Marina Ausschau, sah aber beide nicht. Auf dem Weg am Deich kam ihr ein Postwagen entgegen, der von einem Kaltblut gezogen wurde. Auf dem Gerüst an der Inselkirche von Kloster turnten Männer herum und schrieen sich völlig unverständliche Sätze auf Plattdeutsch zu. Die Kirche wurde neu verputzt und gestrichen.

Am Ortsausgang bog sie auf den Weg zum Leuchtturm ein. Hinter dem mit Gras bewachsenen Hexenberg ging ein Sandweg mit Fahrspuren einer Kutsche nach rechts in eine Senke hinab, in der das Häuschen mit der Scheune und der Koppel stand, auf welcher Karoline das Pony Lizzy weiden sah. Jetzt erkannte sie auch, dass die blutrote Farbe der Hauswände unter dem tiefgezogenen Reetdach von den Blättern wilden Weins herrührte, die der Herbst rot gefärbt hatte.

Die kleinen Fenster waren säuberlich ausgeschnitten, die Haustür leuchtend blau gestrichen. Mit einem Mal war es sehr still. Die lichte Landschaft breitete sich vor ihr aus, Hügel und windzerzauste Bäume. Kein anderes Haus weit und breit. Nur im Nordosten die Landzungen des Bessin, die sich grün mit dem blauen Wasser des Bodden mischten.

Karoline lehnte ihr Fahrrad an die Scheune gegenüber dem Haus und schulterte ihre Fototasche. Ihr Herz klopfte mehr als sonst vor Interviewterminen, als sie auf die blaue Haustür zuging. Das Haus wirkte relativ groß aus der Nähe. Das Dach war bis knapp über die Fenster des Erdgeschosses herabgezogen.

Wenn der Bewohner zu Hause war, so hatte er sie wahrscheinlich längst bemerkt. Und wenn er sich nicht blicken ließ, so wollte er sie auch nicht sehen. Aber für Journalisten gab es keinen Respekt. Sie klopfte an die blaue Tür. Nichts rührte sich. Sie war erleichtert. Sie musste später wieder kommen, würde ihn vielleicht erst morgen sehen, und hatte damit einen Tag auf der Insel gewonnen.

Langsam schlenderte sie über den kleinen Hof zur Scheune hinüber. Das Pony weidete weiter unten auf der Koppel. Als sie sich am Fahrrad noch einmal zum Haus umwandte, leuchtete der wilde Wein so dunkelrot unter dem schweren grauen Reetdach, über dem sich der blaue Himmel mit seinen weißen Wölkchen spannte, dass sie spontan die Kamera aus der Tasche zog. Mehr als ein Touristenfoto konnte es zwar nicht werden, denn man musste ein ausgefuchster Fotograf sein, um solche Farben und das Leuchten einzufangen, aber sie konnte einfach nicht widerstehen.

Sie entfernte sich ein Stück vom Haus, um es im ganzen zu fotografieren. Als dann auch noch eine schneeweiße Silbermöve mit schwarzen Flügelspitzen über dem Dach schwebte, drückte sie den Auslöser. Der Autowinder surrte.

Im selben Moment hörte sie ein Rascheln hinter der Scheune und sah plötzlich einen Mann mit langen Schritten herankommen. Im nächsten Augenblick stand Tom bei ihr und nahm ihr, ehe sie überhaupt kapierte, was geschah, die Kamera aus der Hand. Dann trat er in den Hof vor, holte aus und warf den Fotoapparat weit über die Koppel hinweg ins Gelände. Das alles ereignete sich mit solcher Schnelligkeit und Selbstverständlichkeit, dass Karoline gar keine Zeit hatte zu erschrecken. Ewig lang und in hohem Bogen flog die Kamera, ehe sie irgendwo niederging und Reuter sich ihr zuwandte.

»Was fällt Ihnen ein!«, sagte Karoline.

»Ich ersetze Ihnen selbstverständlich den Schaden«, erwiderte er kühl. »Warten Sie hier.«

Er drehte sich auf dem Absatz um, ging ins Haus und kam nach wenigen Sekunden wieder heraus, eine Geldbörse in der Hand. Im Herankommen zog er mehrere große blaue Scheine heraus. Karoline hatte Gelegenheit zu beobachten, wie leicht und rasch er sich bewegte. Er musste große Kraft besitzen, denn er hatte ihre Kamera rekordverdächtig weit geworfen. Sie war versucht, die komische Seite der Szene zu sehen und zu lachen, verbiss es sich aber.

Jetzt war er bei ihr angekommen, hob die eisigen blauen Augen und streckte ihr Geldscheine hin.

»Das dürfte reichen. Ihre Kamera war zwar nicht mehr die Neueste. Aber damit können Sie sich eine neue derselben Marke kaufen. Allerdings nicht hier auf der Insel.« Karoline legte die Hände auf den Rücken und blickte ihm fest in die Augen. »Bemühen Sie sich nicht. Es war nicht meine Kamera, und meine Redaktion bucht das unter den üblichen Verlusten ab. Wir werden ohnehin demnächst mit elektronischen Kameras ausgerüstet.« Sie lächelte zuvorkommend.

Er zog die Brauen zusammen. »Nehmen Sie schon. Ich bleibe nicht gern jemandem etwas schuldig.«

»Das ist Ihr Problem. Damit müssen Sie jetzt klarkommen.«

»Kommen Sie, zieren Sie sich nicht so. Nehmen Sie das Geld.«

Karoline wich einen halben Schritt zurück. »Eine Entschuldigung wäre mir lieber. Sie haben mir einen fürchterlichen Schrecken eingejagt, so wie Sie mich überfallen haben.«

»Tut mir Leid. Aber ich dulde nicht, dass hier jemand Fotos macht.«

»Es ist ein wunderschönes Haus mit dem wilden Wein und der blauen Tür.«

»Ach was! Es geht Ihnen doch gar nicht um den Wein. Sie sind Journalistin.«

»Und Sie sind Thomas Reuter«, sagte Karoline. »Ein Kollege meines Chefs, Manfred Schulze vom *Dresdner Tagblatt* … Sie kennen doch Schulze …?«

Tom antwortete nicht.

»… hat Sie im Sommer erkannt. Es hat keinen Sinn mehr, dass Sie sich verstecken.«

»Ich verstecke mich nicht. Bitte verlassen Sie mein Grundstück und lassen Sie sich hier nie wieder blicken.«

»Das nächste Mal empfangen Sie mich dann mit angelegter Schrotflinte. Was?«

Tom war einen Moment perplex.

»Aber«, sagte sie mit freundlicher Ruhe, »Sie können mich nicht daran hindern, mir in Stralsund eine neue Kamera zu besorgen, Ihnen hinter einem Busch aufzulauern und einen Schnappschuss zu machen. Ihr Verhalten gibt mir genügend Material für einen kleinen Artikel. Der Kinderschreck der Insel. Bedroht Journalisten. Trauriges Schicksal. Das kommt immer gut.«

Karoline sah, wie er um Haltung rang und bereute ihre drohenden Worte.

»Frau Wolf«, sagte er, um einen ruhigen Ton bemüht, »ich bitte Sie, lassen Sie mich in Frieden. Ich habe nichts mehr zu sagen. Was ich hier mache, ist nicht von geringstem Interesse. Und alles andere können Interessierte in Dutzenden von Zeitungsartikeln nachlesen.«

»Geben Sie mir ein Interview! Ich verspreche Ihnen, dass Sie allein hinterher entscheiden, ob es veröffentlicht wird.«

»Das kann ich Ihnen schon jetzt sagen: Nein, es wird nicht veröffentlicht. Gehen Sie! Bitte gehen Sie endlich. Ich weiß, ich kann nicht verhindern, dass sie irgendetwas über mich schreiben. Aber erwarten Sie kein Entgegenkommen von mir. Und wenn ich Sie das nächste Mal auf meinem Grundstück antreffe, dann hole ich die Polizei. Schönen Tag noch.«

Er sah so erbittert, nein eigentlich in die Enge getrieben aus, dass Karoline zu weiteren Argumenten die Unverfrorenheit fehlte. Sie hatte mit seinem Nein gerechnet, allerdings nicht auf diese feindselige Art.

Ohne ein weiteres Wort drehte sie sich um, nahm ihr Fahrrad von der Scheunenwand und stieg auf. Als sie sich schon auf dem Sandweg zur Straße noch einmal umblickte, sah sie, wie er sich die Haare raufte und zum Haus abwandte.

Er steckte die Geldscheine in die Börse zurück und fragte sich, ob er die Kamera wirklich hatte zerstören müssen. Es hätte durchaus genügt, wenn er den Film herausgezogen hätte. Und selbst das war eine dumme melodramatische Geste. Seine Reaktion war zu heftig gewesen. Anscheinend hatte er sich überhaupt nicht mehr ihm Griff. Es war ein Irrtum, wenn er geglaubt hatte, nach vier Jahren auf der Insel innerlich ruhiger geworden zu sein. Aber musste diese Karoline ausgerechnet Journalistin und zudem auch noch darauf aus sein, ihm sein Geheimnis zu entlocken?

Er drehte sich in der Haustür noch einmal um und sah sie auf die Straße gen Kloster einbiegen. Gestern hatte er sich wie ein Idiot und heute wie ein gewalttätiger Einsiedler aufgeführt, der Fremde auf dem Hof mit angelegter Schrotflinte empfing. Er musste über dieses Bild schmunzeln, das Karoline gebraucht hatte. Sie war schon vorhin bereit gewesen, über die Szene zu lachen, die er ihr gemacht hatte. Er hatte es in ihren Augen gesehen.

Bevor er ins Haus ging, warf er einen Blick hinauf zum Hügel, hinter dem Pit zu liegen pflegte. Er hatte den blonden Schopf vorhin bemerkt. Jetzt war er verschwunden.

Karoline fand den kleinen Pit neben seinem Fahrrad im Gras an der Einmündung des Leuchtturmwegs auf dem Hauptweg sitzend. Sie bremste. Der Junge sprang auf. Instinktiv ließ sie ihr Fahrrad in die Wiese fallen, keine Sekunde zu früh, um den kleinen Kerl aufzufangen, der sich heftig gegen sie und in ihre Arme warf.

»Was ist denn los?«, fragte sie, indem sie auf die Knie niederging und den Kleinen an sich drückte. Pit hob den Kopf aus ihren Armen und schaute mit hellen blauen Augen zu ihr auf.

»Er hat dich nicht aufgefressen.«

»Wer?« Karoline war einen Moment verblüfft, dann verstand sie. »Tom? Nein, natürlich nicht. Menschen fressen einander nicht auf.«

»Aber … aber er hat dich geschlagen.«

»Nein, auch das nicht. Was hast du denn nur gesehen? Er hat mir gezeigt, wie weit er werfen kann. Er kann sehr weit werfen. Wie weit kannst du denn werfen?«

»Ich weiß nicht.«

»Dann zeig es mir doch mal.«

Zögernd löste sich der Junge von ihr. Sie suchten gemeinsam an den sandigen Wegesrändern nach geeigneten Steinen, was gar nicht so einfach war. Nachdem sie das Gelände sondiert und keine Spaziergänger gesichtet hatten, warf Pit seinen Stein mit aller Kraft seines kleinen Körpers.

»Du bist gut!«, rief Karoline und sorgte dafür, dass ihr Stein nicht ganz so weit flog. Pit jubelte mit der natürlichen Siegesfreude eines kleinen Jungen.

»Das kannst du wirklich gut«, sagte Karoline. Sie setzte sich auf einen kleinen Sandhügel, um mit Pit auf Augenhöhe zu sein. »Hast du gesehen, wie weit Tom vorhin geworfen hat? Irrsinnig weit. Wenn du es auch so gut können willst, könntest du Tom vielleicht fragen, ob er mit dir übt. Hm?«

Pit biss sich auf die Lippen.

»Du hast ein wenig Angst vor ihm, nicht?«

»Man muss beobachten, wovor man Angst hat. Ich habe Angst vor dem Hund des Nachbarn gehabt. Da habe ich ihn immer beobachtet, damit ich weiß, ob er schläft oder beißen oder bloß spielen will.«

»Und darum beobachtest du nun Tom.«

Pit nickte.

»Du bist ein kluger Junge.«

Pit lächelte vorsichtig.

»Und wie war das bei dem Hund, vor dem du Angst hattest? Wann hast du ihn dann gestreichelt?«

»Nie«, sagte Pit. »Wir sind weggezogen.«

»Oh! Dumm gelaufen.«

Pit lachte plötzlich. »Ja, dumm gelaufen.«

»Dann müssen wir das eben bei dem Hund nachholen, den du jetzt beobachtest«, sagte Karoline.

»Tom ist doch kein Hund.«

»Nun, wenn er kein Hund ist, dann kann er schon mal nicht beißen, nicht?«

Pit lächelte zaghaft. »Ich traue mich nicht. Aber, wenn du mitgehen würdest, dann würde ich mich vielleicht trauen.«

»Wenn du das willst, dann gehe ich mit.«

»Gleich?«

»Nein, nicht gleich. Das geht jetzt nicht. Wirklich nicht. Aber morgen, ja? Das verspreche ich dir. Ich muss jetzt nämlich zurück. Begleitest du mich nach Vitte?«

Pit nahm sein Fahrrad auf. Wirklich ein lieber Junge, dachte Karoline.

»Das ist der Friedhof«, erklärte Pit, als sie durch Kloster radelten. »Da ist die Kirche. Papi sagt, das Gerüst wird beim nächsten Sturm umkippen. Und da ist das Inselmuseum. Da kann man ausgestopfte Vögel sehen. Und da, hinter dem Deich ist der Strand. Da gibt es Strandkörbe.«

Als sie bei der Hafenkreuzung von Vitte anlangten, an der Pits Haus stand, kam Marina aus dem Garten an den Zaun, diesmal mit vollem Wäschekorb.

»Hallo!«, rief Karoline.

»Moin, Moin«, antwortete Marina mit einem stillen Lächeln. »Das Wetter ist herrlich für Ausflüge, nicht?«

»Ja, wunderbar. Ich habe mich schon in die Insel verliebt. Soll ich Ihnen beim Wäscheaufhängen helfen? Zu zweit geht es schneller, vor allem mit den großen Laken.«

Karoline lehnte, ohne die Antwort abzuwarten, ihr Rad gegen den Zaun und folgte Pit durchs Törchen in den Garten.

»Das ist doch wirklich nicht nötig«, sagte Marina.

Karoline lachte sie freundlich an. »Was ist schon wirklich nötig im Leben? Dafür könnten Sie mir nachher einen Kaffee anbieten. Vorausgesetzt, Sie haben Zeit.«

Marina lachte. »Oh, ich habe viel Zeit.«

Hinter dem Haus auf der Sonnenseite standen eine Bank und ein Tisch. Die Wäscheleinen waren am Ende der Wiese aufgespannt. In der Ecke des Gartens neben einem Gebüsch stand eine liebevoll aus Stein gebaute Hundehütte.

»Und wo ist der Hund dazu?«, erkundige sich Karoline, während sie ein feuchtes Laken aus dem Korb zog.

»Vielleicht später mal, wenn Pit größer ist. Die Hundehütte ist von unseren Vorgängern. Wir wohnen erst seit zwei Jahren auf der Insel.«

»Das klingt beneidenswert.«

»Ja.« Marina hängte ein Laken auf die Leine. Sie trug über ihrem grünen Kleid eine braune Strickjacke, über die das lange Haar bis zu den Hüften herabfloss. »Es ist ein ruhiges Leben«, sagte sie. »Es war immer mein Traum, auf dem Land zu leben.«

»Und ideal für Kinder«, sagte Karoline. »Keine Autos, viel Natur, Freiheit. Man kann sie springen lassen, ohne ständig Angst haben zu müssen, dass sie unter die Räder kommen.«

»Da haben Sie Recht«, sagte Marina und blickte sich nach Pit um, der hingebungsvoll und versunken einen Plastiklaster über die Buckel der Wiese schob. »Aber«, sagte sie, da sie Pit außer Hörweite wusste, »offenbar kann auch hier etwas passieren.«

Karoline hielt inne, die Hand mit der Klammer über der Wäscheleine.

»Dass Pit gestern nicht unter die Räder gekommen ist, verdanken wir wohl Ihnen, Frau Wolf.«

»Nein gar nicht. Pit hat vermutlich die Gefahr etwas übertrieben.«

»Nicht Pit, Tom hat es uns berichtet.«

»Tom? Nun, der dürfte auch nicht sonderlich objektiv gewesen sein. Er war nämlich ziemlich geschockt. Dabei wäre Pit vermutlich überhaupt nichts passiert.«

Marina lächelte und zwickte den letzten Kopfkissenbezug an die Leine. »Ich fürchte, Sie sind zu bescheiden. Jedenfalls vielen Dank, auch im Namen meines Mannes. Und nun setzen Sie sich schon mal. Ich mache inzwischen den Kaffee.«

Als sie mit einer Platte Pflaumenkuchen und dem Kaffeegeschirr wiederkam, saß Karoline mit ausgestreckten Beinen auf der Bank an der Hauswand und blinzelte in die Sonne.

»Was mir besonders gefällt«, sagte sie, »man ist hier mehr dem Wetter ausgesetzt. In Dresden kennen wir ja sozusagen keinen Wind, außer wenn er von Norden durchs Elbtal schießt.«

»Der Wind kann einem aber auch ganz schön auf die Nerven gehen, wenn es im Winter tagelang stürmt und die Fensterläden nicht aufhören zu klappern.« Marina ging ins Haus und kam mit der Kaffeekanne wieder. Sie schenkte Karoline ein und setzte sich auf einen Gartenstuhl.

»In der Stadt ist der Winter immer deprimierend«, sagte Karoline.

»Nun ja, wenn Schnee liegt, ist der Winter auf der Insel sehr schön. Man sitzt im warmen Haus und spielt Karten oder bastelt mit dem Kind. Es war immer mein Traum, mit einer großen Familie auf dem Land zu leben.«

Karoline horchte auf bei dieser zweiten Versicherung Marinas, dass das Landleben ihr Traum war. »Dann wollen Sie sicher noch viele weitere Kinder haben«, sagte sie mit ihrem feinen Sinn für versteckte Probleme.

»Ich kann eigentlich keine Kinder bekommen«, erwiderte Marina ruhig. »Pit ist … ein absoluter Glückfall gewesen.«

»Oje! Es tut mir Leid, dass ich so indiskret drauf los gefragt habe. Eine Berufskrankheit, fürchte ich.«

»Ist schon in Ordnung. Ich hätte es ihnen ja nicht zu sagen brauchen. Aber mit Fremden redet es sich manchmal leichter, nicht?«

Karoline schwieg betroffen.

»Wissen Sie«, fuhr Marina fort, »ich wollte immer eine große Familie haben. Ich bin als Einzelkind in der Stadt aufgewachsen.«

»Ich auch«, sagte Karoline.

Marina lächelte. »Nun, Sie haben einen interessanten Beruf und gehen einen völlig anderen Weg. Aber ich wollte eigentlich immer nur viele Kinder haben und eine dicke runde Familienmutter werden.«

Karoline lachte.

»Nun ja, Pit ist ein sehr lieber Junge. Er stört nie, er macht kein Theater, er tut, was man ihm sagt. Andere Mütter würden mich um so einen unkomplizierten Jungen beneiden.«

Karoline hörte das Aber und ahnte, dass sich Marina überflüssig fühlte. Sie hatte sich auf eine große Aufgabe eingestellt, die sie nun nicht hatte und auf die sie auch nicht hoffen konnte. Eine seltsame Tragödie, dachte Karoline, die sich in ihren jungen Jahren nichts Schrecklicheres hatte vorstellen können, als ungewollt schwanger zu werden und ihre beruflichen Aktivitäten einschränken oder gar ihre Ziele aufgeben zu müssen. Inzwischen sah sie das etwas milder, aber nun fehlte ihr erst einmal der Mann zur Familiengründung. Und ob sie so schnell wieder einem vertrauen würde, der mit Verlobungsring und Eheversprechen kam, war auch fraglich.

»Wunderbar, der Pflaumenkuchen«, sagte sie. »Den haben Sie mit Zimt gemacht. Wirklich gut.«

Marina lächelte. Dann hob sie die graublauen Augen und sah Karoline direkt an. »Darf ich Sie auch etwas fragen?«

»Aber bitte sehr. Alles, was Sie wollen.«

»Sie sind doch Journalistin. Das haben Sie jedenfalls gestern gesagt.«

Karoline nickte. Die wenigsten Menschen stellten ihre Fragen direkt und ohne Umschweife.

»Und da haben wir uns gefragt …« Marina lächelte verlegen. »… also, ob Sie wegen Tom hier sind.«

»Oh!«

»Er will nämlich nichts mehr mit Journalisten zu tun haben.«

»Das habe ich gemerkt.« Karoline lachte. »Ich komme gerade von ihm. Er hat mich von seinem Grundstück gejagt. Es fehlte praktisch nur das Schrotgewehr.«

Marina sah erst erschrocken aus, lachte aber dann mit. »Ich fürchte, daran sind wir Schuld, Gert und ich. Wir haben ihm gestern gesagt, dass Sie Journalistin sind.«

»Um Himmels willen! Das ist doch nicht Ihre Schuld, dass er mich etwas harsch empfangen hat. Ich hätte ihm doch ohnehin gesagt, wer ich bin.«

»Ach so, ja, richtig, klar.«

Karoline grinste. Marina hatte offensichtlich keine besonders klare Vorstellung von Journalisten. Sie schien sie für eine Art Wölfe zu halten, die mit langen Kameraobjektiven, Täuschungsmanövern und Tarnungen arbeiteten, um an ein Opfer heranzukommen.

Karoline wartete auf die Frage, die Marina nun stellen musste, aber nicht stellte. »Sie fragen sich wahrscheinlich, was ich von Reuter will.«

Marina nickte.

»Sehen Sie, er wurde vor gut fünf Jahren im Kaschmir verschleppt, zusammen mit vier anderen Journalisten, einem Deutschen und drei Briten. Zwei Briten und der Deutsche kamen nach einigen Monaten wieder. Sie sagten, sie hätten Reuter mit zertrümmertem Schädel neben dem toten Briten gefunden. Sie brachten seine Kamera mit und das Foto des erschossenen Jungen, das Reuter noch gemacht hatte. Da stellen sich doch ein paar Fragen, nicht? Da wird man doch neugierig.«

Marina sah nicht aus, als halte sie Neugier für etwas Positives. »Aber Tom will seine Ruhe«, sagte sie. »Er hat gesagt, er will auch nicht über das Auskunft geben, was er nicht getan hat. Schon gar nicht öffentlich.«

»Muss er ja auch nicht, wenn er nicht will.« Karoline grübelte im Hinterkopf über diese Formulierung nach: Er will auch nicht über das reden, was er nicht getan hatte. Seltsam. Auch gestern vor dem Laden hatte er nicht handeln können, hatte nichts getan, um Pit zu retten. Vielleicht war es das. Der Knackpunkt.

»Jedenfalls«, sagte sie, »sieht es ohnehin nicht so aus, als würde ich zu meinem Interview kommen. Schade nur, dass ich dann keine Ausrede mehr habe, noch länger auf der Insel zu bleiben.«

»Aber er hat doch kein Verbrechen begangen?«, fragte Marina unvermittelt in die Stille im sonnendurchfluteten Garten hinter dem alten Fischerhaus.

»Aber nein!«, beeilte sich Karoline zu versichern. »Jedenfalls nicht, dass ich wüsste. Er hat immer nur die

Verbrechen fotografiert, die andere an Menschen begangen haben, die Opfer. Und das sehr gut. Mit moralischem Eifer geradezu. Haben Sie denn keine seiner Reportagen in einer Zeitschrift gesehen?«

Marina schüttelte den Kopf. »Ich mag diese grausamen Bilder nicht. Man sieht all das Elend und kann ja doch nichts dagegen tun.«

»Da haben Sie Recht. Übrigens kenne ich Reuter nicht persönlich. Ich habe keine Ahnung, was für ein Mensch er ist.«

»He!« Marina grinste überraschend verschmitzt. »Wollen Sie mich ausfragen? Tut mir Leid. Ich bin nicht ganz so naiv, wie Sie denken. Die Insel ist auch nicht immer das reine Paradies. Beim großen Sturm im letzten Winter ist ein Fischer ertrunken.«

Karoline lächelte offen. »Sagen Sie, wäre es arg unverschämt, wenn ich Ihnen das Du anböte?«

»Nein.« Marina lachte. »Und wenn Sie… wenn du es nicht angeboten hättest, dann hätte ich es jetzt getan.«

Bei Kaffee und Pflaumenkuchen verschwatzten sie eine weitere Stunde an der warmen windgeschützten Wand des kleinen Hauses. Karoline erfuhr, dass Marina aus Leipzig stammte und bis zur Hochzeit vor sieben Jahren als Sekretärin gearbeitet hatte. Dann hatte sie sich darauf eingestellt, eine große Familie zu gründen. Doch als sich herausstellte, dass sie wahrscheinlich nie schwanger werden würde, hatte sie eine Goldschmiedelehre angefangen.

»Aber als wir dann überraschend Pit bekamen, habe ich sie natürlich abgebrochen.«

»Warum natürlich?«, sagte Karoline. »Du hättest doch jetzt durchaus Zeit, ein bisschen was zu machen. Zum Beispiel Schmuck aus Bernstein. Die Touristen würden das sicher kaufen. Ich zum Beispiel.«

»Bernsteinschmuck kannst du hier überall kaufen. Da muss nicht ich auch noch kommen. Außerdem kosten die Werkbank und all das Werkzeug eine Stange Geld. Und Platz muss man dafür auch noch haben. Und ... und ich habe ja nun den Haushalt. Wie ist das denn mit dir? Willst du Familie und Kinder?«

»Mein Lebensgefährte hat sich gerade vor vier Wochen von mir getrennt, kurz bevor wir heiraten wollten. Wegen einer anderen. Das Übliche. Was ich mir wünschte, spielte überhaupt keine Rolle. Und im Moment habe ich keine Ahnung mehr, was ich mir eigentlich wünsche. So ist das manchmal.«

»Das tut mir wirklich Leid.«

6

Am Mittwochvormittag goss es in Strömen. Die Insel versank in grauer Nässe. Karoline rief von der Rezeption aus Marina an und erklärte ihr, dass sie eine Verabredung mit Pit hätte, die sie bei dem Regen aber nicht einhalten könnte. Marina versprach, Pit zu sagen, dass sie erst komme, wenn das Wetter besser sei. Pit nahm diese Nachricht stoisch auf. Er ließ sich nicht dazu herab, Marina zu erklären, was das für eine Verabredung war, die er mit Karoline getroffen hatte.

Obgleich Marina Karoline mochte und obgleich sie die Verschlossenheit ihres Jungen gewöhnt war, konnte sie nicht verhindern, dass leise Panik in ihr hochstieg. Es war ein Gefühl, das sie kannte, seit sie das Glück hatte, Pit zu haben: die Angst ihn zu verlieren, die absurde Angst, er könnte ihr weg genommen werden. Sie wusste, dass das Blödsinn war. Niemand nahm ihn ihr weg. Auch Karoline konnte das nicht. Pit war ihr Kind. Aber gegen diese Unglücksfälle war man nie versichert, dagegen, dass Pit das nächste Mal vom Postkuschenpferd überrannt wurde, oder sich beim Radeln das Genick brach. Diese Sorge musste jede Mutter aushalten, das wusste Marina. Aber sie war empfindlicher als andere Mütter. Zumindest glaubte sie das. Denn sie konnte nicht so einfach Kinder in die Welt setzen. Sie hatte um Pit kämpfen müssen. Und ob Gert so etwas noch einmal mitmachen würde, hielt sie für fraglich. Gert war zwar ein ausgesprochen liebevoller Mann, aber eben doch auch nur ein Mann, der eine Frau geheiratet hatte in der Erwartung, dass sie ihm in unkomplizierter Gebärfreudigkeit eine Reihe von Kindern schenken würde.

Marina stellte das Bügelbrett auf und bügelte entschlossen all ihre Grübeleien und irrationalen Ängste in die Hemden und Hosen, dass es dampfte.

In seinem weißen Holzhäuschen am Nordrand von Kloster saß Gert und starrte auf die Satellitenbilder. Der Regen klatschte gegen die Scheiben. Windstärke vier. Gert verbrachte oft Stunden in völliger Einsamkeit in diesem Häuschen. Im Sommer kamen Touristen, die die Wetterstation besichtigen wollten. Die Insulaner besuchten ihn jedoch nicht. Sie schauten lieber in den Himmel und orakelten: »Dat giwt Storm!« Als Wetterfrosch brauchten sie ihn nicht, und wenn das Wetter anders wurde, als es der Computer berechnet und er und seine Kollegen vorausgesagt hatten, dann überschütteten sie ihn in der *Kajüte,* dem Gasthof der *Pension Enddorn* in Grieben, mit Hohn und Spott. Man spottete überhaupt gern auf der Insel.

Der Einzige, der ihn regelmäßig besuchte, war Tom. Er saß auch jetzt auf einem der beiden Stühle in dem kleinen, mit Rechnern und Bildschirmen voll gestopften Büro. Seine Regenjacke tropfte am Haken neben der Tür und ihre beiden Kaffeetassen standen zwischen den Papieren und Computerausdrucken.

»Das sind die ersten Ausläufer des Sturmtiefs«, bemerkte Gert. Auf dem Bildschirm formierten sich die

Wolken zur klassischen Spirale »Morgen Abend, spätestens Freitag, ist es hier.«

»Das sagt der alte Jupp schon seit Tagen«, sagte Tom. »Aber sein Boot hat er noch nicht aus dem Wasser gezogen. Da wartet er noch, bis der Kröl sagt: ›Min Nas leewt. Dat giwt en Dunnerweer.‹«

Gert lachte. Im Gegensatz zu ihm, gab sich Tom Mühe, Platt zu lernen. Gert wandte sich von seinen Computer ab und Tom zu, der mit ausgestreckten Beinen auf dem Stuhl saß und zusah, wie der Regen gegen die Fensterscheibe prasselte und Schlieren bildete.

»Man sollte in den Süden fliegen.«

Tom schreckte aus seinen Gedanken auf. Eigentlich hatte er heute Vormittag in die Süderdörfer fahren wollen, um sich bei Karoline zu entschuldigen. Aber der Regen hatte es verhindert. »Ja.«

»Ich glaube, Marina würde ganz gern mal eine Reise machen. Was meinst du dazu?«

»Nun. Warum nicht?«

»Aber wohin? Die Kataloge sind voll von glänzenden Angeboten. Spanien, Griechenland, Türkei, Südsee.«

Tom zwang sich zur Aufmerksamkeit. Es kam praktisch nie vor, dass Gert mit ihm über Marina reden wollte. »Ich glaube, Marina würde gern nach Griechenland. Sie hat mal gesagt, dass sie die griechischen Tempel sehen will. Olympia, Akropolis. Oder Kreta.«

»So? Na, da weißt du mehr als ich. Wenn ich sie frage, wehrt sie immer ab. Sie sei glücklich und zufrieden hier. Sie wolle nirgendwo hin.«

»So ist es auch.« Toms wachem Auge war nicht entgangen, dass Gert sich anstrengte, unbefangen dreinzublicken. Dabei gab er, Tom, sich doch seit Monaten alle erdenkliche Mühe, dass genau dieser Verdacht bei Gert nicht aufkam, dieser Verdacht, dass Marina sich ihn ihn verliebt hatte.

»So richtig zufrieden kommt sie mir aber in letzter

Zeit nicht mehr vor«, sagte Gert. »Ich glaube, sie langweilt sich ziemlich. Darum dachte ich, wir sollten meinen Urlaub im Januar dazu nutzen, in den sonnigen Süden zu fliegen.«

»Gute Idee.«

»He, Tom! Was ist los? Du bist nicht bei der Sache.«

Tom grinste. »Entschuldige.«

»Und, was ist los?«

Tom spürte eine leichte innere Anspannung. Gert steuerte doch nicht etwa auf ein Gespräch über Marinas Gefühle für ihn und seine für sie zu? Normalerweise achtete Gert das Schweigen, das Tom über seine persönlichen Angelegenheiten breitete. Aber irgendetwas hatte sich verändert.

»Es ist diese Journalistin, die mir Sorgen macht«, sagte Tom entschlossen.

Gert lächelte nur mit seinen Augen. »Ich habe sie ja noch nicht gesehen. Aber Marina ist ganz hingerissen von ihr. Sie haben gestern in unserem Garten zusammen Kaffee getrunken. Es tut Marina gut, mit anderen Leuten zu reden. Ich bin ziemlich langweilig, fürchte ich. Sogar Pit hat sich dazu durchgerungen zu erklären, Karoline sei eine, der die wilden Tiere aus der Hand fressen. Seltsam, wo der Junge diese bildhafte Sprache herhat.«

»Er hat viel Fantasie«, sagte Tom leise und warm. »Wahrscheinlich wird er mal ein Dichter. Jetzt allerdings macht ihm seine Einbildungskraft noch zu schaffen. Aber das mit den Ängsten gibt sich, wenn er älter wird und die Zusammenhänge besser durchschaut. Kleine Jungs sind manchmal so. Meine Kinderwelt war zum Beispiel von Drachen und Geistern bevölkert. Es gab vieles, das mir Furcht einflößend vorkam, Nachbars Hund zum Beispiel oder der Gelähmte im Rollstuhl.«

Tom hob die blauen Augen, in deren Winkeln ein Lächeln spielte.

»Vor dem hatte ich geradezu Todesangst. Als Kind

konnte ich mir nicht erklären, warum er im Rollstuhl saß und dabei so seltsam verkrümmt. Kinderlähmung, sagten meine Eltern. Kinderlähmung. Ich war ein Kind. Das zielte also auf mich. Ich war überzeugt, ich würde Kinderlähmung bekommen, wenn ich den Mann im Rollstuhl in die Hände fiele. Und er schien geradezu darauf zu warten, dass er mich erwischte. Er lauerte hinter jeder Ecke. Ein einsamer Mann, wie ich heute weiß, der auf der Straße mit den Nachbarn reden wollte.«

Gert grinste.

»Ich war permanent auf der Hut. Ich machte Umwege, wenn ich den Rollstuhlmann an einer Ecke sah. Seine verkrümmten Glieder waren der reinste Horror für mich. Eines Tages rannte ich vor dem Nachbarjungen davon, der größer und stärker war als ich, und zischte um eine Ecke genau in den Rollstuhlmann hinein. Er stand vor dem Bäcker. Mit dem Rollstuhl kam er die drei Stufen am Eingang nicht hinauf. Also ließ er sich das Brot von der Verkäuferin bringen. In der Hand hielt er den offenen Geldbeutel. Als ich gegen ihn rannte, sprangen alle Geldstücke heraus und über den Gehsteig. Ich glaubte, mein letztes Stündlein sei gekommen. Ich dachte, er bricht mir die Knochen, verbiegt mir die Beine. Aber dann hörte ich ihn reden. ›Bitte!‹, das war sein erstes Wort. ›Bitte, du musst mir helfen, das Geld wieder einzusammeln. Ich kann es nicht.‹ Es klang so kläglich. Auf einmal war er kein Ungeheuer mehr, sondern einer von den alten Leuten, denen man half. Und allmählich verloren auch die Drachen und Gespenster für mich ihren Schrecken.«

»Ich muss schon sagen«, bemerkte Gert schmunzelnd, »es erstaunt mich zu hören, dass du so ein Angsthase bist. Und ich dachte immer, dich schreckt gar nichts. Du bist doch in deinem Leben wirklich keiner Gefahr ausgewichen.«

»Täusch dich da mal nicht, Gert. Ich bin bodenlos feige.«

Gert lachte. »Gib doch nicht so an!«

»He, Gert, bloß weil ich mein Leben aufs Spiel gesetzt habe, bin ich noch lange nicht mutig gewesen. Ich habe vielleicht nur mein Leben nicht hoch genug geachtet. Also hader du nicht so mit der Angst deines Sohnes Pit. Lass ihm Zeit. Er ist ein kluger Junge.«

»Ohne Zweifel«, sagte Gert gelassen. »Und nicht ich bin es, dem der Junge Sorgen macht, sondern Marina. Sie sagt mir immer wieder, dass sie keinen Zugang zu ihm bekommt. Aber vielleicht ist das nicht das eigentliche Problem. Vielleicht bin ich das Problem. Sie langweilt sich mit mir.«

»Unsinn!« Tom stand auf und blickte aus dem Fenster. Draußen bogen sich Gräser und Büsche unter Wind und Regen. »Übrigens«, sagte er dann, sich umsehend. »Habe ich diese Journalistin gestern ziemlich rüde von meinem Hof gejagt.«

»Sie hat es Marina erzählt«, erwiderte Gert. »Es hätte nur noch die Schrotflinte gefehlt. Nicht schlecht, dieses Bild. Vermutlich ist sie eine glänzende Journalistin. Aber sie wird dich in Ruhe lassen, sagt Marina.«

»Das glaube ich nicht«, antwortete Tom, froh darüber Gert vom Thema Marina abgebracht zu haben, »Karoline Wolf hat vermutlich nur versucht, herauszubekommen, was Marina über mich weiß. Immerhin ist sie für teures Geld von ihrem Chef auf die Insel geschickt worden und muss außerdem noch den Verlust einer Kamera vermelden. Ich kenne ihren Chef, den alten Schulze. Wenn sie aus seiner Schule kommt, dann lässt sie sich nicht so schnell ins Bockshorn jagen.«

»Du magst Marina vielleicht für naiv halten Tom, aber sie besitzt mehr Menschenkenntnis als wir beide zusammen. Sie schenkt ihr Herz keinem Betrüger. Und Karoline hat ihr Herz gewonnen.«

Tom fragte sich verblüfft, was Gert damit eigentlich wirklich sagen wollte. Warum versuchte Gert, ihm diese Karoline ans Herz zu legen? Wollte er ihn etwa damit von Marina ablenken?

»Sag mal, Gert …« begann Tom.

»Du meinst also«, unterbrach ihn Gert, der in Gedanken schon weiter war, »ich sollte mit Marina nach Griechenland fahren. Nach Kreta, genauer gesagt.«

»Tu das.«

Tom hielt Gerts prüfendem Blick stand, bis Gert schließlich die Augen senkte und sich seinen Papieren zuwandte. »Weißt du eigentlich, Tom, dass ich mich dir gegenüber immer ein bisschen unterlegen fühle?«

»Was?«

»Tu nicht so verständnislos, du Abenteurer. Wenn ich so rumlaufe wie du, in diesen alten Jeans und dieser unglaublich schäbigen Lederjacke, dann sehe ich immer nur aus wie ein Hausmann in Pantoffeln. Was kann ich meiner Marina denn schon bieten? Ich sollte mindestens fünf Kilo abnehmen. Und selbst dann wäre ich immer noch der ulkige Wetterfrosch aus dem Fernsehen.«

»Gert, du machst dich über mich lustig. Du bekommst dutzendweise Liebesbriefe und Heiratsanträge von deinen weiblichen Fans.«

»Aber Marina hat mir noch keinen geschrieben.«

»Warum sollte sie auch? Sie hat dich im Haus.«

Gert schmunzelte. Tom war im Prinzip zu ernsthaft, um mit seiner schnellen zwischen Unsinn und Ernst changierender Ironie mithalten zu können.

»Und du, Tom«, sagte er wie nebenbei, »Liebst du sie?«

»Leugnen wäre zwecklos«, bemerkte Tom nun seinerseits mit einer so feinen Ironie, dass Gert vorübergehend schwankte, ob er es nicht doch ernst meinte, »ich bewundere deine Frau. Ich vergöttere sie. Sie ist wie eine Blüte in der Wüste. Oder …« Tom wandte sich wieder dem Fenster zu, »wie ein Dach bei diesem Regen, wie ein knisternder Kamin bei Schneesturm.«

Gert lachte. Doch es beruhigte ihn nur wenig, dass sein Freund so viel Entschlossenheit zeigte, ihm bei seiner Frau nicht ins Gehege zu kommen. Auf diese Freundschaftsgeste hätte er gern verzichtet. Denn da stellte sich doch die Frage, ob er sich Marinas so wenig sicher sein konnte, dass er auf eine noble Geste angewiesen war. Oder sah er nur Gespenster?

Nachdenklich betrachtete Gert Toms Rücken. Tom war ein Mann, den er auch dann nicht recht durchschaute, wenn er ihm ins Gesicht sah. Ruhig, zuverlässig, aber unzugänglich, scheu und zurückhaltend. Aufmerksamkeiten schienen Tom eher unangenehm. Je drängender man ihn einlud, desto rarer machte er sich. Aber gerade das mochte Marina reizen. Sie brauchte eine Aufgabe.

»Uns allen täte eine Reise wahrscheinlich gut«, bemerkte Gert. »Wir kämen mal raus aus dem Schema, könnten gemeinsam neue Eindrücke sammeln. Und Pit könnte nicht immer mit dem Fahrrad abhauen, wenn ihm was verquer läuft.«

Tom drehte sich um. »Du wirst doch Pit nicht nach Griechenland mitnehmen wollen!«

»Na hör mal. Im Frühjahr wird er sechs. Im Mittelmeer würde er wahrscheinlich auch endlich Schwimmen lernen.«

»Aber es ist immer ein Risiko …«

»Nun mach aber mal halb lang. Kreta ist touristisch gut erschlossen. Das ist doch kein Krisengebiet, wo es für kleine Kinder und Frauen gefährlich wird.«

Tom biss die Zähne zusammen. Immer diese verdammte Angst um die Menschen, die ihm nahe waren, dachte er. Aber er konnte diese elenden Bilder einfach nicht vertreiben, die sich in seiner Seele untrennbar mit dem Reisen verbanden, dem Ausland, dem sonnigen

Süden, der Hölle, der er entronnen war, andere jedoch nicht.

»Entschuldige«, sagte er und nahm seine Regenjacke vom Haken. »Du hast natürlich völlig Recht. Kreta ist wunderschön, weiße Dörfer, Olivenhaine. Es wird euch gefallen.«

»Und außerdem«, sagte Gert, »wer sollte Pit denn solange nehmen?«

Tom hätte sich gern dazu bereit erklärt, aber das ging ja nicht, solange Pit ihn fürchtete wie den Tod.

»Ich muss gehen«, sagte er hastig. Und damit war er zur Tür hinaus.

Gert blieb mit seinen Zweifeln zurück. Beim Thema Marina war Tom ausgewichen, wie sich das für einen Kavalier gehörte, aber als die Sprache auf Pit kam, hatte er die Nerven verloren.

Der Regen peitschte Tom ins Gesicht. Er schlug den Jackenkragen hoch und holte das Fahrrad unter dem Unterstand hervor, den Gert ans Haus angebaut hatte, denn nichts war widerlicher, als sich auf einen durchnässten Sattel setzen zu müssen. Der Wind kam von Westen, also von hinten und trieb ihn vorwärts. Tom ließ sich kurz entschlossen bis Grieben schieben und stellte sein Fahrrad unters Regendach des Gasthofs *Zum Enddorn*.

»Moin, Moin«, grüßte er beim Eintreten in die *Kajüte*.

»Moin, Moin«, erwiderte Heike, die Tochter des Enddornwirts hinter der Theke.

Im dunkelsten Winkel des Lokals hockten der alte Jupp und sein Schwiegersohn Jochen über einem Grog. Am Fenster saß ein älteres Ehepaar in Wanderkleidern. An den Wänden der Stube hingen Landschaftsaquarelle, die malende Gäste dem Enddornwirt geschenkt hatten.

»Dat schall nu bald Storm gewwen«, sagte Tom zum alten Jupp. Tom konnte es ganz gut mit den Einheimischen. Sie respektierten ihn, obgleich er ein Fremder war, weil er sich für das Land interessierte und die Insel bis in den letzten Winkel hinein kannte. Seitdem er nach dem letzten großen Wintersturm für den Wiederaufbau der Seebrücke von Neuendorf eine größere Summe gespendet hatte, hatte er sogar Sitz und Stimme im Inselrat.

»Dat wir keen richtig Storm warrn«, erwiderte Jupp, ohne den Blick von seinem Grog zu wenden.

Das ältere Ehepaar am Fenster verfolgte den kurzen Dialog mit besorgtem Interesse.

Tom bestellte bei Heike einen Tee und blieb an der Theke stehen. Sie brühte den Tee in der Kanne auf, statt Teebeutel zu nehmen. An den Handgelenken trug das Mädchen Dutzende verschiedenartig geflochtener Lederbänder und an jedem Finger einen Silberring. Tom wusste, dass sie mit dem Sohn des Bürgermeisters ging.

Ihr Bruder Nünü brachte Getränkekisten herein. Er war gerade mal siebzehn, aber bereits ein Bär von Mann, wenn auch mit kindlich glattem Gesicht. Seinen Spitznamen hatte Nünü seit frühen Jahren, weil er im Unterricht in der Inselschule stets ein Auto mit lautem »nünününü« über die Bank hatte hin und her rollen lassen. Er galt als geistig behindert. Aber er stopfte mit großer Akribie Seevögel aus und verkaufte sie an Touristen. Tom hatte beobachtet, dass die gesamte Dorfjugend ihn integrierte. Er war immer mit dabei, egal, ob sie eine Strandfete feierten oder nachts mit dem Luftgewehr auf Kaninchenjagd gingen.

Mit seinem feinen Gespür für Untergründiges hatte Tom jedoch schnell herausbekommen, dass es Nünü war, der die Beschilderung der Naturschutzgebiete immer wieder verwüstete. Einmal hatte er den riesenhaften Jungen sogar dabei beobachtet, wie er die Schilder heraushebelte, als seien es Setzlinge. Da Nünü dabei die Flinte seines Vaters über dem Rücken trug, hatte

Tom es nicht gewagt, ihn zu stellen und zu fragen, was das sollte.

»Moin, Moin, Nünü«, sagte Tom jetzt.

Nünü schlug ihm mit der Pranke auf die Schultern. »Moin, Moin, Tom.«

»Du hast wieder die Schilder am Bessin umgeworfen«, sagte Tom.

Heike blickte besorgt herüber. Aber Nünü grinste. »Klor. Wo's keene Schilder giwt giwts auch keene Verbote, logisch. Aber dat geiht di nix an. Ik kann fiev volle Kisten auf emal slepen, und du, Tom?«

Tom grinste. Nünü forderte ihn immer zu einem Kräftemessen heraus und freute sich diebisch, wenn er sich geschlagen geben musste. Und wenn Nünü sich etwas in den Kopf gesetzt hatte, dann gab es auch für Tom kein Entrinnen. Er musste mit hinaus zum Bierwagen und Nünü beweisen, dass er nicht fünf, sondern nur vier Mineralwasserkisten tragen konnte.

»Komm«, sagte Nünü dann, »wi warfen dat Gerüst anner Kirche um. Dann deiht's de Storm nich.«

Dies hingegen war ein Scherz. Tom hatte eine Weile gebraucht, sich an den Humor der Insulaner zu gewöhnen. Sie hatten ein waches Auge für menschliche Schwächen und Freude an Pannen, die ihren Mitmenschen zustießen. Aber sie waren dabei unendlich hilfsbereit.

Während er den starken Tee ohne Zucker trank, wurde es draußen ein bisschen heller. Am Fenster stand das Rentnerehepaar auf, beide in Wanderstiefeln. Der Mann nahm die Jacke vom Haken an der Garderobe und wandte sich dabei an Tom.

»Sagen Sie, wird es wirklich Sturm geben?«

»Morgen oder übermorgen könnte es ein bisschen windig werden. Dann fährt die Fähre nicht.«

»Ach, das macht nichts. Wir sind noch eine Woche hier.«

Als sich beide dann mit hochgeschlossenen Regenjacken dem Ausgang zuwandten, hörte Tom wie sie zu ihm sagte: »Ist das nicht ein Seemann, wie er im Buche steht?«

»Ahoi«, grunzte Tom und hob das Teeglas. Heike feixte.

Den Rest des Vormittags verbrachte er im dunklen Labor unter dem Dach seines Hauses, um Filme zu entwickeln und Abzüge zu machen.

Als er am frühen Nachmittag hinunterkam, blitzte die Sonne durch Wolkenlücken.

Er füllte in der Küche die Kaffeemaschine und ging dann ins Arbeitszimmer, um die frischen Abzüge zu sichten. Vom Fenster aus hatte er den Nordosten der Insel im Blick, die grünen Streifen der beiden Landzungen des Bessin im Blau des Bodden und das schmale Band von Rügen am Horizont.

Seit drei Jahren fotografierte er Pflanzen, Vögel und Insekten. Er hatte damit angefangen, um irgendetwas zu tun. Doch daraus hatte sich ein echtes Interesse an Flora und Fauna der Insel entwickelt. Er konnte sich für Stunden darin verlieren, in seinen Bestimmungsbüchern ein Kraut, das er fotografiert hatte, so lange zu suchen, bis er es klassifiziert hatte. Diese Tätigkeit verlangte Konzentration und verhinderte, dass er ins Grübeln kam. Seit einiger Zeit spielte er mit dem Gedanken, seine zum Teil außergewöhnlichen Fotos in einem Bildband über die Insel zusammenzufassen. Aber auch Bildbände erforderten Texte, und zum Schreiben taugte er nicht. Außerdem war ihm der Gedanke immer noch unbehaglich, wieder mit Fotos an die Öffentlichkeit zu treten.

Tom erinnerte sich, dass der Kaffee fertig sein musste und stand auf. Die bäuerliche Küche wies mit ihren Fenstern nach Süden und Westen. Von hier aus konnte er den Weg zum Leuchtturm überblicken und sehen, wer sich seinem Haus näherte. Beim Griff nach der Kanne in der Kaffeemaschine warf er gewohnheitsmäßig einen Blick aus dem Fenster.

Da kamen zwei Personen die Zufahrt herab, eine große und eine kleine. Sie gingen Hand in Hand. Beide schoben ihre Fahrräder. Der Wind zerzauste den blonden Schopf des Jungen und riss an den haselnussbraunen Haaren der Frau. Es waren Karoline und Pit.

Einen Moment lang stand Tom versunken in den Anblick der beiden Figuren.

Sie näherten sich langsam und zögernd. An der Hand von Karoline traute sich Pit weiter heran als jemals zuvor. Doch wer schützte hier eigentlich wen, fragte sich Tom. Karoline musste irgendwie herausbekommen haben, dass sie es an der Hand von Pit erneut wagen konnte, sich seinem Haus zu nähern. Eigentlich ganz schön frech.

Er schob die Kaffeekanne auf die Warmhalteplatte zurück und wandte sich um. An der Haustür zögerte er einen Augenblick. Was, wenn Pit wieder die Flucht ergriff? Doch dann trat er hinaus.

Pit blieb sofort wie angewurzelt stehen. Da Karoline ihn an der Hand hielt, stoppte auch sie. Für einen Augenblick hatte Tom das verrückte Gefühl, es handle sich um zwei Märchenwesen, die vom Wind verweht würden, sobald er eine falsche Bewegung machte. Also verhielt er regunglos in der blauen Tür seines Hauses. Um ihn herum glühte das Weinlaub wie Feuer im Nachmittagslicht.

Karoline hoffte inständig, dass er ihre unerwünschte Anwesenheit richtig verstand. Sie wollte nur das Versprechen einlösen, dass sie Pit gestern gegeben hatte. Aber sie hatte keine Ahnung, ob ihm genug daran lag, mit Pit ins Reine zu kommen, um seinen Zorn auf sie zu unterdrücken. Er stand so regunglos und dabei so wachsam in der Tür, wie ein bissiger Hofhund an der Kette, von der man nicht wusste, wie lang sie war.

Sie ging neben Pit in die Hocke und schlug ihm vor, die Fahrräder an der Scheune abzustellen. Pit war prinzipiell geneigt, Vorschlägen von Erwachsenen sofort Folge zu leisten, und sie setzten sich wieder in Bewegung.

Tom sah mit wachsender Erregung zu, wie erst sie, dann der Junge das Fahrrad gegen die Scheunenwand lehnte. Danach nahm Pit sofort wieder ihre Hand. Der Junge wirkte so, als sei er bereit, beim geringsten Anlass fluchtartig das Weite zu suchen.

Zwanzig Meter trennten ihn von seinen beiden scheuen Besuchern. Aus der Perspektive eines Kindes mochte das eine große Entfernung sein. Aber für Tom war es so nah, dass er kaum zu atmen wagte.

Er sah, wie Karoline Pit schützend die Hand auf die Schulter legte und wie der Junge sich gegen sie drängte. Es berührte ihn tief, wie ängstlich beide dort standen. Es beschämte ihn bis ins Mark, dass er zumindest Karoline Anlass gegeben hatte, seine Reaktion zu fürchten. Von ganzem Herzen wünschte er nun, keinen Fehler zu machen, der den kleinen Pit erneut vertrieb. Aber, was sollte er tun? Ihm fiel seine eigene Angst vor dem Rollstuhlmann wieder ein.

Er trat einen Schritt von der Tür in den Hof.

Pit taumelte rückwärts gegen Karolines Beine. Sofort wandte Tom sich wieder halb dem Haus zu.

»Pit«, sagte er ruhig, »kannst du mir helfen?«

Karoline spürte, wie Pit sich straffte.

»Mir ist ein Foto hinter den Schrank gefallen«, fuhr Tom fort. »Da komme ich nicht ran. Meine Hände sind zu groß dafür. Siehst du?« Er hob die Hände.

Pit holte bebend Luft.

»Ich weiß wirklich nicht, wie ich das Foto hinter dem Schrank hervorkriegen soll. Wenn du mir nicht hilfst, dann müsste ich am Ende die Wand von außen aufmeißeln.«

»Man kann den Schrank sicher abrücken«, bemerkte Pit altklug.

Karoline verbiss sich das Lachen, aber Tom blieb völlig ernst.

»Dazu bin ich alleine wiederum zu schwach. Es ist ein sehr schwerer Schrank.«

Pit ergriff wieder Karolines Hand. »Komm, wir müssen ihm helfen.«

Tom trat beiseite und ließ beide in den schmalen Hausflur eintreten. Als Karoline an ihm vorbeiging, tauchten ihre Blicke kurz ineinander. Er sah unglaublich dankbar aus.

»Ganz durch und dann rechts«, sagte er.

»Was für eine Unordnung«, konstatierte Pit, als sie in das Arbeitszimmer traten.

Am Fenster stand ein Tisch mit Glasplatte, die man von unten beleuchten konnte, um darauf Negative zu sortieren. Fotos stapelten sich an den Tischkanten. Gleich links daneben stand ein riesiger fast schwarzer Eichenschrank, in dem Tom die Fotos aus vierzehn Jahren Tätigkeit archivierte. Die Wand rechts war mit Büchern bedeckt, ihr gegenüber stand ein Regal mit Dutzenden von Kameras, Kisten und Kästen und allerlei Tüten mit Filmen und Fotos. Pit, der aus einem Haushalt kam, in dem immer alles nach Gebrauch sofort weggeräumt wurde, war das kreative Chaos von Arbeitszimmern unbekannt.

»Da findet man ja gar nichts mehr«, stellte er kopfschüttelnd fest.

»Ich finde mich schon zurecht«, sagte Tom lächelnd und trat an den Eichenschrank. Er war sich sicher, dass irgendwelche Fotos dahinter gerutscht waren. Immer, wenn er ein Lineal nahm und hinter dem Schrank herumstocherte, kam irgendetwas ans Licht. »Das Foto muss mir vom Tisch gefallen sein, hier hinter den Schrank.«

Pit löste sich von Karoline, kroch ohne Zögern unter den Tisch und tauchte überraschend furchtlos seine kleine Hand in den finsteren Spalt zwischen Schrank und Wand.

Währenddessen bemühte sich Karoline, ihren neugierigen Blick im Zaum zu halten. Noch gestern Abend hatte sie sich nicht einmal in ihren kühnsten Träumen vorzustellen gewagt, dass sie heute in Reuters Arbeitszimmer stehen würde. Offenbar hatte er das Fotografieren nicht aufgegeben. Sie hütete sich jedoch, ihn zu fragen, was er jetzt machte. Auf keinen Fall sollte er den Eindruck gewinnen, sie habe Pit nur dazu benutzt, um an ihn heranzukommen.

Am unverfänglichsten schien es ihr, die Kameras in dem Regal zu mustern: Pentacon, Pentax, Leica, Lomo, alte klassische Kameras, nach denen sich Sammler heute die Finger leckten, aber auch eine Hasselblad und moderne halbelektronische Kameras verschiedener japanischer und amerikanischer Fabrikate mit Autowinder und Zoom standen da. Als sie den Blick von der stattlichen Sammlung löste, begegnete sie Toms forschendem Blick. Doch er wandte die Augen sofort ab.

Da kam auch schon Pit unter dem Tisch hervor. »Ist es das? Da sind nämlich noch mehr dahinter. Aber das wird schwieriger.«

Tom warf einen Blick auf den verknitterten Abzug, den ihm Pit hinhielt. Es war eines von den total misslungenen Bildern, bei dem ihm das Insekt entsprungen war, als er auf den Auslöser drückte. Man sah nur noch Gras.

»Ja, das ist es.«

Karoline stand dicht genug, um zu erkennen, was auf dem Foto drauf war. Es ließ keinen Aufschluss darüber zu, was er hatte fotografieren wollen.

»Soll ich die anderen auch holen?«, erkundigte sich Pit.

»Wenn du das tun würdest, wäre ich dir sehr dankbar.«

Der Junge tauchte wieder ab und Tom wandte sich an

Karoline. »Kann ich Ihnen etwas anbieten? Ich habe gerade Kaffee gemacht.« Seine Stimme klang etwas heiser aber warm.

»Aber wir wollen wirklich nicht stören«, sagte Karoline.

»Sie stören nicht. Ganz und gar nicht. Kaffee also?«

Karoline nickte. Zu ihrer Verwunderung ließ er sie in seinem Arbeitszimmer allein. Sie hätte Gelegenheit gehabt, die Fotos auf seinem Tisch zu durchwühlen, um herauszufinden, was er machte. Aber sie hatte schon Hemmungen, die Augen über die Buchtitel gleiten zu lassen. Flora und Fauna der Boddenlandschaft. Dann kam auch Pit schon wieder zum Vorschein. In der kleinen Hand hielt er einige verstaubte Fotos.

»Wo ist Tom?«

»In der Küche.«

Pit marschierte los, als hätte er überhaupt nie Angst vor Tom gehabt und sei bestens vertraut mit dem Haus. Es kam Karoline drinnen größer vor als von außen. Zu ebener Erde gab es drei Zimmer und eine Küche. Oben unterm Dach lagen vermutlich noch einmal vier Räume. Offen standen im Moment nur die Türen zum Arbeitszimmer und zur Küche, in die Pit jetzt einbog. Karoline blieb in der Tür stehen und sah, wie Pit Toms Hand berührte, um auf sich aufmerksam zu machen. Tom wandte sich um und ging vor dem Jungen in die Hocke, um die Fotos entgegen zu nehmen.

»Danke Pit.«

»Das habe ich doch gern gemacht«, sagte Pit mit der formellen Artigkeit eines gut erzogenen Jungen. »Aber es ist sehr staubig. Dir fehlt die Frau im Haus, die sauber macht.«

Tom musste lächeln, als er Marinas Meinung aus Pits Mund hörte. »Frauen sind nicht zum sauber machen da«, erwiderte er. »Aber du hast Recht. Ich sollte auch mal in den Ecken saugen.«

»Das solltest du dringend.«

»Gut. Was willst du haben? Milch?«

Pit nickte.

Tom stand auf. »Dann geh doch schon mal hinüber ins Esszimmer. Dort hängt ein Bild mit Seemannsknoten. Darunter liegt ein Strick. Damit kannst du die Knoten nachmachen. Versuch es doch mal.«

Pit huschte an Karoline vorbei in das Zimmer neben der Küche und gegenüber dem Arbeitszimmer. Hinter der vierten Tür gleich gegenüber der Küche vermutete Karoline die gute Stube, die man auf dem Land so gut wie nie benutzte. Abgesehen davon, dass Tom sich offenbar schnell an örtliche Lebensumstände anpasste, war das Haus ohnehin viel zu groß für eine einzelne Person. Im Grunde hätte ihm die Küche schon gereicht. Auch hier stand ein Tisch. Die Küchenmöbel waren alt, aber liebevoll restauriert und weiß lackiert. Die Spüle bestand aus Stein, besaß aber moderne Wasserhähne.

Tom war dabei, Kaffeebecher, Zucker und Milch auf ein Tablett zu stellen.

»Ich habe selten Besuch«, sagte er. »Die Tassen passen alle nicht zusammen. Das wird mir wahrscheinlich erneut den Tadel von Pit eintragen. Bei Marina passt immer alles zusammen. Sie lässt eher die Milch weg, als dass sie ein Milchkännchen nähme, das nicht zum Service gehört.«

Karoline lachte.

Er drehte sich schnell um. »Karoline …« Er räusperte seine Stimme frei. »Ich muss mich bei Ihnen bedanken. Wie haben Sie das nur hingekriegt?«

»Das ist eine längere Geschichte.« Sie warf einen Blick zur Tür, hinter der Pit verschwunden war. Wahrscheinlich konnte der Junge jedes Wort hören. »Das erzähle ich Ihnen ein andermal, wenn Sie wollen.«

»Gut eingefädelt«, bemerkte er.

»Ach wissen Sie, wenn ich so ein abgebrühtes Miststück wäre, wie Sie mir unterstellen, dann hätte ich mir wohl so manche böse Überraschung ersparen können.« Zum Teufel, dachte sie, was redete sie da eigentlich?

Tom hielt betroffen am Kühlschrank inne, die Milchtüte in der Hand. »Wenn Sie darauf anspielen, dass ich Sie gestern so rüde …«

»Nein. Nein, das meine ich nicht«, unterbrach sie ihn hastig.

»Jedenfalls tut es mir Leid.« Der Milchstrahl zitterte leicht, als Tom Pits Glas füllte.

»Entschuldigung«, sagte Karoline. »Ich meinte wirklich nicht Sie. Es ist nur so, dass mir mein Freund gerade davon gelaufen ist, ziemlich überraschend.« Warum erzählte sie ihm das? Es dürfte ihn kaum interessieren.

»Ja«, sagte er und vermied es dabei, sie anzusehen. »Es ist für normale Menschen nicht leicht, mit einem Journalisten zusammenzuleben. Meine Frau war zum Beispiel immer eifersüchtig auf meine Kamera.«

Karoline verhielt sich still.

Tom warf ihr einen skeptischen Blick zu. »Ich bin nie ohne Kamera aus dem Haus gegangen. Ohne sie fühlte ich mich nackt und unnütz. Ob ich denn nicht einfach nur mal etwas genießen könne, hat mir meine Frau vorgehalten, einfach nur mal mit ihr an der Elbe spazieren gehen, ohne dieses grässliche dritte Auge.«

Karoline lachte.

»Aber ich war eben immer auf der Suche nach dem Foto meines Lebens. Das hat mich über den ganzen Erdball getrieben. Und sie saß immer alleine daheim in Dresden. Ich konnte mir einfach nicht vorstellen, für das *Dresdner Tagblatt* Verkehrsunfälle und Pressekonferenzen zu fotografieren.«

»Damit hätten Sie auch kaum den Pulitzerpreis gewonnen.«

Tom lächelte sachte. »Halten Sie das für wichtiger als

eine funktionierende Ehe? Dann sind Sie in der Tat eine Vollblutjournalistin.«

»Ist das ein Verbrechen?«

Tom stellte die Milch in den Kühlschrank zurück. »Das kommt darauf an, ob Sie im richtigen Moment die richtigen Prioritäten setzen. Ich habe das nicht geschafft. Als ich zwanzig wurde, hat mein Vater mir eine Pentacon geschenkt. Seitdem war es mein Ziel, mich mit den fünf besten Fotografen der Welt messen zu können. Das ging auf Kosten aller zwischenmenschlichen Beziehungen. Als meine Eltern bei einem Verkehrsunfall ums Leben kamen, war ich im Libanon unauffindbar, und als meine Frau starb, befand ich mich in Kaschmir.«

Tom schloss den Kühlschrank, an dessen Tür ein Jahreskalender klebte, und wandte sich Karoline zu. Sie stand still in der Tür.

»Übrigens«, sagte er in einem leichteren Ton, »heute ist mein fünfunddreißigster Geburtstag. Und Sie ...«

»Gratuliere!«, unterbrach ihn Karoline lächelnd.

» ... und Sie haben mir heute eines der schönsten Geburtstagsgeschenke gemacht, das ich je bekommen habe.«

Karoline senkte fast erschrocken den Blick. Tom ergriff das Tablett. Durch den Gang begaben sie sich in das andere Zimmer hinüber.

Sie blieb einen Moment in der Tür stehen und nahm die schlichte schöne Atmosphäre in sich auf. Die Wände waren weiß gestrichen, die Deckenbalken schwarz gebeizt. Darunter standen auf gewachsten Dielen ein großer alter, ebenfalls dunkler Tisch mit steilen alten Stühlen und eine Anrichte von bäuerlichem Zuschnitt. Durch die beiden von Weinlaub umrahmten Fenster fiel helles Licht herein. An den Wänden hingen historische Fotos und Stiche vom Leben der Fischer auf Hiddensee und ein Bild mit Seemannsknoten.

Pit saß auf einem Stuhl und hantierte mit einer Kordel.

Tom stellte das Tablett auf dem Tisch ab und setzte sich neben den Jungen. »Pass auf, so geht das«, sagte er. Und schon vertieften sich beide in verzwickte Knoten, die blonden Köpfe über die Kordel gebeugt. Pits kleine Hände huschten so vertrauensvoll zwischen den großen Toms herum, als seien sie seit Jahren die dicksten Freunde.

Karoline nahm das Geschirr von dem Tablett, verteilte es und goss erst sich selbst, dann ihm den Kaffee ein.

»Danke«, sagte er und blickte auf.

Karoline wurde es plötzlich heiß. Sie stand auf, um aus dem Fenster zu blicken. Sanft gewellt und doch ziemlich wild stieg der Dornbusch zum Leuchtturm an.

Auf einmal kam es ihr vor, als läge die Trennung von Klaus Jahre zurück. Die Gefühle, die sie vorhin in der Küche zu ihrer bitteren Bemerkung hatten hinreißen lassen, verstand sie selbst nicht mehr. Sicher, sie war enttäuscht worden. Aber über ihre Verletzung würde sie bald hinwegkommen, ganz im Gegensatz zu dem einsamen Mann hinter ihr, der mit seinen Verletzungen kaum zu Rande kam. Sonst würde er nicht immer Dinge tun und sagen, für die er sich hinterher entschuldigen zu müssen glaubte.

Karoline fühlte eine Sympathie für ihn in sich aufsteigen, die sie verwirrte. Das fehlte noch, dachte sie, dass sie sich in einen Mann verliebte, der sich auf einer Ferieninsel vergraben hatte, abgeschottet und fern von allem, was ihr Leben ausmachte.

»Es wird Sturm geben«, sagte Tom plötzlich, so dicht neben ihr, dass sie zusammenfuhr. Sie hatte ihn nicht kommen hören. Als er sich vorbeugte, um aus dem Fenster zum Himmel zu blicken, berührten sich ihre Schultern fast. Er trug einen alten blauen Pullover mit Reißverschlusskragen, dessen Säume an einigen Stellen ausgefranst waren. Sie sah die feinen Lachfältchen in seinem Augenwinkel und eine kleine Narbe an seiner rechten Augenbraue. Seine blauen Augen wurden von langen Wimpern beschattet, die seinem sonst so ernsten Blick, aus der Nähe betrachtet, eine gewisse Sanftheit verliehen. Er schien zu fühlen, dass sie ihn ansah, denn plötzlich richtete er seine Augen auf sie. Er lächelte zwar, aber Karoline erschrak trotzdem über die Schärfe seines Blicks. Sie fühlte sich durchschaut bis auf die Knochen und wandte ihre Augen ab und zu Pit hinüber, der still und konzentriert am Tisch saß und Knoten probierte.

»Karo …!«, hörte sie Tom leise sagen.

Unversehens streifte ihre Hand die seine. Sie fühlte, wie sich seine Finger um ihre schlossen und blickte ihn erschrocken an. Seine Lippen waren halb gehöffnet. Doch im nächsten Moment besann er sich wohl auf Pits Gegenwart, ließ ihre Hand so schnell und leicht wieder los, wie er sie ergriffen hatte und vollendete den Satz in einem lockeren Tonfall.

»Ich darf Sie doch Karo nennen, so wie Ihre Freunde und … und Kollegen.«

Karoline lächelte. »Aber Freunde duzen sich auch.«

Es kostete Tom offensichtlich Mühe, ein Lächeln zustande zu bringen.

»Fertig!«, rief Pit vom Tisch und hielt einen Knoten hoch.

»Lass sehen«, sagte Tom und wandte sich zum Tisch zurück. »Sieht perfekt aus. Sehr gut, Pit.«

7

Manfred Schulze streifte die Asche von seiner Zigarre. Es war die Feierabendzigarre, die er viertel vor acht anzündete und eine knappe halbe Stunde später ausmachte, nachdem der Andruck begonnen hatte. Im

Grunde zog ihn nichts nach Hause. Seine Töchter telefonierten oder gingen aus, seine Frau machte ihm entweder Vorwürfe oder war ohnehin nicht daheim.

Wenn er sich überhaupt in seiner Haut wohl fühlte, dann in seinem Büro mit dem Telefon, das ihn mit der Welt verband und der Hektik des Tagesjournalismus um sich herum. Vor fast zehn Jahren hätte er in Hannover Ressortleiter fürs Ausland im großen Politmagazin *Blickpunkt* werden und das Doppelte verdienen können. Aber seine Frau, hatte unbedingt nach Dresden zu ihren alten Freundinnen und Freunden zurück gewollt. Um eine Ehe zu retten, die eigentlich nicht mehr zu retten war, hatte er den Chefposten beim *Dresdner Tagblatt* angenommen. Früher hatte er eine Million Leser erreicht, jetzt waren es gerade mal achtzigtausend.

Regen hing über der Stadt. Die Redaktion lag an der Großen Meißner Straße, Ecke Hauptstraße am Elbnordufer. Von hier aus konnte er die Augustusbrücke überblicken und die feierliche Kulisse der Altstadt mit Semperoper, Brühlscher Terrasse, Hofkirche, Schloss, Kunsthochschule und Albertinum sehen.

Seine Gedanken glitten, ohne dass er es zu verhindern suchte, zu Karo. Sie hatte ihre Zukunft noch vor sich. Sie würde die Karriere machen und erreichen, was er nie erreicht hatte, vorausgesetzt, sie stolperte nicht über ihr Privatleben. Ihn hatte es gelähmt. Aber sie war anders. Sie hatte ihren Klaus erstaunlich ungerührt laufen lassen. Sie würde sich nicht von einem Mann verführen lassen, ihren Beruf für seine Interessen zu opfern. Sie hatte Biss. Das gefiel ihm.

Das Telefon riss ihn aus seinen Grübeleien.

»Schulze.«

»Ich bin's, Karo.«

»He, Karo! Gerade habe ich an dich gedacht. Bin eben ein intuitiver Mensch. Wie geht es dir da oben im hohen Norden? Wie ist das Wetter?«

»Windig, aber schön.« Sie klang erfrischend glücklich. »Weswegen ich dich anrufe …«

Manfred signalisierte mit einem Grunzen, dass er zuhörte. Er war ein guter Zuhörer, einer der schweigen konnte, der bewusst auch dann schwieg, wenn sein Gesprächspartner eine Pause machte, um ihm Gelegenheit zu einer Frage oder Antwort zu geben. Im Laufe seines Berufslebens hatte Manfred gelernt, dass in seinem Schweigen sein Erfolg lag. Leute liebten Gesprächspausen nicht, und dann redeten sie weiter und sagten Dinge, die sie eigentlich nicht hatten sagen wollen.

»Also, ich habe Reuter aufgespürt«, hörte er Karo sagen, wieder ziemlich vergnügt. »Aber das mit dem Interview das wird nichts. Er … er lehnt es strickt ab.«

Karo machte eine Pause, aber Manfred schwieg.

»Ich weiß«, fuhr sie fort, »was du jetzt sagen wirst. Eine gute Journalistin gibt nicht so schnell auf. Aber … nun, er ist ziemlich massiv geworden. Er hat mir die Kamera zerstört, als ich nur sein Haus fotografierte. Es fehlte wirklich nicht viel, dass er die Schrotflinte auf mich angelegt hätte.«

Manfred vernahm Karos verlegenes Lachen und schwieg weiter.

»Na ja«, fuhr sie fort, »das ist es nicht allein. Ich war dann immerhin doch in seinem Haus. Er fotografiert jetzt Pflanzen und Tiere auf der Insel, glaube ich. Er ist … Ich denke, man sollte ihn in Ruhe lassen. Er ist … er ist ein gebrochener Mann.«

Das hatte Karoline eigentlich nicht sagen wollen, auch weil es nicht stimmte, aber sie vermutete, dass Manfred mit dieser Phrase mehr anfangen konnte, als mit den feinfühligen Rücksichten, die sie auf Tom zu nehmen beschlossen hatte. Manfred hörte, dass sie bereits auf dem Glatteis ausgerutscht war, auf dem er sie hatte haben wollen, und harrte geduldig aus.

»Ich meine«, ruderte Karo, »er lebt völlig zurückgezogen. Die paar Freunde, die er hat, die ihn achten, die muss man ja nicht auch noch aufscheuchen. Die wissen nichts über sein früheres Leben. Ich denke, dabei sollte man es belassen. Ich jedenfalls werde nichts über ihn schreiben. Und wenn du mich rausschmeißt.«

Manfred hüstelte. Es war Zeit, dass er etwas sagte. »Da kann man wohl nichts machen, wenn du das so siehst. Mach dir noch ein paar schöne Tage. Am Montag will ich dich wieder hier sehen.«

Er sagte es freundlich grollend, so als habe Karos Reise ohnehin nur touristischen Zwecken gegolten. Nachdenklich legte er auf. Sie hatte ungewöhnlich gelöst geklungen, beinahe übermütig. Hatte sich seine Karo etwa in diesen Reuter verguckt? Frauenstimmen veränderten sich, wenn sie verliebt waren. Karo wirkte sonst immer so kühl und nüchtern. Sie war einer der sachlichsten Menschen, die er kannte, schnell, fleißig und sicher im Urteil.

Außerdem besaß sie den Instinkt für eine gute Geschichte. Manchmal recherchierte sie schon, während er noch herumbrummte, dass nichts dahinter stecke. Und Reuter war eine gute Geschichte. Über zehn Jahre hatte er die Welt bewegt, zumindest aufgebracht mit seinen Fotoreportagen aus vergessenen Kriegs- oder Katastrophengebieten. Als Zwanzigjähriger hatte er die Weltbühne betreten, ein schmaler Junge mit einer einfachen Pentacon-Kamera aus dem Dresdner Werk in der Hand, einer aus einfachen Verhältnissen, der sich nach dem Fall der Mauer auf Weltreise begab und mit Schwindel erregend guten Bildern wiederkam. Bis nach Amerika hatten sich die Zeitschriften und Magazine um ihn gerissen. Er war mit Preisen überhäuft worden, musste ein Schweinegeld verdient haben. Aus dem schmalen Jungen mit der Pentacon-Kamera war ein Mann mit Hasselblad und Laborassistenten geworden. Einige Male hatte Manfred ihn bei Presseempfängen zu Gesicht bekommen. Ein arroganter Bursche, sehr von sich eingenommen. Einer von denen, von denen man dachte: ›Hochmut kommt vor dem Fall.‹

Und so war es dann ja auch gekommen.

Doch warum Reuter von der Bildfläche verschwunden war, wusste Manfred bis heute nicht. Sicherlich, es hing mit dieser Entführung in Kaschmir zusammen.

Hunderte Male hatte Manfred sich vorzustellen versucht, was in diesem Jahr passiert war, da man ihn für tot gehalten hatte, und in den Monaten davor. Dass Entführte sich manchmal mit der Sache ihrer Entführer identifizieren, war ja bekannt. Hatte sich Reuter verführen lassen, die Interessen der islamischen Unabhängigkeitskämpfer zu seiner Sache zu machen? Hatte er die Seiten gewechselt, vom Entführten zum Entführer, zumindest zum Gast dieser Mörder? Immerhin hatte es einen Toten unter den Geiseln gegeben. Dass Reuter Zeuge dieses Todes gewesen war, davon zeugte das Foto in der Kamera, die seine Gefährten neben dem leblosen Körper Toms gefunden und mitgenommen hatten. Aber war er wirklich nur Zeuge gewesen, nicht auch Mittäter?

Hundert Mal hatte Manfred diesen Gedanken verworfen. Was hätte der blutige und grausame Unabhängigkeitskrieg dieser Moslems im Gebirge zwischen Indien und Pakistan an sich haben können, dass Reuter dafür die journalistische Neutralität aufgab? Auch wenn Manfred ungern Gutes über Reuter dachte, das musste er ihm zugestehen: Er hatte immer nur für die Opfer menschlicher Grausamkeit Partei ergriffen, für die Kinder, die Frauen, die Alten. Nie für eine der Krieg führenden Parteien. Nie für jemanden, der eine Waffe in der Hand hielt.

Nur, warum war er dann erst ein Jahr nach seinem vermeintlichen Tod wieder aufgetaucht? Die Islamisten hatten die zwei überlebenden Briten und den deutschen

Journalisten nach einem Vierteljahr frei gelassen. Warum nicht auch Reuter? Oder hatte er etwa damals schon aus der Öffentlichkeit verschwinden wollen? Sich tot sagen lassen. Seine Art, die Ehe mit Simone zu beenden?

Simone, Reuters entzückende Frau, die all die Jahre vor Angst fast umgekommen war, dass er im Gazastreifen erschossen oder in Afrika von einer Miene zerfetzt wurde. Manfred hatte viele Abende im Haus der Bergers verbracht, den Eltern Simones, die zufällig seine Nachbarn gewesen waren. Viele Abende der Sorge, als Reuter für vier Wochen in Kolumbien verschwand, als sie tagelang in Ungewissheit waren, ob der erschossene Journalist in den Kurdengebieten Reuter war, und schließlich, als die Kaschmirentführung begann. Er hatte gesehen, wie die ständige Sorge eine Frau zerstörte. Simone verfiel, verlor ihre Schönheit, wurde vorzeitig alt. Wenn Reuter unterwegs war, vor allem gegen Schluss, zog Simone regelmäßig wieder bei ihren Eltern ein. Ein Kind, das so gern eine normale Ehe geführt hätte, aber nicht durfte, nicht konnte, und immer wieder bei den Eltern Trost suchte und bei ihm, dem alten Freund der Eltern.

Zufällig war Manfred zu Besuch gewesen, um den Bergers alle Informationen zu bringen, die er tagsüber über den Stand der Geiselnahme in Kaschmir gesammelt hatte, als das Telefon klingelte. Das auswärtige Amt. Nie würde Manfred das Gesicht vergessen, das Frau Berger am Telefon machte, als sie die Todesnachricht vernahm. Entsetzen spiegelte sich in ihren Augen beim Gedanken daran, dass sie es ihrer Tochter sagen musste, aber eben auch eine tiefe finstere Befriedigung. Endlich war es vorbei. Dieses ganze Theater. Schluss aus, ein für alle Mal. Kein banges Warten mehr. Nie mehr diese Tortur für Simone.

Nur dass Simone daran starb. Sie brach mit Krämpfen zusammen, wurde ins Krankenhaus gebracht und starb drei Tage später.

Das war jetzt über fünf Jahre her. In all den Jahren hatte es Reuter nicht für nötig gehalten, auch nur ein einziges Mal bei den Bergers anzurufen oder vorzusprechen, um sich nach dem Ende seiner Frau zu erkundigen, oder sein Beileid auszudrücken, oder gar um Verzeihung zu bitten, oder etwas dieser Art. Kein Wunder also, dass Manfred nicht gut auf ihn zu sprechen war.

Wenn dies alles, unabhängig von dem Groll, den Manfred hegte, keine Geschichte war, die der Aufklärung bedurfte, dann wollte er sich nicht mehr Journalist schimpfen. Also griff er nach dem Telefon. Um den Stein ins Rollen zu bringen, brauchte er eine größere Leserschaft.

Manfred wählte die Nummer eines alten Freundes, der jetzt das Ressort Personalien und Prominente beim *Blickpunkt* in Hannover leitete.

»Du hör mal Achim, ich habe da was für dich. Vielleicht kriegst du es sogar noch in die Ausgabe für diese Woche rein.«

8

Moin, moin.« Heike, die Tochter des Enddornwirts stoppte mit wehenden Röcken das Fahrrad. Tom zügelte Lizzy und hielt den Wagen an.

»Hast du Nünü gesehen?«

»Nee«, sagte Tom. »Ist was?«

»Hätt' ja sein können, dass du ihn auf dem Dornbusch gesehen hast. Er ist wohl wieder mal mit Papas Gewehr los. Jedenfalls ist die Flinte nicht da und Nünü auch nicht. Wahrscheinlich liegt er irgendwo am Toten Kerl auf der Lauer. Vögel schießen.«

Tom zog die Brauen zusammen. »Hat er das Fahrrad genommen?«

»Ja.«

»Dann ist er im Gellen. Du weißt doch, auf dem Dornbusch fährt er nicht mit dem Fahrrad herum. Er sagt, Räder machen den Boden weich, und dann holt der Sturm zu viel von der Hucke ins Meer.«

»Gellen!«, seufzte Heike. Das war nun ganz am anderen Ende der Insel.

»Ich bin sowieso auf dem Weg dorthin«, sagte Tom bereitwillig. Aber der Gedanke gefiel ihm nicht, im Naturschutzgebiet nach dem bärenstarken Jungen mit der Flinte Ausschau zu halten. Das war ja nicht der Grund, warum er heute in die Süderdörfer fahren wollte. Außerdem würde es darauf hinauslaufen, dass er die Flinte auf seinem Wagen versteckt nach Grieben zum Enddornwirt brachte, denn man konnte Nünü nicht am hellen Tag mit einem Gewehr über dem Rücken die ganze Insel entlang radeln lassen. Da konnte dann Törne, der Polizist, kein Auge mehr zudrücken, so sehr er auch bereit war, bei Nünü mal wegzusehen. Das Herumballern auf Seemöwen war überall verboten, vor allem aber in den Naturschutzgebieten und besonders im Herbst, wenn die Zugvögel Station machten.

»Na, wenn du sowieso auf dem Weg bist«, feixte Heike. »Aber pass auf, dass du dir die Buxen nicht ruinierst, eh!«

Tom grinste und ließ Lizzy anfahren. Um seine Jeans manchte sich Heike bestimmt keine Sorgen. Sie feixte nur darüber, dass Tom an diesem wunderbaren Morgen nicht in seinem üblichen Räuberzivil auf den Kutschbock gestiegen war, sondern über dem weißen T-Shirt einen bordeauxfarbenen Kaschmirpullover trug, in dem sich bislang noch kein einziges gelbes Pferdehaar festgesetzt hatte.

»He Heike!« Tom drehte sich auf dem Kutschbock

noch mal um. »Und sag deinem Vater, er soll endlich diese Flinte abschaffen.«

»Sag du's ihm. Auf mich hört er nicht!«, rief Heike zurück, hob grüßend die Hand und warf sich in die Pedale.

Tom fragte sich, als er weiterfuhr, ob er seine Pläne für diesen Vormittag umstoßen musste. Als er Nünü zum ersten Mal mit der Schrotflinte am Toten Kerl aufgestöbert hatte, hatte er sich hinterher mit Heikes Vater in der *Kajüte* einen heftigen Streit geliefert. Seitdem war seine Abneigung gegen Schusswaffen, vor allem in den Händen Jugendlicher, immer wieder Anlass jeder Menge Spötteleien geworden. Es war auch nicht ganz ausgeschlossen, dass Heike sich heute mit ihm nur einen Scherz erlaubte, weil sie ihn im Sonntagsstaat auf dem Kutschbock gesehen hatte: ihn auf den Gellen schicken, nach Nünü mit dem Gewehr suchen, der sich unterdessen in der *Kajüte* halb krank lachte. Die Kunst, mit jemandem einen Scherz zu treiben, auf den sogar der gewitzteste Insulaner noch hereinfiel, war eine Tradition, die auch die Jugendlichen noch pflegten.

Tom schmunzelte vor sich hin und beschloss, seine Pläne nicht umzustoßen. Er war von Natur aus misstrauisch. Deshalb hatte man ihn verhältnismäßig selten in den April schicken können. Aber es machte ihm auch nichts aus, wenn er mal unabsichlich für Heiterkeit sorgte. Immerhin machten die Insulaner sich die Mühe, ihn reinzulegen.

Als Karoline zum Frühstück herunterkam, war draußen gedeckt. Es war ein milder Morgen.

»Das Meer sorgt dafür, dass es im Herbst länger warm bleibt«, teilte Martha Helbig, die Hotelwirtin, mit. »Und außerdem regnet es hier weniger als auf dem Festland.«

Karoline nahm an einem Tisch im weiß eingezäunten

Garten vor dem Hotel Platz. Der Wind trieb eilig Wolkenbänke von der See an der Sonne vorbei über das schmale Stückchen Land aufs Festland zu. Dort regnete es.

Die junge Kellnerin brachte Brötchen und Marmelade.

Von ihrem Tisch aus konnte Karoline einen Teil der Straße überblicken, die durch die Heide in die nördlichen Dörfer führte. Die ersten Wanderer und Fahrradfahrer machten sich auf den Weg.

Sie hatte die dritte Nacht nicht ganz so gut geschlafen wie die ersten beiden. Einerseits war sie erleichtert, dass Manfred sie gestern Abend ohne größere Einwände von ihrem Auftrag entbunden und ihr sogar noch drei Tage auf der Insel zugestanden hatte. Andererseits gab es nun für sie keinen Grund mehr, auf den Dornbusch zu fahren. Das Interview fand nicht statt, und Pit und Tom würden wohl ab jetzt ohne ihre weitere Vermittlung miteinander auskommen. Karoline war es zwar gewohnt, alleine zu reisen und freie Tage zu gestalten, aber die Aussicht, den Süden der Insel zu erforschen, reizte sie deutlich weniger als noch vor ein paar Tagen.

Immer wieder hatte sie nachts, als sie nicht schlafen konnte, Toms Gesicht vor sich gesehen, diese Dankbarkeit in seinen Augen, diese seltsame Mischung aus Skepsis und Verletzlichkeit auf seinen Lippen. Vielleicht bereute er ja heute schon, sie gestern in sein Haus gelassen zu haben. Wahrscheinlich hatte ihm vor allem deshalb so viel daran gelegen, das Herz des kleinen Pit zu gewinnen, weil Pit der Sohn der schönen Marina war.

Der Schatten einer Wolke fiel auf Karolines Frühstück. Drüben am anderen Tisch nahmen das ältere Ehepaar aus Berlin Platz. Vielleicht, dachte Karoline, reiste sie doch besser schon heute ab. Tom konnte nicht mehr sein als ein Urlaubsflirt. Niemals hatte sie davon geträumt, ihr Leben auf einer Insel zu verbringen, auf der kein Ort mehr als fünfhundert Einwohner hat. Wenn es schon Marina nicht aushielt, nur Hausfrau zu sein, wie könnte sie das aushalten? Tom mochte hier nach einem bewegten Leben seinen Frieden finden, aber sie fing als Journalistin doch gerade erst an. Sie brauchte die Stadt.

Ein Schmetterling ließ sich auf ihrem Teller nieder und tauchte den langen Rüssel in einen Klecks Honig. Erst als er sich mit trunkenem Flügelschlag in den Herbstmorgen erhob, bemerkte Karoline das Pony und den Wagen, die sich aus der Heide näherten. Das sandfarbene Fell leuchtete in der Sonne ebenso wie die blonden Schöpfe der beiden Menschen auf dem Kutschbock, eines großen und eines kleinen.

Es war Pit, der die Zügel in der Hand hielt.

Karoline sprang auf und trat vor den weiß lackierten Eisenzaun auf die Straße. Tom griff nicht ein, als Pit nun mit konzentrierter Miene am Zügel zog, um das Pony zum Stehen zu bringen.

»Wenn ich groß bin, werde ich Postkutscher«, teilte er stolz mit.

Tom saß auf der anderen Seite und lächelte. »Guten Morgen, Karo. Na, hast du Lust auf eine kleine Rundfahrt? Dann steig auf.«

Er streckte die Hand aus, aber Karoline schwang sich bereits leicht und behände neben Pit auf die Bank. Da zog das Pferd auch schon wieder an. Sie ließen die zum Hafen hin verstreuten Häuser der Süderdörfer hinter sich und kamen in ein zunehmend unwegsameres bewaldetes Gelände, den Gellen; Naturschutzgebiet und Rastplatz für Tausende von Zugvögeln, wie Tom erläuterte.

Der sandige Weg wurde bald zu schmal für den Pferdewagen. Tom half Pit, das Pony auf die Lichtung am roten Leuchtturm des Gellen zu lenken und band Lizzy an einem Baum fest. Pit sprang den Pfad zu den Dünen entlang, während Tom sich noch einmal in den Wagen zurückbeugte, um aus der Jeansjacke hinter dem Sitz eine kleine elektronische Kamera zu nehmen.

Karoline war schon aufgefallen, wie vergleichsweise elegant er sich heute gekleidet hatte, nachdem sie ihn gestern in Räuberzivil in seinem Haus aufgestöbert hatte. Sie selbst hatte sich wiederum vergleichsweise leger angezogen; Jeans, ein rostrotes Langarmshirt und eine Weste aus beigefarben gestreiftem Hanf, das ihr die Jacke ersetzte und wegen der Innentaschen die Handtasche überflüssig machte. Ideal, um durch die Natur zu streifen.

Als sie auf den Dünen standen, war sie erstaunt, wie aufgewühlt das offene Meer an den Strand brandete, der sich noch sechs Kilometer gen Süden und über zehn Kilometer gen Norden bis zur Steilküste des Dornbuschs hinzog. Die Seebrücke von Neuendorf, die weit ins Meer ragte, verstellte den Blick nach Norden.

Pit rannte zum Strand hinunter, suchte ein Stück Holz und begann die Ballen von Seegras und Tang zu teilen, die am Wassersaum lagen.

»Er sucht Bernstein«, erklärte Tom. Er hatte während der Fahrt das Wort nur indirekt an sie gerichtet, indem er Pit die Eigenarten des Gellen erläuterte. Jetzt musste er direkt mit ihr reden, und seine Stimme klang ein wenig belegt.

»Ein Nordwestwind muss gehen und dann auf West oder Süd drehen und langsam abflauen. Dann gehen die Bernsteinfischer los. Komm, vielleicht haben wir Glück.«

Während Pit mit dem Stock hoffnungsvoll herumstocherte, stieg Tom mit beiden Füßen ins schwärzliche Gewölle aus Tang und Seegras.

»Ein echter Bernsteinfischer bückt sich nur, wenn er die Klunker unterm Schuh spürt.«

Kaum hatte er das gesagt, stutzte er auch schon, bückte sich und streckte Karoline dann fast verlegen lächelnd den Handteller hin, auf dem ein würfelgroßes Stück dunkelgoldenen Bernsteins lag.

Sie lachte verblüfft.

»Auch ein blindes Huhn findet mal ein Korn«, sagte er.

Karoline nahm den Stein aus seiner Hand.

Tom bemerkte, wie vorsichtig sie darauf bedacht war, seine Hand nicht zu berühren. Aber das hätte die Befangenheit kaum noch vergrößern können, die er in der Gegenwart dieser Frau mit ihrer selbstsicheren Anmut, dem klugen Blick und dem freundlichen Lächeln auf den vollen Lippen empfand. In ihm meldeten sich Gefühle, die er für absolut unmöglich gehalten hatte, zumindest für seit langer Zeit tot. An ihrem Hals auf ihrer honigfarbenen Haut musste so ein Bernstein wunderbar aussehen.

»Behalt ihn«, sagte er.

Sie lächelte und schloss die Hand um den ungeschliffenen und etwas schartigen Stein. »Danke.«

»Gehen wir ein Stück?«, sagte Tom und riss den Blick von ihr los. Denn die Gefühle, die ihn so plötzlich überfluteten, spülten auch die alten Ängste wieder hoch, die Erinnerung an seine frühere Liebe, den Streit, die Katastrophe. Er wollte sich nicht verlieben, konnte sich nicht binden, durfte nie wieder die Menschen, die er liebte, ins Unglück reißen.

Das Meer schickte seine Wellen schäumend und tosend an den Strand. Möwen kreischten. Vereinzelte Spaziergänger waren in flatternden Jacken unterwegs. Pit lief vor ihnen an der Wasserkante entlang und sprang juchzend vor den heranschäumenden Wellen zur Seite.

»Eigentlich müsste man ihn ermahnen, dass er sich nicht die Füße nass macht«, bemerkte Karoline.

»Das glaube ich nicht«, erwiderte Tom. »Nasse Füße sind etwas, das Pit vermeidet, weil sich Marina sonst aufregen würde. Übrigens …« Tom räusperte sich, »du hast mir gestern versprochen, dass du mir erzählst, wie du es geschafft hast, ihn in mein Haus zu bringen.«

Karoline lächelte ihn an. Er fühlte wie er sich unrettbar in ihren unergründlich dunklen Augen verlor. Das Licht ließ sie aus der Tiefe leuchten wie rotbraune Bernsteine. Seine Hand war versucht, die Haarsträhnen abzufangen, die der Wind ihr in die Stirn blies.

»Das war keine große Sache«, sagte sie. Die Geschichte, die sie von bissigen Hunden und Pits Beobachtungskünsten erzählte, ließ ihn erkennen, wie behutsam Karoline auf Menschen einging und wie geschickt sie war, Herzen zu gewinnen. Tom ermahnte sich zur Vorsicht. Mit diesen Begabungen musste sie eine verteufelt gute Journalistin sein.

Dann prallte Pit beim Herumtollen rückwärts gegen eine entgegen kommende Spaziergängerin. Er erschrak und flüchtete. Karoline entschuldigte sich.

Die Frau lachte. »Ist ja nichts passiert. Wie alt ist er denn? Fünf, bald sechs? Ein netter kleiner Kerl. Und ganz der Vater, ganz der Vater.«

Tom lachte ratlos.

Er sah, dass Pit seine Flucht in den Dünen unterbrochen hatte und zögernd wieder zurückkam. Am besten so tun, als sei nichts gewesen, dachte er, und wandte sich wieder Karoline zu.

»Das Verrückte ist«, brach es plötzlich aus ihm hervor, »dass es sogar sein könnte, dass ich ein Kind habe. Aber ich weiß nicht einmal, ob Junge oder Mädchen.«

Karoline dachte unwillkürlich an ihren journalistischen Lehrer Manfred und schwieg abwartend.

»Es müsste jetzt so alt sein wie Pit, fünfeinhalb Jahre«, sagte Tom leise und stockend. »Simone hat mir ... Simone, so hieß meine Frau. Aber das weißt du wahrscheinlich. Ich nehme an, du hast dich über mich informiert, ehe du hierher kamst.«

Karoline nickte nur.

»Simone hat mir nichts gesagt. Ich wusste nicht, dass sie schwanger war.« Er blickte Karoline an. »Du fragst dich vielleicht, wie einem das entgehen kann. Aber ich war ja die meiste Zeit nicht zu Hause. Als ich in Kaschmir entführt wurde, war ich fast anderthalb Jahre unerreichbar. Im ersten halben Jahr muss Simone das Kind geboren haben, falls sie eines geboren hat.«

Tom machte eine Pause und Karoline fragte sich, ob er sich wohl zu einer Erklärung durchringen würde, die es ihr möglich machte, diese rätselhaften Verhältnisse zu verstehen. Wenn Simone ein Kind geboren hatte, dann musste dies ja Krankenhäusern, dem Jugendamt und den Eltern bekannt sein. Kinder konnte man heutzutage doch nicht heimlich bekommen.

»Ich habe ja gestern schon angedeutet«, fuhr Tom zögernd fort, »dass unsere Ehe nicht so war, wie Simone es sich gewünscht hatte. Sie hat mich geliebt. Aber sie hat in mir den Falschen geliebt, den, der ich nicht war. Sie konnte nicht damit fertigwerden, dass ich die meiste Zeit auf Reisen war und sie nicht mitnehmen konnte … oder wollte.«

Er sah sie an. In seinen scharfen Augen blitzte die Hoffnung, dass sie ihn vielleicht nicht als Frau, aber als Vollblutjournalistin verstehen würde.

»Ich hätte mich auf diesen Reisen nicht mit einer Frau belasten können. Ich hatte schon genug damit zu tun, für mich selbst zu sorgen. Da hätte ich nicht auch noch Verantwortung für eine Frau übernehmen können, die nicht aus beruflichen Gründen mit mir fuhr. Wir wussten ja, welches Risiko wir eingingen. Das waren keine Unterhaltungsreisen. Es war Arbeit. Es hieß, in Absteigen warten, auf Ämtern herumstehen. Simone wäre nicht glücklicher gewesen, wenn sie tagelang in Hotels in fremden Ländern herum gesessen hätte, während ich im Dschungel nach Indianern suchte, die durch Brandrodung ihre Heimat verloren haben.«

»Klar«, sagte Karoline.

Tom senkte den Blick »In diesem, meinem Leben hatte Simone keinen Platz. Und sie fand auch keinen. Wenn ich daheim war, gab es Streit. Wenn ich weg war, machte sie sich Sorgen. Ich habe sie geliebt. Sehr sogar. Aber es waren meine Abenteuer, mein Beruf, mein Erfolg, die ich nicht aufgeben wollte.«

Am Himmel verdichteten sich die Wolken. Toms Hände spielten unbewusst mit der kleinen elektronischen Kamera.

»Wir schieden im Streit. Als ich zu dieser Reise nach Kaschmir aufbrach, teilte sie mir mit, sie werde die Scheidung einreichen. Immer diese Angst um mich, das halte sie nicht mehr aus. Außerdem wolle sie ein Kind. Aber das Kind solle nicht ohne Vater aufwachsen. Darum wolle sie sich von mir scheiden lassen. Ich dachte damals, sie wollte mit einem anderen Mann glücklicher werden, hätte vielleicht schon einen anderen. Das kam mir wie eine Erlösung vor. Heute glaube ich, dass sie mir mitteilen wollte, dass sie schwanger war.«

Karoline konnte sich vorstellen, dass Tom und Simone, beide mit so unterschiedlichen Konzepten vom persönlichen Glück im Kopf, vom jahrelangen sinnlosen Ringen um einen modus vivendi völlig zermürbt gewesen waren.

»Warum eigentlich ausgerechnet Kaschmir?«, erkundigte sie sich.

Tom blickte sie misstrauisch an. Für einen Augenblick fürchtete Karoline, ihn mit dieser Frage daran erinnert zu haben, dass sie die Journalistin war, der er keine Fragen beantworten wollte.

»Warum nicht Kaschmir?«, erwiderte er schließlich. »Der *Blickpunkt* hatte mich gefragt, ob ich als Fotograf mitginge. Und ich habe ja gesagt. Man wollte den Konflikt darstellen. Mich interessierte wie immer, wer die Opfer bringen muss. In Neu-Delhi trafen wir uns mit drei britischen Zeitungsjournalisten, die ebenfalls dorthin wollten. Ich war schon da der Meinung, dass die Briten gefährlich für uns werden konnten, denn als Staatsangehörige der ehemaligen Kolonialmacht Indiens und Pakistans waren sie interessante Objekte für Entführungen und Erpressungen. Aber Horst, der *Blickpunkt*-Redakteur, meinte, Journalisten entführt man nicht, wenn man klug ist. Er hoffte sogar, die Unabhängigkeitskämpfer würden uns zu den drei Franzosen führen, die ein Jahr zuvor entführt worden waren, oder zu deren Leichen. Da kam es bereits zum ersten Streit zwischen Horst und mir. Denn ich bin nie darauf aus gewesen, diese Art von Sensationsjournalismus zu betreiben und meine Kamera auf Geiseln zu halten, egal ob tot oder lebendig. Ich weiß nicht, ob du verstehst, was ich meine ...«

»Ich glaube schon«, sagte Karoline. »Die Geiseln sind zwar Opfer, aber nicht Teil des Konflikts, den du schildern willst.«

»Genau. Es ist zwar schlimm, wenn Europäer entführt werden und zu Geiseln in einem völlig fremden Konflikt werden. Aber das hat mit dem eigentlichen Problem nichts zu tun. Es erhöht nur die internationale Aufmerksamkeit. Und manchmal führt es sogar zu einer Eskalation. Das ist übrigens nicht viel anders, als wenn wir Journalisten uns mit einem fremden Konflikt beschäftigen. Auch wir verändern ihn. Dabei wird er nicht unbedingt verständlicher. Zum Beispiel wissen wir über den Kaschmirkonflikt immer noch nichts. Aber wir kennen die Namen von mehr oder minder ahnungslosen Europäern, die ihm zum Opfer fielen.«

»Und darunter war auch dein Name.«

Tom drehte die elektronische Kamera in den Händen. Sie gingen langsam nebeneinander her.

»Du willst unbedingt wissen, was geschehen ist. Nicht wahr?«

Karoline schwieg mit Bedacht.

»Es ist keine gute Geschichte. Es kommt kein Heldentum darin vor, nur Elend.«

»Ich war immerhin im Kosovo«, sagte Karoline, »und nach den Erdbeben in der Türkei.«

»So? Tatsächlich? Der ganze Katastrophentourismus.«

»He! Sei nicht so arrogant!«

Tom wandte sich ihr plötzlich voll zu. »Ich bin nicht arrogant. Ich habe keinen Grund dazu. Ich versuche doch nur mich zu schützen. Du weißt nicht, was du von mir verlangst, wenn ich diese Geschichte erzählen soll.«

»Ich verlange es doch gar nicht. Es ist deine Entscheidung.«

Er senkte den Blick und wandte sich wieder dem Weg zwischen Seetang und Wasserkante zu. Pit trottelte hinter ihnen her und schnippte Muscheln mit einem Stock vom Sand hoch.

»Nun gut«, sagte Tom. »In der achten Woche unserer Reise durch Westindien wurden wir in einem einsamen Tal von vierzig islamischen Unabhängigkeitskämpfern umringt und über die Grenze nach Pakistan verschleppt. Es waren schwer bewaffnete Krieger, keiner älter als fünfundzwanzig, der Jüngste vierzehn, alle bereit, als Märtyrer zu sterben, viele von ihnen vollgepumpt mit Drogen, damit sie dieses irre Leben in den kahlen Bergen unter Kälte und Hitze überhaupt aushielten. Ein Menschenleben ist dort weniger wert als das eines Hammels. Wir Europäer waren den Strapazen kaum gewachsen. Tagelang marschierten wir über Geröll Berge rauf und Berge runter. Von der ständigen Gefahr, auf Minen zu treten, gar nicht zu reden. Ich war der Einzige, der genug Arabisch konnte, um sich mit den Moslems zu verständigen. Sie nahmen mir meine Kameraausrüstung nicht weg. Im Gegenteil. Sie forderten mich auf, Bilder zu machen. Ich habe auch das Polaroid-

Foto gemacht, das mit der Forderung nach Freilassung von fünf Gesinnungsgenossen an die indische Regierung ging.«

Karoline erinnerte sich an dieses Foto, das im Fernsehen gezeigt worden war.

»Aber du selbst warst nicht drauf. Und trotzdem hieß es dann, du seist mit von der Partie.« Sie erinnterte sich, dass damals eine Zeitung sogar mutmaßte, Reuter stehe auf der Seite der Kaschmirrebellen.

»Ich habe mit dem Fingernagel mein Kürzel TR auf das Foto geritzt«, sagte Tom. »Es war nicht leicht zu erkennen. Aber die Leute vom britischen Außenministerium entdeckten es und sagten dem deutschen Auswärtigen Amt Bescheid. Es ging aber gar nicht um mich. Ich diente den Geiselnehmern eher als Zeuge. Sie erwarteten von mir, dass ich ihren Kampf um Unabhängigkeit der Welt erklärte.«

Karoline wusste, dass man als Journalist leicht in eine Situation geraten konnte, in der man von einer Seite instrumentalisiert wurde.

»Ich genoss sogar Privilegien«, fuhr Tom fort. »Ich konnte mich relativ frei bewegen und bekam vor allem mehr zu essen als Horst und die drei Briten.«

»Oje!«, entfuhr es Karoline.

»Ja, du kannst dir vorstellen, dass das zu Spannungen führte. Wenn diese waffenstarrenden Jungs einen Berghirten überfielen, um ihm ein paar Hammel wegzunehmen und sie zu schlachten, dann lud mich Abul, der Anführer, zum Festschmaus ein. Meine Gefährten aber bekamen die Reste, die abgenagten Knochen. Eine fürchterliche Situation für mich. Hätte ich jedoch die Gastfreundschaft Abuls abgelehnt, dann hätte ich ihn beleidigt und nicht nur mein Leben, sondern auch meine Position als Vermittler zwischen meinen Gefährten und den Unabhängigkeitskämpfern gefährdet. Aber als Horst einmal wegen Wassermangels erschöpft zusammenbrach, da konnte ich gerade wegen dieser Vertrauensstellung verhindern, dass er erschossen wurde wie ein lahmendes Pferd. Ich wünschte jedoch, es wäre nicht ich gewesen, der Arabisch konnte und die Kamera in den Händen hatte, sondern ein anderer. Aber die anderen waren von der schreibenden Zunft. Die Krieger haben nie richtig kapiert, was die zu viert ohne Fernsehkameras eigentlich in ihrem Gebiet wollten. Meine Kamera dagegen war ihnen Beweis genug, dass ich Zeugnis ablegen würde. Auch die Moslems, die das Abbilden von Menschen ablehnen, vertrauten der Wahrheitskraft von Fotos. Das war mein verfluchter Vorteil.«

»Aber du konntest doch sicher auch Vorteile für deine Gefährten herausschlagen«, sagte Karoline ruhig.

»Ja sicher. Natürlich. Diese Bergkrieger mussten begreifen, dass wir Europäer bei diesem trockenen Klima mehr Wasser brauchten. Sie haben auch mit der Zeit eingesehen, dass uns die dünne Luft zu schaffen machte. Wir stiegen immerhin in den Ausläufern des Himalaya herum. Außerdem habe ich mir natürlich beim Mahl mit Abul die Taschen voll gestopft und dergleichen. Aber es half mir nicht viel. Horst und die Briten hassten mich bald mehr als ihre Geiselnehmer. Nur einer von ihnen, David, entschied sich für mich. Er hielt es für einen Vorteil, sich an mich zu halten. In moslemischen Kulturen sind intensive Männerfreundschaften etwas ganz Normales. Viele von den waffenstarrenden Knaben marschierten zuweilen Hand in Hand. Als ich nun David an der Hand nahm, akzeptierten sie ihn als meinen Freund. Ich durfte ihn zu den Festmählern mitbringen, die sie nach einem Überfall auf ein indisches Dorf oder auf einen Berghirten veranstalteten.«

Tom stockte und stöhnte unwillkürlich. Karoline fühlte sich in Versuchung, ihm den Arm um dic Schultern zu legen.

»Aber die anderen«, fuhr er leise fort, »hassten mich

natürlich nur noch mehr dafür, dass ich einem von ihnen einen Vorteil verschaffte, den ich nicht allen verschaffen konnte. David war gerade mal einundzwanzig Jahre alt und hatte eine Verlobte in Manchester. Auch er zog sich nun den Hass unserer Gefährten zu. Es gab hitzige Diskussionen. Die Briten verglichen mich mit einem KZ-Kapo und David mit einem Häftling, der mit den Nazis gemeinsame Sache machte.

Genau zehn Wochen und zwei Tage ging das so. Ich glaube, wir wurden alle irre dabei. Aber wir merkten es nicht. Man gerät in eine merkwürdige Lethargie, wenn der Schrecken über Wochen andauert. Man reagiert nur noch halbautomatisch, interessiert sich nur für die Grundbedürfnisse, für Essen und Schlafen. Aber dann wachte ich eines Morgens auf und sah, wie Horst meine Fototasche ausräumte und die Filmspulen und Kameras mit einem Stein zerschlug. Meine Pentax allerdings legte ich damals schon nicht mehr ab. Mit der ging ich schlafen. Aber ich wollte die Filme retten und stürzte mich auf Horst. Ich weiß nicht, warum er das getan hat, aber ich glaube, er wollte mir meine Privilegien nehmen.

Die Männer Abduls gingen dazwischen. Ein Wunder, dass sie nicht gleich ein paar von uns erschossen. Aber sie trennten uns daraufhin in zwei Gruppen. David und ich zogen mit einer Vorhut aus zehn Mann weiter. Die beiden übrigen Briten und Horst blieben bei der Hauptgruppe. Ich dachte, ich würde sie nie wieder sehen. Eigentlich war ich überzeugt, dass dies ihr sicherer Tod sei, und habe mir schwere Vorwürfe gemacht. Andererseits wusste ich nicht, wie ich mich hätte anders verhalten sollen.

Ich war der Meinung gewesen, ich könnte meine Vorteile zugunsten der anderen nutzen. Aber offensichtlich habe ich es nicht in ausreichendem Maß getan und nicht so, dass die anderen verstanden hätten, dass mir selbst an diesen Vorteilen nichts lag, ja dass ich sie lieber an jemand anderen abgetreten hätte.

Die nächsten zwei Wochen und vier Tage war nun David außer den Moslemkämpfern mein einziger Begleiter. Er redete viel. Ich habe alles über ihn erfahren, über seine Freundin, seine Eltern, seine Autos. Ich habe ihn besser kennen gelernt, als ich mich selbst kenne. Was mich dabei belastete, war die Art, wie er über die anderen triumphierte. Er war mächtig stolz darauf, dass er so schlau gewesen war, sich an mich zu halten. Er schmeichelte mir ständig damit, dass ich stark, clever und skrupellos sei, dass er von mir lernen wolle, dass wir es gemeinsam schaffen würden zu entkommen. Im Grunde benahm er sich wie ein Kind, für das ich die Verantwortung hatte. Mit allen Fasern signalisierte er mir, dass sein Leben von mir abhing.«

Tom sprach inzwischen flüssig, aber mit solch einem Zug von Selbstverachtung um den Mund, dass Karoline erwog, ihm den Rest der Geschichte zu erlassen. Aber inzwischen hatte sie den Eindruck, dass er es loswerden musste. Und so unterbrach sie ihn nicht.

»Sicher, auch ich wollte überleben. Das ist so ein Reflex der Biologie. Aber ich war mir schon lange nicht mehr sicher, ob ich danach damit leben könnte, dass mein Verhalten vermutlich, ob direkt oder indirekt, meine Kollegen das Leben gekostet hatte. Ich zermartete mir das Hirn, was ich hätte anders machen müssen. Hätte ich von Anfang an jede Verständigung mit unseren Peinigern vermeiden sollen? Keinerlei gemeinsame Sprache, keine Kompromisse. Einfach auf der Seite der Opfer bleiben. Opfer werden, mich erschießen lassen. Den moralischen Anstand wahren.«

»Aber du hast Horst dadurch das Leben gerettet …«, warf Karoline ein.

»Aber vielleicht wäre er gar nicht zusammengebrochen, wenn er nicht so wütend auf mich gewesen wäre.

Vielleicht brach er nur zusammen, um mir zu zeigen, wie schlecht es ihm ging und wie vergleichsweise gut mir. Wer weiß. Verstehst du, Karoline, in so einer Situation gibt es nichts, was sicher ist. Vielleicht wären wir alle ermordet worden, wenn ich nicht Arabisch gekonnt hätte. Vielleicht aber auch nicht. Vielleicht hätte David nicht sterben müssen, wenn ich nicht Arabisch gekonnt hätte. Und ich wäre mit Anstand aus der Sache hervorgegangen. Und die anderen auch.«

Karoline stockte das Herz.

»Ich will nicht übertreiben. Ich habe mein Bestes versucht. Ich weiß nicht, ob ich wirklich für den Tod von David verantwortlich bin, der so viele und unterwürfige Hoffnungen in mich gesetzt hat. Ich kann es nicht mehr beurteilen.

Wir überquerten ein Geröllfeld, etwa einen Tagesmarsch von der Grenze zu Indien entfernt, auf die wir zuhielten. David ging hinter mir. Plötzlich schrie er auf und knickte zusammen. Er hatte sich auf einem Stein den Fuß verknackst. Womöglich hatte er sich den Knöchel gebrochen, vielleicht aber auch nur die Bänder gezerrt. Auf jeden Fall war er nicht im Stande, die Schmerzen zu ignorieren und weiterzugehen. Ich versuchte, ihm begreiflich zu machen, dass sein Leben davon abhing. Aber er konnte nicht mehr. Es war, als sei er gefangen in der Rolle des abhängigen kleinen Jungen, die er mir gegenüber eingenommen hatte. Er quängelte wie ein Kind, das keine Lust mehr hat. Ich hätte ihn ja auch getragen, aber das wollte Mussaf nicht, der Anführer unserer Zehnergruppe.

›Zu schwer‹, sagte er. ›Das wird für dich zu schwer.‹

Ich schlug ihm vor, mich mit David zurückzulassen. Der Haupttrupp würde uns einholen. Und inzwischen könnte ich mich um den verletzten Fuß kümmern.

›Morgen kann er wieder laufen‹, sagte ich.

›Heute muss er laufen. Morgen ist er frei und kann ausruhen‹, erwiderte Mussaf.

›Er braucht einen Verband‹, sagte ich. ›Er braucht eine Pause.‹ Der entscheidende Fehler. Ich hörte dieses Geräusch, das man nie wieder vergisst, wenn man es einmal gehört hat, dieses winzige Knacken des Maschinengewehrhahns, kurz bevor es losgeht ...«

Tom stolperte über die in den Sand geschlagenen Pflöcke, die als Wellenbrecher weit in die See reichten. Karoline packte ihn am Ellbogen. Er fing sich, blieb stehen und wandte sich ihr zu, den Blick knapp an ihr vorbei in die Dünen gerichtet.

»Lächelnd schoss einer der Knaben David nieder. Einfach so. Ich stürzte mich auf ihn. Aber zu spät. Einer hieb mir den Gewehrkolben über den Schädel.«

Tom schwankte.

»Schau mich nicht so betroffen an, Karoline. Schau mich nicht so an, als könnte ich nichts dafür. Ich habe es falsch gemacht. Sicher, man konnte nie wissen, wann sie schossen und wann sie ein Argument gelten ließen. Aber ich habe das falsche Argument zur falschen Zeit vorgebracht. Und ich weiß bis heute nicht, warum sie mein Argument diesmal nicht gelten ließen. Es kam ihnen doch schon gar nicht mehr auf uns an. Sie wollten uns frei lassen. Nach drei Monaten waren wir vergessene Geiseln. Die indische Regierung ließ sich nicht erpressen. Sie hätten mich und David einfach zurücklassen können. Aber sie haben David erschossen, und mich haben sie einfach am Leben gelassen.

Nach einer Weile kam ich neben dem toten David wieder zu Bewusstsein. Und dann tat ich das Einzige, was ich gelernt habe. Ich machte ein Foto, das letzte auf meinem letzten Film. Ich dachte immerhin an Davids Eltern und an seine Braut in Manchester. Sie sollten wenigstens den Beweis haben, dass er tot war. Sie sollten nicht über Jahre hoffen müssen, dass er noch zurückkäme.

Danach versagten mir die Kräfte. Irgendwann tauchten die anderen auf, Abuls Trupp mit den beiden Briten und Horst in ihrer Mitte. Ich erinnere mich, dass Horst sich über mich beugte. Ich sah ihm in die Augen, und er blickte mir in die Augen. Dann nahm er mir die Pentax aus der Hand. Ich war außerstande, mich zu rühren. Er stand auf und sagte zu den anderen: ›Er ist tot. Thomas Reuter ist tot.‹«

»O Gott!«, entfuhr es Karoline.

Tom hob die Hände. »Nein! Verurteile ihn nicht! Was hätte er tun sollen? Mich mitschleppen? Wieso hätte er sich denn mit den paar Brocken Arabisch, die er beherrschte, mit Abul herumstreiten und sein Leben risikieren sollen? Für wen denn? Für mich, den Kapo? Und wozu auch? Ich wäre ihnen ja doch bloß gestorben. Ich hatte viel Blut verloren, ich hatte eine schwere Schädelverletzung. Horst durfte davon ausgehen, dass ich tot sein würde, wenn sie die indische Grenze erreichten, ob sie mich nun liegen ließen oder mitnahmen. So entschied er sich, mich liegen zu lassen.

Vielleicht hat er mir damit sogar das Leben gerettet. Denn mit einem Schädelhirntrauma ist das so eine Sache. Die Blutungen im Hirn können entweder gleich alle lebenswichtigen Funktionen lahm legen oder erst allmählich. Das kann Stunden dauern oder Tage.

Ein Alter mit einem Esel kam des Wegs, merkte, dass ich noch lebte, als er mir die Taschen ausräumte und lud mich in einem Anfall von Erbarmen quer über die Mehlsäcke auf seinen Esel. Gegen Abend stieg er in ein Tal hinab, in dem die Zelte einer großen Beduinenfamilie standen, riesige Schafherden darum herum. Ich erinnere mich an die untergehende Sonne. Das Familienoberhaupt, Scheich Achmed, hatte einen Neffen, der in Islamabad ein paar Semester Medizin studiert hatte. Er bohrte mir kaltblütig ein Loch in den Schädel, damit das Blut aus meinem Hirn abfließen konnte, ehe der Druck zu groß wurde. Ob es Zufall war oder sein Können, dass er die richtige Stelle fand, weiß ich nicht.«

»O Gott!«, seufzte Karoline und biss sich auf die Lippen. Am liebsten hätte sie vor Erleichterung laut gejubelt.

»Ich habe«, fuhr Tom mit einem kaum angedeuteten Lächeln fort, »das alles irgendwie halb bewusst mitbekommen. Manches sehe ich ganz deutlich vor mir: das metallfarbene Geröll, die Schafe, den blauen Himmel, die Berge. Eine blühende Wiese in all dem kargen Nichts. Meine Erinnerungen sind beherrscht von Farben und eigenartigen Klängen und von einer ungeheuren Weite. Anderes wiederum ist mir völlig unklar. Zum Beispiel die Zeit, die verging. Jahreszeiten wechselten, ohne dass ich mir erklären konnte, wieso. Ich konnte nicht reden, nicht laufen, mich kaum bewegen. Erst allmählich fiel mir ein, wer ich war. Nur langsam begannen meine Gedanken wieder zu kreisen, und erst spät konnte ich in meine Gedankengänge eingreifen und ihnen eine Richtung geben. So wurde mir allmählich klar, wie sehr ich mich immer belogen hatte. Ich war ein Abenteurer, weiter nichts. Ich hatte behauptet, am Leid der Welt Anteil zu nehmen. Aber was war das schon wert, wenn es mir nicht gelungen war, am Leben des Menschen Anteil zu nehmen, der mir nahe war, der Frau, die ich liebte? Die enorme öffentliche Anerkennung für meine Arbeit hat mich immer wieder hinausgetrieben. Ich habe nicht gemerkt, dass es am Ende nicht mehr um die Menschen ging, die ich fotografierte, sondern um die Bilder, für die ich Preise bekam. Ich behauptete, Mitgefühl wecken zu wollen, aber wo war mein Mitgefühl für Simone?«

Tom wandte sich ab. Im selben Moment kam Pit angerannt, hängte sich an seinen Arm und zeigte ihm die große weiße Feder einer Möwe. Tom fiel auf die Knie und umarmte den Jungen, der mit leichtem Erstaunen die für ihn unmotivierte Zärtlichkeit hinnahm, die Erwachsene gelegentlich entwickelten. Auch seine Mutter konnte ihn so an sich drücken, dass ihm die Luft wegblieb. Es war nicht böse gemeint. Befreit und glücklich sprang er fort, nachdem Tom ihn wieder losgelassen hatte.

Tom blickte zu Karoline auf. »Scheich Achmed war ein gebildeter Mann. Er hatte zwei seiner drei Söhne in diesem Krieg verloren. Er meinte zwar, dass mein Arabisch lausig sei, aber er adoptierte mich an Sohnes statt. Das Erste, wozu ich meinen Verstand wieder gebrauchen lernte, war das Schachspielen. Es dauerte ungefähr ein Jahr, bis ich daran denken konnte, Simone über meinen Verbleib zu informieren. Ich wusste nicht, dass es Horst gelungen war, meinen Tod in meiner Heimat so glaubhaft zu machen, dass man mich offiziell für tot erklärte, ohne den Beweis meiner Leiche zu haben. Hätte ich das gewusst, wäre ich wohl nicht mehr in diese Welt zurückgekehrt. Aber ich ging davon aus, dass Simone in Ungewissheit schwebte und, wie alle Angehörigen von Vermissten, zwischen Hoffnung und Verzweiflung schwankte. Also musste ich mich zurückmelden. Das war ich ihr schuldig. Sie haben mich auf der deutschen Botschaft in Neu-Dehli in Empfang genommen und nicht wieder gehen lassen. Und erst als ich im deutschen Außenministerium Rede und Antwort stand, habe ich erfahren, dass Simone schon ein Jahr lang tot war. Da hatte ich dann nicht mehr die Kraft, die lange Reise zurück zu Scheich Achmed anzutreten.«

Tom stand langsam auf und klopfte sich den Sand von den Jeans.

»Man konnte mir nicht viel über die Umstände ihres Todes sagen. Aber ich erfuhr, dass sie die Nachricht von meinem vermeintlichen Tod nur um wenige Tage überlebt hatte. Ich hätte ihre Eltern, die Bergers, aufsuchen müssen, um mehr zu erfahren. Aber dazu hatte ich nicht den Mut. Ich verkroch mich in einem möblierten Zimmer in Ostberlin und beauftragte eine Detektei, diskret

Nachforschungen anzustellen. Die kamen irgendwie an die Information heran, dass Simone noch in der Zeit, da ich meine Reise nach Kaschmir vorbereitete, zu Ultraschalluntersuchungen beim Frauenarzt gewesen war.«

Tom schluckte.

»Ich begriff auf einmal, was Simone mit ihrem Vorwurf gemeint hatte, ihr Kind würde ohne Vater aufwachsen. Sie hatte mir mitteilen wollen, dass sie schwanger war. Aber sie hatte nicht mehr das Vertrauen besessen, es mir direkt zu sagen. Vielleicht hatte sie gefürchtet, es würde mir gleichgültig sein, oder ich würde es ablehnen. Scham ist gar kein Ausdruck für das, was ich empfand. Welches Recht hatte ich denn noch, nach einem Kind zu forschen, das Simone mir nicht mehr hat schenken wollen? Ich habe doch versagt.«

Karoline schüttelte unwillkürlich den Kopf. Aber Tom sah es nicht.

»Ich hätte es nicht verdient gehabt, es lebend vorzufinden«, sagte er, »und ich hätte es nicht ertragen, zu wissen, dass es mit Simone gestorben ist. Deshalb habe ich nicht weiter nachgeforscht und auch nicht weiter suchen lassen. Vielleicht ist es eine Folge meiner Schädelverletzung. Ich kann nicht mehr ignorieren, was ich alles angerichtet habe und anrichte. Ich bin überempfindlich und kopflos und wie gelähmt, wenn ich handeln soll. All diese Fehler, die ich gemacht habe, diese entsetzlichen Fehler ...«

Er bedeckte das Gesicht mit den Händen.

»Am leichtesten«, sagte Karoline langsam und vorsichtig, »ist es, einem Feind zu verzeihen. Schon schwieriger ist es, einem Freund zu verzeihen, und sich selbst zu verzeihen ist am schwierigsten.«

Tom stöhnte.

9

Sie waren an der Seebrücke von Neuendorf angelangt. Pit lief Schlangenlinien zwischen den Stützen der Brücke, bis er einen Drehwurm bekam und lachend in den Sand fiel. Ohne sich abzusprechen, drehten Tom und Karoline um und nahmen den Rückweg in Angriff.

Während sie zunächst schweigend den Strand entlanggingen, ließ in ihm allmählich die Anspannung nach. Er fühlte sich zwar noch nicht erleichtert, aber er spürte, wie sich in ihm ein Knoten löste, der ihn über vier Jahre gelähmt hatte.

Pit sprang vor ihnen her. Karoline rief ihm gelegentlich etwas zu oder lobte eine Muschel, die er anbrachte und ihr zum Aufbewahren überließ. Sie war so ganz anders als die Frauen, mit denen er bislang zu tun gehabt hatte. Sie wirkte kühl und doch nicht kalt. Sie hatte ihm nicht unbewegt zugehört aber auch kein übertriebenes Mitleid oder Entsetzen geäußert. Sie hatte versucht, zu ihm durchzudringen, ohne ihm dabei Vorwürfe zu machen.

Simone war eine gefühlvolle, leidenschaftliche Frau gewesen. Mit ihren Vorwürfen hatte sie versucht, seinen Panzer zu durchdringen, und es nicht geschafft. Ihre Schönheit, Wärme und Fantasie hatten ihn immer beglückt. Aber gleichzeitig hatte er sich unfähig gefühlt, ihren Ansprüchen zu genügen und ihre Wünsche zu erfüllen. Er hatte ihr nie das geben können, was sie suchte und ihm reichlich gab, wenigstens in den Momenten, da sie seinen Beruf vergessen konnte und sie beide nur für einander und ihre Liebe da waren. Doch schließlich war er kaum noch nach Hause zurückgekehrt, weil er die Diskussionen fürchtete.

Karoline war keine Frau, an der er immer nur schuldig werden konnte. Sie wirkte selbständig und unabhängig. Nie hätte er vermutet, dass ihm diese unaufgeregte Nüchternheit einmal gut tun könnte. Im Grunde hatte er immer geglaubt, dass alle Frauen, die er lieben könnte, so sein müssten wie Simone: schön, leidenschaftlich, fordernd, nur für die Liebe lebend und darum leidend. Auch wie Marina.

Ihr hätte er diese Geschichte nie erzählt. Zumindest wäre er dabei versucht gewesen, die grausame Wahrheit zu beschönigen. Nicht um sich selbst zu schützen, sondern um sie zu schonen. Auch den Beamten des Außenminsteriums und der Geheimdienste hatte er nach seiner Heimkehr nicht die ganze Wahrheit erzählt. Er hatte die Streitereien in der Gruppe untertrieben, damit die beiden Briten und Horst nicht in Verdacht gerieten, seinen Tod gewollt zu haben. Außerdem hatte er sich an die Variante gehalten, dass er bewusstlos neben dem toten David gelegen hatte, als die anderen kamen, um Horst nicht in den Verdacht zu bringen, sich unterlassener Hilfeleistung schuldig gemacht zu haben.

Allmählich begann Tom wieder seine Umgebung wahrzunehmen, das Licht, die Farben, die Weite, die Spaziergänger am Strand und die einzelnen Todesmutigen, die sich ins eisige Wasser wagten. Während ihm die Schönheit ringsum zu Bewusstsein kam, begann er auch sich zu fragen, was Karoline nun mit dem anfangen würde, was er ihr erzählt hatte.

Sie war immerhin Journalistin. Doch er hatte seine Geschichte eigentlich nur einer Frau erzählt, die ihm zu verstehen gegeben hatte, dass er sich ihr offenbaren konnte, ohne irgendetwas fürchten zu müssen, weder eine Verurteilung noch Veröffentlichung. Neben ihr, neben dieser Frau, fühlte er sich geborgen, gehalten und aufgefangen.

Doch wahrscheinlich hatte sie ihm nicht als Frau zugehört, sondern als Journalistin. Vielleicht war sie vorhin, als sie den Bernstein nahm, der Berührung nur deshalb so sorgfältig ausgewichen, weil sie ihm keine falschen Hoffnungen machen wollte. Nach der gestrigen Szene in seinem Haus am Fenster hatte sie durchaus Grund zu befürchten, dass er im Begriff war, sich in sie zu verlieben. Mit geradezu kopfloser Vertrauensseligkeit hatte er ihr sein Innerstes eröffnet. Er war ihrem Zauber erlegen. Doch welches Interesse konnte sie schon an ihm als Mann haben? Er war nur eine Story, die noch niemand hatte, eine Stufe auf der Karriereleiter. Wenn sie über die nötige Skrupellosigkeit verfügte, konnte sie sogar das Verhalten von Horst als Mordversuch uminterpretieren. Für eine solche Story konnte sie bei der richtigen Zeitschrift eine ganze Stange Geld einstreichen.

Wenn sie auch im Moment nicht so aussah. Lächelnd nahm sie Muscheln und Steine aus den Händen Pits entgegen. Der Junge wollte die Hände frei haben, um Steine ins Meer zu werfen.

»Du musst ihn in die Kunst des Weitwurfs einweisen«, sagte sie.

Er fragte nicht, warum, übergab ihr die elektronische Kamera und zeigte Pit, wie man richtig ausholte, um dem Stein möglichst viel Schwung zu geben.

Karoline brachte die Gegenstände in den Taschen ihrer Weste unter, um sich an der Werferei zu beteiligen. Sie ließ flache Steine über die Wellen hüpfen. Tom war Mann genug, um seinen Ehrgeiz darein zu setzen, Karolines vier Kontakte auf dem Wasser um einen zu übertreffen. Und Pit war so sehr kleiner Junge, dass er mit dem großen Mann, den er bewunderte, hemmungslos über Karoline triumphierte.

Sie lachte und reichte Tom schließlich die elektronische Kamera zurück. Pit langte danach und wollte wissen, wie sie funktionierte und wie er damit fotografieren könnte.

Der Apparat war neu. Tom hatte die Kamera mitgenommen, um sie auszuprobieren. Er wusste selber kaum, wie sie funktionierte. Aber er konnte Pit immerhin zeigen, wie man durch den Sucher blickte und den Auslöser drückte. Pit konnte keinen Film verderben, denn die Kamera speicherte die Bilder auf einem Chip. Man konnte sie sofort wieder löschen oder aber aufheben und später auf die Festplatte eines Computers überspielen, dann am Bildschirm bearbeiten und ausdrucken.

Pit bestand nun darauf, dass Tom und Karoline nebeneinander stehen blieben, damit er sie fotografieren konnte. Tom sah Karoline an, die mit einer gewissen Skepsis auf den kleinen Pit blickte. Offenbar schien sie zu befürchten, dass der Kleine mehr Himmel als sonst etwas fotografierte. Aber es spielte eigentlich keine Rolle, was für ein Bild Pit von ihnen beiden machte.

Die elektronische Kamera landete dann erneut in Karolines Obhut, und sie brachte sie in der Innentasche ihrer Weste unter. Tom tobte mit Pit den Strand entlang, und Karoline fühlte sich glücklich zwischen Sand und Sonne.

Unglaublich, wie viel Energie in dem kleinen Jungen steckte und wie ausgelassen Tom mit ihm herumalberte. Tom hatte, wenn man ihn so sah, etwas Wildes und Ungebändigtes an sich, dabei hatte er ihr eben offenbart, dass er sensibler war als ihm gut tat. Andere hätten für die Fehler, die sie in auswegloser Lage gemacht hatten, Ausreden gesucht, hätten die Schuld anderen gegeben oder den Umständen. Er nicht. Es berührte Karoline seltsam, dass er ausgerechnet ihr sein Vertrauen geschenkt hatte. Aber vielleicht hatte er einfach nur irgendjemanden gebraucht, der ihm die richtige Brücke baute und ihm überdies fremd genug war. Denn Fremden erzählte man leichter etwas. Das war der Vorteil der Journalisten, die nirgendwo lange blieben. Sie würde binnen kurzem wieder von der Insel und aus Toms Leben verschwinden. Er würde sie nicht ständig wieder sehen und sich an seine dunkle Seite erinnert fühlen, die er offenbart hatte.

Was er vielleicht zurückbehielt, wenn sie ging, war die wichtige Erfahrung, dass er etwas für ihn so lange Unaussprechliches ausgesprochen hatte, ohne dass die Welt zusammengebrochen war oder ihn für immer ausgestoßen hatte. Er hatte sich ein Herz gefasst, und es war gut gegangen, genauso wie bei Pit, der all seinen Mut zusammengenommen hatte und jetzt mit Tom herumtobte, als hätte er nie zuvor Angst vor ihm gehabt.

Mittags fielen sie dann bärenhungrig im *Hotel am Meer* ein. Tom rief Marina an, um ihr zu sagen, dass er mit ihrem Sohn in den Süderdörfern Mittag essen würde. Karoline ergriff die Gelegenheit, kurz in ihr Zimmer hinauf zu gehen, sich frisch zu machen und den Sand aus den Schuhen zu leeren.

Als sie wieder hinunterkam, sah sie Tom vor dem Zaun des Hotelgartens auf der Straße bei einem riesigen jungen Kerl mit Fahrad stehen, der ein Kindergesicht hatte, aber über dem Rücken eine Flinte trug.

»Das ist Nünü«, sagte Pit, der schon an einem der Gartentische innerhalb des Zauns saß. »Er ist ein bisschen tüdelig.«

»Und was macht er mit dem Gewehr?«

»Er knallt die Vögel ab. Und dann stopft er sie aus.«

»Ah!« Karoline war reichlich verblüfft. So eine Insel hatte ihre eigenen Regeln. Die Plastiktüte, die dieser Nünü auf seinem Gepäckträger hatte, enthielt dann wohl tote Vögel. Karoline schüttelte sich.

»Darf der das denn?«

»Nee, das darf er nicht«, sagte Pit fröhlich. »Aber Nünü ist so stark. Dem kann keiner was. Ich möchte auch mal so stark sein. Dann hätte ich auch gar keine Angst mehr.«

Karoline ließ von dem Gedanken ab, zu Tom hinüberzugehen, und setzte sich auf den Stuhl neben Pit.

»Man muss nicht bärenstark sein, um keine Angst zu haben. Das geht auch anders.«

»Wie?« Pits Augen waren himmelblau in diesem Licht – und sehr erwartungsvoll.

»Mit List und Tricks. Man muss gut reden können.«

»Mit was für Tricks?«

»Mit Ausreden und Schmeicheleien zum Beispiel. Wenn du vor einem großen Jungen Angst hast, dann rede mit ihm, frag ihn, was er denn will, sag ihm, dass du weißt, dass er stärker ist als du und dass du das ganz toll findest, auch wenn du ihn eigentlich nicht magst. So ungefähr.«

»Aber das wäre doch eine Lüge. Man darf nicht lügen.«

»Doch, man darf lügen. Man darf sich dabei nur nicht erwischen lassen.«

Pit biss sich nachdenklich auf die Unterlippe.

»Lügen ist ganz normal«, sagte Karoline »Erwachsene lügen ständig.«

»Tom auch?«

»Nein, der nicht.«

Pit grinste plötzlich vergnügt. »Jetzt lügst du aber!«

Karoline lachte. Während des Wortwechsels mit Pit hatte sie beobachtet, wie Nünü und Tom zu dem Ponywagen hinübergingen, der auf der Wiese stand. Neben ihm war Lizzy angepflockt, damit sie grasen konnte. Nünü nahm nun sein Gewehr vom Rücken und legte es in Toms Wagen. Karoline konnte Toms Gesicht nicht sehen, aber sie sah, wie er zurück wich, als Nünü schwungvoll mit der Flinte hantierte. Dann zog Tom eine zusammengefaltete Öldecke unter dem Kutschbock hervor und breitete sie über die Waffe. Schließlich wandten sich beide zur Straße zurück. Der breitschultrige Tom wirkte direkt zierlich neben dem bärenhaften Jungen.

»He Nünü!«, schrie Pit und winkte.

»He Pit!«, rief Nünü und kam an das Gitter heran, der den Hotelgarten von der Straße trennte.

»Hast du viele Vögel geschossen?«, erkundigte sich Pit laut und munter.

»Scht!« Nünü legte den Finger an seine Lippen und machte eine finstere Miene. Karoline spürte, wie Pit erschrak und sich neben ihr versteifte. Eigenartig, wie ernst der Junge tadelnde Gesten nahm.

»Nu sett di up din Fiez un föhr nah Hus tau din Vader!«, sagte Tom mahnend.

»Nich bevör du nich seggst, wer de Dirning dor is.«

»Das ist Karoline«, sagte Tom.

Der große Junge grinste verständnisinnig. »Wat en hellschen schönes Mäten. Du büst mi jo en schön Fründting, Tom!«

Während Karoline noch überlegte, was der Kerl da eigentlich sagte, stieg Nünü über den Eisenzaun, der unter ihm wie eine zerbrechliche Konstruktion aus Streichhölzern wirkte, und kam mit ausgestreckter Hand auf den Tisch zu, an dem Karoline und Pit saßen. Pit schien in seinem Stuhl versinken zu wollen. Darum sprang Karoline auf und trat halb schützend vor den Tisch.

»Moin, Moin!«, sagte Nünü artig und quetschte dabei Karoline die Hand. »Äwer wenn du min Tom nich bannig leiwen dauhst, denn smit ik di dat Kliff hendal.«

»Was?«

Tom sah, wie Karolines Augen zornig aufblitzen, weil sie die Drohung auch ohne Übersetzung verstand. Er stand halb hinter Nünü und schüttelte sachte den Kopf.

Karoline besann sich, lächelte und sagte: »Freut mich, dass Tom einen Freund hat, der so gut auf ihn aufpasst.«

»Nünü tut keinem weh!«, meldete sich auf einmal Pit hinter Karoline. »Er redet nur so. Jeder weiß doch, dass er der Stärkste ist. Nünü, kannst du mir sagen, wie man so stark wird?«

»Dorför mut'u doof un dull sin«, sagte Nünü schlicht. »Un dat büst du nich.«

Damit drehte er sich um, stieg über den Zaun auf die Straße, hieb Tom im Vorbeigehen die Pranke auf die Schulter und bestieg sein Fahrrad mit der Tüte toter Vögel auf dem Gepäckträter.

Karoline sank mit dem blödsinnigen Gefühl, soeben einer Todesgefahr entronnen zu sein, neben Pit auf den Stuhl. Der Junge schob seine zitternde Hand unter ihre.

»Hab' ich das richtig gemacht? War das ein guter Trick?«

»Absolut!«

Währenddessen fuhr Nünü ab. Tom hob noch einmal kurz grüßend die Hand und kam dann in den Restaurantgarten und setzte sich auf Pits anderer Seite an den Tisch, so dass er seinen Wagen mit der Waffe im Auge behalten konnte.

»Nünü ist eine Nummer, an die man sich gewöhnen muss«, sagte er. »Aber er ist in Ordnung. Abgesehen davon, dass er alles liebt, was fliegt und was laut knallt, Vögel, Gewehre und Sprengstoff zum Beispiel.«

»Hast du ihm darum das Gewehr abgenommen?«, erkundigte sich Karoline.

»Wenn er damit nicht einverstanden wäre, könnte ich ihm das Gewehr gar nicht abnehmen. Aber er will sich von unserem Polizisten nicht damit erwischen lassen. Und bei mir vermutet niemand ein Gewehr.«

Tom musste schmunzeln, weil ihm einfiel, dass Karoline ihn damit aufgezogen hatte, dass er ein Schrotgewehr auf jeden anlegte, der sein Grundstück betrat.

»Ich habe Angst gehabt«, teilte Pit mit. »Aber Karoline hat gesagt, dass man einen Trick anwenden muss. Man muss mit jemandem reden, vor dem man Angst hat.«

Tom lächelte fein. Er hätte gern Karolines Hand ergriffen, um ihr zu zeigen, wie dankbar er für das war, was sie dafür tat, dass Pit mit seinen Ängsten besser umgehen lernte. Noch mehr als ihr Mitgefühl vorhin am Strand, hatte es ihn berührt, dass sie so selbstverständlich seinem kleinen Kopfschütteln Folge geleistet und darauf verzichtet hatte, gegen Nünüs plumpe Drohung aufzubegehren.

»Was hat Nünü da eigentlich eben gesagt?«, erkundigte sie sich jetzt.

Tom überlegte, wie er die Übersetzung abwandeln konnte, aber Pit konnte genug Platt, um ihn einer Lüge zu überführen.

»Er hat gesagt …«, Tom lächelte verlegen.

»Er hat gesagt«, nahm jetzt Pit das Wort, »dass du ein höllisch schönes Mädchen bist. Dann hat er zu Tom gesagt: Du bist mir ja ein Freundchen. Und dann hat er zu dir gesagt, er wirft dich die Steilküste runter, wenn du seinen Tom nicht sehr lieben tust.«

»Oh!«

Tom bedeckte das Gesicht mit den Händen und rettete sich in ein Lachen. Zum Glück kamen da auch schon die Teller mit Seefisch, Kartoffeln und Salat, und sie stürzten sich hungrig auf das Essen.

Danach besorgte Tom seinem Pony einen Eimer Wasser. Während er das Pferd tränkte, legte Karoline sich auf die Wiese zwischen den weit verstreuten Häusern von Neuendorf. Pit setzte sich dazu. Als Tom schließlich auch kam, rollte Pit sich an seiner Seite zusammen und schlief ein, den Kopf auf Toms Bein gelegt, weshalb Tom sich nun nicht mehr vom Fleck rühren konnte.

Er fragte Karoline nach ihren beruflichen Vorhaben und hörte zu, wie sie von ihrer Arbeit in Berlin und Dresden erzählte.

»Wann musst du zurück?«, erkundigte er sich schließlich.

Sie legte sich auf den Rücken, schlug die Arme unter den Kopf und blinzelte in den Himmel.

»Nie wieder«, sagte sie lächelnd. »Aber ich fürchte, das Nie endet am Sonntag. Ich habe ja eigentlich nichts mehr hier zu tun. Auftrag nicht erfüllt, also zurück ins Mutterhaus.«

»Du wirst also nicht über mich schreiben?«

»Nein, das werde ich nicht tun. Kein Wort. Das verspreche ich dir.«

Der Wind fuhr ihr durch die Haare und wehte ihr die Strähnen ins Gesicht. Noch ehe sie eine ihrer Hände unter dem Kopf hervorgezogen hatte, fing Tom die Strähnen ab. Sanft strich er ihr die Haare aus der Stirn.

Sie lächelte.

Da konnte er sich nicht mehr beherrschen. Er beugte sich hinab und küsste sie.

10

Marina bügelte Geschirrtücher und Kopfkissen und blickte zuweilen besorgt zum Fenster hinaus. Der Wind hatte im Lauf des Nachmittags deutlich zugenommen. Die Sonne war weg, und die Wolkendecke schob sich dicht und dunkel von Südwesten über die Insel. Und Pit und Tom waren immer noch nicht zurück.

Es war zwar erfreulich, dass Pit seine absurde Angst vor Tom überwunden hatte, aber dass er nun gleich für einen ganzen Tag verschwand, das fand Marina auch wieder nicht in Ordnung. Was machte sie nur falsch, dass der Junge zu ihr anscheinend nicht dasselbe Zutrauen fasste, wie binnen weniger Tage zu Karoline und Tom? War sie zu besitzergreifend? Machte sie den Fehler vieler gelangweilter Mütter, sich auf den einzigen Sohn zu stürzen und in ihm den Ersatz für alle nicht gehabten Gefühle zu suchen?

Und nun hatte Pit sie zum ersten Mal versetzt. Sie

hatten an diesem Nachmittag eigentlich zum Puppentheater nach Kloster gehen wollen. Pit hatte sich tagelang darauf gefreut. Doch nun hatte er es über seinen neuen Freunden anscheinend völlig vergessen. Einfach vergessen.

Als Marina die Handtücher oben in den Schrank sortierte, hörte sie endlich unten den Ponywagen am Zaun halten. Vom Gaupenfenster im Dach sah sie Pit vom Kutschbock klettern. Dann stieg auch Tom herab und band Lizzy am Zaun fest. Zusammen kamen sie durchs Tor in den Garten.

Marina eilte die Treppe hinab und öffnete ihnen.

Selten hatte sie Pit so fröhlich ins Haus springen sehen. Auch Tom blickte gelöst und glücklich drein, seine Augen leuchteten und er lächelte, wie sie ihn kaum je hatte lächeln sehen.

»Schau Mami, was ich alles gefunden habe!«, rief Pit und hielt ihr Steine, Federn und Muscheln entgegen. »Wir waren mit Karo am Gellen.«

Marina sah Toms stillen glücklichen Blick und es schmerzte.

»Das nächste Mal«, sagte sie ruhig aber streng, »sagt ihr mir aber vorher Bescheid, wenn ihr so lange wegbleiben wollt. Pit, wir wollten doch heute Nachmittag zum Puppentheater nach Kloster. Hattest du das vergessen?«

Ein Schatten fiel auf Pits Gesicht. Er sah regelrecht erschrocken aus. Marina bereute ihren Tadel sofort, aber es war zu spät. Etwas Falscheres hätte sie kaum sagen können, um dem Jungen jäh und vollständig die Freude zu zerstören. Er drehte sich nach einer Schrecksekunde um und lief die Treppe hinauf in sein Zimmer.

Auch Tom spürte den Tadel. Dabei hatte er doch mittags extra angerufen, um ihr zu sagen, dass sie sich keine Sorgen machen musste. Aber das war es nicht. Er fühlte, dass Marina selbst bitter enttäuscht war.

»Tja dann«, sagte er, »dann muss ich wohl mal heim und alles sturmfest machen. Du schaust dich am besten auch im Garten um, ob irgendetwas wegfliegen kann. Mit diesem Sturmtief ist nicht zu scherzen, fürchte ich. Mir tun alle Narben weh.«

»Ja, und danke Tom.«

Marina hätte ihm gern deutlicher gesagt, dass es ihr Leid tat, so ungehalten reagiert zu haben. Aber sie kämpfte zu sehr mit den Tränen.

Dann war auch er weg. Und vielleicht hatte sie ihn nun ganz verloren. Vielleicht nahm er es ihr übel, dass sie sein momentanes, so offensichtliches Glück nicht teilte. Aber was verlangte er da von ihr? Er wusste doch, dass sie ihn liebte. Marina erschrak bei diesem Gedanken bis ins Mark. Sie liebte ihn! Nun war es raus. Nun hatte sie es vor sich selbst in klaren einfachen Worten eingestanden. Es war nicht mehr zu leugnen.

Allein stand sie im Hausflur und fragte sich, was sie tun sollte oder tun musste. Was war mit Gert, was mit Pit? Pit brauchte Vater und Mutter. Für seine sensible Seele wäre der Schock kaum zu verarbeiten, dass sich seine Eltern trennten. Das war einem Kind nicht zu erklären. Auch wenn er Tom mochte. Und wie konnte sie überhaupt annehmen, dass Tom bereit wäre, sie und das Kind zu sich zu nehmen? Und all das auf dieser Insel, wo kein Schritt, keine Geste anonym blieb. Und abgesehen davon: Sie wollte sich doch gar nicht von Gert trennen. Tom, das war ein verkehrter Traum. Ein verzweifelter Traum, eine quälende und erregende Sehnsucht nach einem anderen Leben.

An wen nur konnte sie sich wenden in ihrer Not, ihrer Panik, ihrer Ratlosigkeit? Sie war so unendlich einsam. Oben in seinem Zimmer saß Pit und würde beharrlich schweigen, wenn sie hochginge, um sich, wie es sich für Mütter gehörte, die Ereignisse des sicherlich aufregenden Tages berichten zu lassen.

Sie hatte alles falsch gemacht.

Zutiefst unglücklich mit sich und verzweifelt sank sie im Wohnzimmer in einen Sessel und weinte.

Sie dachte an Gert, an seine breite Brust, an der sie sich immer hatte ausweinen können, an seine Ruhe, seine Stärke. Aber diesmal konnte sie sich nicht an ihn wenden, damit er ihr aus der Verwirrung half. Sie konnte Gert nicht einfach am Abendbrotstisch sagen, dass sie sich in Tom verliebt hatte und das Leben auf der Insel auf einmal unerträglich fand.

Karoline würde es vielleicht verstehen. Karoline. Ihr flogen die Herzen zu, Pits, Toms, sogar Marinas. Aber morgen oder übermorgen würde sie die Insel wieder verlassen. Und dann? Dann kam der Winter, der Wind, die Dunkelheit. Und nichts änderte sich. Alles war wie in Stein gehauen. Nie hatte sich Marina so desillusioniert und allein gelassen gefühlt wie jetzt.

Nach einer halben Stunde hatte sie sich wieder so weit gefangen, dass sie sich die Augen waschen ging und dann die Gartenstühle in den Keller trug.

Aber so schlimm, wie Tom es in seiner ständigen Sorge um andere befürchtete, würde der Sturm wohl nicht werden. Sie machte sich daran, das Abendessen zuzubereiten. Die ersten Regenschauer klatschten bereits wütend gegen die Hauswand.

Es war schon stockdunkel, als Gert heimkam, etwas später als sonst. Er war total durchnässt und ging erst mal unter die Dusche. Als endlich alle am Tisch saßen, war die gebratene Leber hart geworden und der Kartoffelbrei vom Wiedererwärmen trocken. Pit stocherte bedrückt im Apfelkompott herum, das sie wegen ihm zur Leber machte, die vor allem Gert gern aß.

Er sprach von dem Sturm, der in dieser Nacht mit noch nicht abschätzbaren Windgeschwindigkeiten über die Insel fegen und sich aufs Festland werfen würde.

Später, als Pit im Bett lag und Gert sich mit dem allerneuesten Exemplar des *Blickpunkts*, den er Donnerstagabends immer direkt am Hafen von Vitte holte, bevor er Freitags in die Kioske kam, in seinen Sessel setzte und Marina am Nähtischchen Platz nahm, um Socken zu stopfen, sagte sie: »Pit war heute mit Tom den ganzen Tag in den Süderdörfern.«

Gert hob den Kopf. »Sehr schön! Haben sie Karoline besucht? Es wird wirklich Zeit, dass ich sie auch einmal kennen lerne. Du bist ja ganz begeistert von ihr, und nun offenbar auch Tom. Sie muss ja etwas ganz Eigenes an sich haben, wenn sie unseren misstrauischen Tom so schnell für sich einnimmt.«

»Und Pit auch. Denn er hat darüber vollständig vergessen, dass wir heute ins Puppentheater wollten. Er scheint mit allen lieber zusammenzusein als mit uns.«

Gert horchte auf. »Das ist doch Unsinn, Marina. Gönn dem Jungen doch seinen Spaß.«

»Gert, du bist den ganzen Tag nicht zu Hause. Du weißt gar nicht, wie das ist, wenn ich hier sitze und keine Ahnung habe, wo sich der Junge herumtreibt. Stundenlang ist er weg, und ich mache mir Sorgen, dass ihm etwas zugestoßen sein könnte. Aber sagen darf ich ja nichts. Sonst ist er gleich wieder zu Tode erschrocken. So geht das nicht weiter.«

Gert ließ die Zeitschrift sinken. »Was ist denn los mit dir Marina? Vielleicht sollten wir mal alle zusammen in Urlaub fahren, möglichst weit weg. Wie wäre es, wenn wir im Januar drei Wochen nach Kreta fliegen? Da wolltest du doch schon immer mal hin.«

»Glaubst du wirklich, eine Reise ändert irgendetwas?« Marina merkte, dass ihre Stimme kippte.

»Was soll sich denn ändern?«

Gert war plötzlich alarmiert. Marina und Tom, dachte er, also doch! Mit ihm war sie jedenfalls unglücklich. Unversehens waren sie an dem kritischen Punkt ihrer

Ehe angelangt. Er hatte zu lange die Augen zugemacht, und nun traf es ihn völlig unvorbereitet, ausgerechnet jetzt, da er sich eigentlich viel mehr Sorgen darüber machte, ob er die Gewalt des Sturms, der diese Nacht über Mecklenburg-Vorpommern rasen würde, auch richtig vorhergesagt hatte.

»Ich meine ja nur«, sagte Marina über ihren eigenen Vorstoß erschrocken, »wenn wir verreisen, wer soll dann auf Pit aufpassen?«

»Den nehmen wir natürlich mit. Das ist doch der Sinn der Sache. Wer hat dir denn diesen Floh ins Ohr gesetzt, dass Pit zu klein sei für Griechenland und das Mittelmehr? Etwa Tom? Du meine Güte, dann soll der ihn halt nehmen.«

»Na«, sagte Marina schnippischer als es ihre Art war, »ob der dazu wohl Lust hat? Wer weiß, wie lange er sich noch mit Pit abgibt, wenn sich ihm jetzt etwas viel Interessanteres auftut.«

»Was willst du denn damit sagen, Marina?«

»Na. Karoline scheint ihm ja sehr zu gefallen. Wenn er da mal nur nicht auf die Schnauze fällt.«

Gert war weniger von Marinas Worten überrascht als über den Unterton von Bitterkeit. Es klang, als sei sie eifersüchtig auf Karoline.

»Was geht dich das denn an?«, sagte er ungewollt scharf. »Das ist Toms Leben. Und wir leben unseres. Falls … falls du das überhaupt noch willst.«

Gert sah, dass Marina erstarrte. Dann brach sie in Tränen aus.

Wie vom Donner gerührt saß er da. Seine Frau weinte, und er war zu enttäuscht und zornig, um tröstend den Arm um sie zu legen. Zu deutlich hatte die Eifersucht auf Karoline bei Marina durchgeklungen, eine Eifersucht, die sich nicht auf ihn, Gert, bezog, sondern auf Tom. Seine Frau trösten, weil ihr Traum vom Glück mit Tom in die Brüche ging, das schien ihm zu viel verlangt.

Aber sie war unglücklich. Und das war auch für ihn das Ende aller Illusionen.

»Wenn ... wenn es so steht«, sagte er tonlos, »wenn du mit mir und Pit so unglücklich bist, dann solltest du vielleicht wirklich überlegen, ob ... ob du ... Jedenfalls, ich werde dir nicht im Wege stehen.«

Marina schlug die Hände vors Gesicht, sprang auf und stürzte aus dem Zimmer.

Gert blieb still sitzen. War das das Ende? Ging damit alles kaputt, was er für sicher gehalten hatte? Marina langweilte sich nicht nur, sie hasste die Insel, sie hasste ihn, sie liebte Tom.

Er wollte den aufgeschlagenen *Blickpunkt* auf den Tisch schieben, doch plötzlich fesselte etwas sein Auge. Er zog die Zeitschrift wieder auf seine Knie, las und schüttelte den Kopf.

»Das gibt's doch nicht!«, murmelte er. Er unterdrückte den Impuls, zu Marina zu gehen, um ihr zu zeigen, was er da entdeckt hatte. Zugleich spürte er Bitterkeit. Er hatte immer zuerst alles mit ihr besprochen.

Gert stand auf, zog sich im Flur den Regenmantel an, rollte die Zeitschrift zusammen, steckte sie in die Innentasche seines Mantels und verließ das Haus.

Oben im Schlafzimmer hörte Marina, wie unten die Haustür zufiel. Es war nur ein Schlag mehr, der sie hoffnunglos machte. Sie und Gert hatten sich eigentlich nie gestritten. Nun war sie über die Konsequenzen fast mehr erschüttert als darüber, dass sie sich gestritten hatten. Gert wollte nicht um sie kämpfen. Er war einfach gekränkt, beleidigt, ließ sie fallen, ging aus dem Haus. So war das also.

Im Zimmer nebenan hockte Pit in einer Ecke und zitterte. Seine Eltern hatten sich gestritten. Türen hatten geknallt. Nun weinte seine Mutter nebenan im Schlafzimmer. Hätte Pit sich mit anderen Jungen seines Alters vergleichen können, so hätte er sich vielleicht gefragt, warum ihm das solche Angst machte, warum er überhaupt vor so vielem Angst hatte, am meisten aber davor, dass alles in die Brüche gehen könnte – Angst vor der Einsamkeit, vor Geschrei, Gewalt, Hunger, Tränen unter rauen Bettdecken, Kälte. Seine Seele zitterte, sein Körper fürchtete etwas Fürchterliches, von dem er ahnte, dass es existierte, das er aber nicht benennen konnte. Sie waren böse auf ihn. Marina war böse, weil er das Puppentheater vergessen hatte und mit Tom unterwegs gewesen war, und Gert war böse, weil er heute nicht mit dem Fahrrad, das er ihm geschenkt hatte, gefahren war, sondern mit Toms Kutsche. Er hatte wieder alles falsch gemacht.

Eine Sturmböe warf Gert fast um. Regen peitschte ihm ins Gesicht, als er sich nach Kloster wandte. Die sturmerprobten Kiefern bogen sich. Es war stockfinster. Als er auf den Leuchtturmweg abbog, musste er sich gegen die Böen stämmen. Im Dunkeln leuchtete eines der Fenster von Toms Haus und gab ihm die Richtung vor.

Tom ahnte mehr, als dass er es hörte, dass jemand an seiner Tür klopfte und rüttelte. Er besaß kein Telefon. Und wenn bei diesem Sturm jemand kam, dann musste es lebenswichtig sein.

»Ist was mit Marina oder Pit?«, sagte Tom sofort und griff nach seiner schweren schwarzen Öljacke.

»Nein«, sagte Gert und trat ein. »Mach dir nicht immer gleich Sorgen um uns.« Er hängte den tropfenden Mantel in den Flur.

Tom führte ihn in die Stube gleich rechts neben dem Eingang. Der Fernseher lief, aber Tom stellte ihn sofort aus. Obgleich der Raum mit HiFi-Geräten und Fernseher ausgestattet war, wurde er von der schlichten Schönheit eines alten niedrigen Holztisches, einer Couch, die mit hellgrünem Samt bezogen war, und zweier dazu passender Sessel beherrscht. Eine Stehlampe in der Ecke neben einer großen rotbraunen Holztruhe gab ein warmes Licht von sich.

»Setz dich«, sagte Tom.

Gert warf das Nachrichtenmagazin auf den Tisch, das er sich immer kaufte, sobald es auf der Insel ankam, Tom aber nie.

»Ich denke, das wird dich interessieren«, sagte er. »Nur damit du weißt, auf wen du dich da eingelassen hast.«

Toms feines Ohr hörte eine befremdende untergründige Schadenfreude in Gerts Stimme. Er nahm das Hochglanzmagazin.

»Seite 36«, sagte Gert.

Das Foto sprang Tom sofort ins Auge, ein altes Archivfoto, eines von den wenigen, die es überhaupt gab, denn er hatte sich selten fotografieren lassen. Er las die ersten Zeilen des kurzen Artikels darunter und wurde blass.

»So schnell!«

Sie mussten Karoline den Platz für die zehn Zeilen bis kurz vor dem Andruck frei gehalten haben. Und sie musste die Redaktion praktisch unmittelbar nach ihrem Abschied vor dem Hotel angerufen haben, um ihren Text durchzugeben. Hiddensee war kurioserweise einer der wenigen Orte, in denen der *Blickpunkt*, der in Rostock gedruckt wurde, schon Donnerstagabend ankam, weil die nächste Postfähre erst wieder Freitagmittag ging.

Tom war außerstande, den Text mit Verstand zu lesen, so kurz er auch war. Ihm sprangen nur Stichworte und Halbsätze ins Auge: ›gescheiterte Ehe‹, ›fotografiert Pflanzen und Insekten‹, ›ein gebrochener Mann‹, ›legt das Schrotgewehr auf Fremde an, die sich seinem Haus nähern.‹

Das waren Sätze, die nur jemand schreiben konnte, der sein jetziges Leben kannte. Karolines Sätze. Überdies ziemlich übel wollend.

Das bunte Blatt entglitt seiner Hand flatterte zu Boden. »Tut mir Leid«, sagte Gert unwillkürlich betroffen, »aber sie hat dich wohl reingelegt. Ich wollte nur, dass du das weißt.«

Toms Schweigen war beängstigend.

»Nimm es nicht so tragisch, Tom. Was hat das schon zu bedeuten? Die Leute hier mögen dich. Die lachen doch nur über dieses dumme Geschreibsel. Hier weiß doch jeder, dass du kein Schrotgewehr besitzt, weil du Waffen nicht ausstehen kannst.«

Toms Gesicht wurde hart.

Es war gerade mal vier Stunden her, dass Karoline sich winkend vor dem *Hotel am Meer* von ihm und Pit verabschiedet hatte. Er sah sie vor sich, ein Bild, das er nie vergessen würde, aber schleunigst vergessen musste. Das von den Wolken gejagte Licht hatte goldene Funken in ihr nussbraunes Haar gewofen. Sie hatte gelächelt. Ihre feingliedrige Gestalt war seinem Auge entschwunden, als sie in die Heide einbogen.

Sie hatten sich nicht ausdrücklich verabredet. Aber Tom hatte gedacht, sie wären sich einig gewesen, dass sie sich wieder sehen würden, jeden Tag, bis sie abfuhr, und dass sie an einem dieser Tage vorsichtig anfangen würden, darüber zu reden, wie es mit ihnen weiter gehen konnte. Ihm war klar gewesen, dass sie ihr Leben nicht umwerfen würde, genauso wenig wie er seines. Er war nicht der Mann, der sich sofort mit Haut und Haaren auf einen anderen Menschen einließ und den Illusionen blind machten. Aber bei ihr hatte er das Gefühl gehabt, einen Weg finden zu können, weil auch sie einen finden wollte. Es hätte etwas werden können. Er hatte begonnen zu hoffen, zu vertrauen.

Aber es ging nicht weiter. Das hatte sie vor vier Stunden schon gewusst, nur er nicht. Als sie ihm versprach, nicht über ihn zu schreiben, da hatte sie sich im Kopf vermutlich schon die Formulierungen zurechtgelegt, kurz und präzise genug, damit sie in zehn Zeilen passten und das Bild eines gebrochenen Mannes zeichneten, der in den Trümmern seines Lebens stand, Worte, die ihn ins Mark trafen.

»Mach dir nichts draus«, sagte Gert mit zunehmender Ratlosigkeit. Dass der starke Tom, der sein Eheglück zerstört hatte, so leicht zu treffen gewesen war und nun vor Schmerzen sprachlos vor ihm saß, erschütterte und beschämte ihn. »Das ist doch nur irgend so eine von diesen eiskalten ehrgeizigen jungen Journalistinnen«, sagte er, »die für eine gute Geschiche ihre eigene Großmutter verkaufen würden. Vergiss sie einfach.«

Tom sah ihn an. »Danke Gert.«

»Aber nein. Das war doch selbstverständlich. Ich weiß ja, dass du den *Blickpunkt* nicht liest. Aber ich dachte, du solltest das wissen, bevor andere dich damit aufziehen. Es tut mir nur Leid, dass es so wenig erfreulich ist.«

Gert kam sich wie ein Lügner vor, als er das sagte. Hatte er sich doch auf den Weg zu Tom gemacht, um sich irgendwie dafür zu rächen, dass er ihm Marinas Liebe weggenommen hatte, ohne sie glücklich machen zu wollen.

»Aber in einer Woche«, sagte er beschwichtigend, »glaub mir, redet da keiner mehr drüber.«

Tom nickte nur.

»Na gut, dann geh ich mal wieder, ehe der Sturm richtig losgeht.«

Es waren keine angenehmen Gefühle, mit denen Gert sich durch Wind und Wetter nach Vitte zurückkämpfte, immerhin ein Fußweg von einer knappen halben Stunde. Voller Scham gestand er sich ein, dass er an einem Freund seinen Zorn über die Kränkung ausgelassen hatte, die ihm Marina zugefügt hatte. Er hatte über einen vermeintlich stärkeren Konkurrenten triumphieren wollen und hatte ihn tief verletzt zurückgelassen. Es tat ihm unendlich Leid.

Denn, was war denn schon in Wirklichkeit geschehen? Marina war einsam und hatte sich ein wenig in einen Mann verliebt, der ihr ab und zu zuhörte. Nicht schön, aber so etwas kam vor. Gert und sie hatten doch eine Basis. Sie liebten sich doch. Er musste mit Marina reden und ihr mehr Verständnis entgegenbringen. Sie mussten gemeinsam eine Lösung finden.

Als er im hellen warmen Flur seines Hauses den Mantel auszog, kam ihm Marina die Treppe herab entgegen.

»Pit ist weg!«

»Wie?«

»Er ist nicht in seinem Zimmer. Als ich nach ihm sehen wollte, war er nicht mehr im Bett. Ich habe schon das ganze Haus abgesucht. Aber sein Fahrrad steht auch nicht mehr im Schuppen. O Gott, wenn ihm was zustößt … Das würde ich mir nie verzeihen.«

»Er wird sich irgendwo verkrochen haben. Beruhige dich.« Gert zog Marina an sich, spürte aber, wie sie sich versteifte. Doch darum ging es jetzt nicht.

»Vielleicht ist er bei Tom«, sagte Marina mit ziemlicher Selbstüberwindung.

»Da komme ich gerade her. Da ist er nicht. Ruf doch mal diese Karoline im *Hotel am Meer* an. Ich glaube zwar nicht, dass er es bis dorthin schafft. Aber man weiß ja nie. Ich gehe jetzt zu Henne. Bei diesem Sturm muss er sowieso seine Feuerwehrmannschaft zusammentrommeln. Wir werden Pit finden. Verlass dich darauf. Auf dieser Insel geht niemand verloren.«

Er warf sich den Mantel wieder über und verließ erneut das Haus.

11

Als es an der Zimmertür klopfte, warf Karoline das Buch beiseite.

Sie hatte sich ohnehin kaum konzentrieren können. Und es war nicht der Sturm, der sie ablenkte. Toms Kuss am Nachmittag auf der Wiese hatte etwas versprochen, das sie in Versuchung führte, all ihre Lebenspläne zu überdenken. Insgeheim hatte sie gehofft, dass er zurückkäme, nachdem er Pit bei Marina und Nünüs Flinte beim Enddornwirt abgeliefert hatte. Als sie sich verabschiedeten, war so vieles offen geblieben, das sie vor Pit nicht hatten besprechen können. Doch mit zunehmendem Sturm waren ihre Hoffnungen gesunken, dass Tom sich in dieser Nacht holen kommen würde, was sein Kuss gefordert hatte.

Sie sprang zur Tür.

Doch es war nur dass Zimmermädchen. Jemand sei unten für sie am Telefon. Karoline begab sich die Treppe hinab zur Rezeption.

»Ja, Wolf.«

»Marina Eilers hier.« Die Stimme klang gehetzt und verrauscht, so als tobe der Sturm auch in der Leitung. »Pit ist verschwunden. Ist er vielleicht bei …«

Die Verbindung wurde unterbrochen. Das Rauschen war fort. Es herrschte absolute Stille.

»Bei Sturm fällt das Telefon immer aus«, sagte das Zimmermädchen seelenruhig.

»Dann muss ich nach Vitte!«

»Oh, da können Sie jetzt nicht raus.«

»Aber ich muss. Ein Kind ist verschwunden. Womöglich will es hierher.«

»Ah.« Das Mädchen lächelte unverbindlich und phlegmatisch. Karoline rannte hoch in ihr Zimmer, sprang in ihre Schnürstiefel und warf sich die graue Jacke über.

»So können Sie aber nicht raus«, bemerkte das Zimmermädchen nüchtern. »Sie brauchen Ölzeug.«

»Habe ich nicht.«

»Warten Sie.« Das Mädchen kam mit einem schweren schwarzen Regenmantel wieder, der Karoline zwei Nummern zu groß war und bis zu den Füßen reichte.

»Und wenn hier ein fünfjähriger Junge auftaucht«, sagte sie, »dann rufen Sie Eilers in Vitte an … ach nein, das geht ja nicht. Aber halten Sie ihn fest. Vielleicht finden Sie ja einen Weg, die Eilers zu benachrichtigen.«

Das Zimmermädchen sah nicht aus, als sei sie gut im Finden von Wegen.

Kaum saß Karoline auf dem Rad, merkte sie, dass das ein Fehler war. Der Wind war überraschend gewaltig. In den verlorenen Lichtkegeln der schwankenden Laternen des Ortes sah sie den Regen waagrecht treiben. Von den Dünen prasselte ihr Flugsand ins Gesicht. Mehrmals warfen die Böen sie fast vom Rad. Als Städterin hatte sie den Wind unterschätzt. Aber nun war sie unterwegs. Umkehren kam nicht in Frage. Im Wäldchen ging es dann etwas besser. Aber das Knallen und Prasseln der Stämme und Äste in der Finsternis war beängstigend. Wenn ihr Pit hier entgegenkäme, würde sie ihn nicht einmal sehen.

Als sie wieder auf die Heide hinauskam traf sie eine Sturmböe mit solcher Wucht, dass sie samt Fahrrad ins Niederholz fiel. Sie ließ das Fahrrad liegen und taumelte zu Fuß weiter. Jetzt hatte sie schon die Hälfte des Weges hinter sich. Also weiter. Der Regen machte sie blind. Abgerissenes Gezweig flog ihr um die Ohren. Der schwere Regenmantel behinderte sie eher als dass er nützte.

Als sie endlich die ersten Zäune von Vitte erreichte, hatte sie das Gefühl, sich von einem im Orkan versinkenden Schiff an Land zu retten. Hier gab es wenigstens Licht, auch wenn die Laternen wankten und Mülltonnen über die Straße rollten. Sie schlug sich bis zu Eilers Haus durch.

Marina öffnete. Sie sah aus, als habe sie geweint. »Karoline! Was machst du denn hier?«

Karoline ergriff ihre Hände. »Die Leitung war plötzlich unterbrochen. Da bin ich sofort losgelaufen. Habt ihr Pit inzwischen gefunden?«

Marina schüttelte den Kopf.

»Könnte er vielleicht bei Tom sein?«

»Nein. Dort ist er nicht.«

»Hast du im Keller geschaut?«

»Ich habe überall gesucht, im ganzen Haus. Sein Fahrrad ist auch nicht da. Gert ist zur Feuerwehr gegangen.«

»Natürlich«, sagte Karoline mit einem leicht ironischen Lächeln. »Ihr habt natürlich schon alles bedacht. Und da komme ich mit meinen blöden Vorschlägen. Entschuldige.«

Karolines selbstironisches Lächeln tat Marina auf eigenartige Weise gut. Ihr war, als löse sich der Knoten in ihr.

»Es ist meine Schuld, dass er weggelaufen ist.«

»Ach was! Bei Kindern weiß man nie so genau, was sie plötzlich krumm nehmen.«

»Aber ich habe ihn getadelt, als er heute so spät heim kam.«

»Oh!« Karoline erfasste instinktiv das Problem. »Und ich dachte, den Ausflug heute, den hätten die beiden Jungs mit dir klar gemacht. Wenn ich gewusst hätte, dass du dir Sorgen machst …«

»Das konntest du ja nicht wissen. Ich habe mich einfach albern benommen. Und dann habe ich mich mit Gert gestritten. Jetzt denkt er, ich … ich hätte was mit …«

»Nicht weinen, Marina. Er denkt vermutlich nur daran, wie er Pit finden könnte. Wo verkriecht sich der Junge denn normalerweise, wenn er sich unverstanden fühlt?«

Marina schüttelte den Kopf. »Ich weiß es nicht. Ich habe überhaupt keine Ahnung, was in ihm vorgeht. Ich kenne ihn überhaupt nicht. Das ist ja das Schlimme.«

»Wer versteht schon kleine Jungen«, sagte Karoline. »Der Einzige, der vielleicht ahnt, was in Pit vorgeht, ist Tom. Wir sollten ihn anrufen und fragen. Oder sind die Leitungen alle tot?«

»Er hat sowieso kein Telefon.«

Das war ein unerwartetes Hindernis für eine Journalistin, die sogar ein Handy besaß.

»Na gut, dann bleibt uns nichts anderes übrig, als ihn aufzusuchen.« Sie lauschte unbehaglich dem Tosen des Orkans draußen.

»Nein, bleib lieber hier«, sagte Marina. »Das ist gefährlich.«

»Ich weiß. Aber irgendwas muss ich tun. Mach dir keine Sorgen. Pit kennt sich auf der Insel aus. Sicher sitzt er irgendwo im Trockenen. Vertrau ihm einfach. Ich weiß, es ist unendlich schwierig für Eltern, ihren Kindern zu vertrauen. Aber manchmal hilft es.«

Als der Wind Karoline auf der Dorfstraße unverzüglich zu Boden riss, war sie sich ihres eigenen Vertrauens in Pit gar nicht so sicher. Was hangelte sie sich denn hier an Zäunen vorwärts, wenn sie Pit in einem sicheren windgeschützten Loch vermutete? Hätte der Deich am Weg nach Kloster nicht den Wind gebremst, wäre sie vermutlich umgekehrt. Doch dann trieb der Wind sie schon nach Kloster hinein.

Dort blitzte das Blaulicht der Feuerwehr. Sie stand mit einem der wenigen Wagen, die es auf der Insel gab, an der Kirche. Karoline hielt nach Gert Ausschau, dessen Gesicht sie immerhin aus dem Fernsehen kannte. Aber in den nassen Regenmänteln sahen alle gleich aus. Außerdem wankte das Gerüst an der Inselkirche. Es befand sich sogar bereits in erheblicher Schieflage. Ein paar wahnsinnige Männer, alle in finster glänzendem

Ölzeug, stämmten sich gegen die Stangen und kämpften darum, es senkrecht zu halten. Eben fielen die ersten Bretter von oben herab. Ein lebensgefährliches Unternehmen für die Männer. Nur die vier Feuerwehrleute trugen Helme.

Warum ließen sie es nicht einfach umkippen, fragte sich Karoline. Dann sah sie das kleine, wirklich sehr kleine Häuschen direkt neben der Kirche. Es war mit Reet gedeckt und sein Dachfirst war nur wenig höher als üblicherweise das Erdgeschoss eines normalen Hauses. Wenn das Gerüst mit seinen Eisenstangen und eisenbewehrten Brettern darauf krachte, würde wohl nicht mehr viel von dem Häuschen übrig bleiben.

Jetzt schrie einer der Feuerwehrmänner. Alle Männer am Gerüst rannten auseinander. Bretter hagelten herab, aber die Böe schaffte es nicht, das Gerüst umzuwerfen.

Plötzlich sah sie Tom. Er war einer von den Männern in schwarzem Ölzeug. Sie sah sein Gesicht, nass und erschöpft, sah, wie er sich jetzt wieder dem Gerüst zuwandte. Neben ihm Nünü.

»Tom!«, rief sie.

Er sah sich irritiert um. Sie lief auf ihn zu. Aber er streckte abwehrend die Hände aus. »Verschwinde! Hau ab!«

Sie blieb erschrocken stehen. Sicher, das Gerüst schwankte, aber sie befand sich nicht in der direkten Gefahrenzone.

»Pit ist weggelaufen!«, schrie sie ihm zu. »Wir suchen Pit! Er ist nicht bei dir?« Blöde Frage, dachte sie, aber etwas in Toms Gesicht und Haltung ängstigte sie.

»Geh!«, rief er und wich zurück. »Geh! Das hier ist nichts für dich. Verschwinde von hier!«

Gleichzeitig zog Nünü ihn am Arm. Tom schwankte leicht, dann wandte er sich ab und stolperte an der Seite des bärenhaften Jungen auf das Gerüst zu. Im nächsten Augenblick hatte er alles vergessen, was hinter ihm lag, auch die Frau, deren plötzliches Erscheinen ihm wie ein Schwert in die Glieder gefahren war. Das Gerüst brach allmählich zusammen, und sie hatten alle Hände voll zu tun, nicht selbst erschlagen zu werden und das Häuschen der Witwe Kahla zu schützen.

Karoline zog sich verwirrt zurück. Aber vielleicht hatte sie die Gefahr wirklich unterschätzt. Und Tom hatte nur so reagiert, wie einer reagierte, der in einer Gefahrensituation nicht auch noch auf andere aufpassen konnte und wollte. Eine fürchterliche Angst erfasste Karoline. Es dauerte eine Weile, bis sie den Grund herausgefunden hatte. Tom riskierte an der Kirche sein Leben. Sie hatte Angst um ihn. Andererseits wollte er sie dort nicht haben. Und sie musste Pit suchen.

Ohne groß nachzudenken schlug sie den Weg zum Dornbusch ein. Schließlich hatte sie Pit einmal am Abzweig zum Leuchtturm angetroffen. Der Junge trieb sich viel dort herum. Obgleich die Böen durch die Büsche fegten, schien ihr, dass das Schlimmste vorbei war. Das kreisende Signal des Leuchtturms gab die Richtung an. Außerdem erhellte das Streulicht das Gelände.

»Pit!«, schrie sie. Ihre Stimme kam ihr im Tosen des Orkans schwach und verloren vor. War es nur das Ächzen und Knarren der Bäume und Büsche oder war es ein Ruf, den sie hörte? Sie stolperte weiter. Der Ast eines Buschs verhakte sich in dem viel zu langen Regenmantel. Sie streifte ihn kurzerhand ab. Sie war ohnehin durchnässt, und ohne das sperrige Ding kam sie schneller voran. »Pit! Wo bist du?«

Sie hatte das Gefühl, dem Jungen sehr nahe zu sein. Zumindest sie hätte sich hierher geflüchet. Ja im Grunde tat sie im Moment genau dies. Sie flüchtete. Sie flüchtete vor dem Gedanken, dass Tom nicht die gefährliche Situation gemeint hatte, als er sie fortscheuchte, sondern sie.

Der Leuchtturm stand einsam und fest auf dem Berg, kahle Hügel drum herum, aufwirbelnder Sand im geisterhaftem Scheinwerferlicht. Nur ein Stück weiter brach die Steilküste siebzig Meter in die Tiefe.

Karoline wurde von einer heftigeren Böe umgeworfen und krallte sich ins Gras. Jenseits der Abbruchkante tobte unsichtbar das Meer. An dieser Stelle verlor die Küste bei einem solchen Orkan gern ein paar Meter. Der Regen prallte fast waagrecht gegen die sandig erdige Wand. Karoline hatte das dringende Bedürfnis, hinunter zu blicken, das schäumende Meer zu sehen, sich ganz dem Sturm auszusetzen. Rational war das nicht zu erklären. Es war nicht nur Neugierde, sondern auch das tief in ihrer Persönlichkeit verankerte Bedürfnis, nicht umzudrehen, bevor sie nicht alles gesehen, nicht die letzte Konsequenz erschaut hatte.

Sie kroch vorsichtig auf allen Vieren an die Kante vor und lehnte sich gegen den Wind. Gischt und Schaum leuchteten unheimlich tief unten in der Finsternis. Das Meer hatte den Geröllstrand überrollt und prallte gegen die Wand.

Plötzlich gab der Wind nach. Karoline fiel nach vorn und musste sich mit beiden Händen abfangen. Aber die Grasnarbe brach. Sie verlor die Orientierung und den Halt unter sich.

12

Auch Tom warf den Ölmantel ab, als er von Kloster kommend den Leuchtturmweg hinaufrannte. Nachdem das Gerüst in seine Einzelteile zerfallen war, hatte er sich jäh Karolines erinnert, oder vielmehr dessen, dass sie Pit suchte. Wie lange war es her, dass sie an der Kirche erschienen war? Wo war sie hingegangen?

Eine tiefe innere Angst trieb ihn vorwärts, am Abzweig zu seinem Haus vorbei, das er nach Gerts Besuch verlassen hatte, weil er es in der warmen, hellen und ruhigen Stube einfach nicht aushielt, wenn draußen der Sturm tobte und in seinem Herzen auch.

Sie hatte ihn reingelegt, getäuscht, betrogen. Und dann besaß sie die Unverfrorenheit, wieder in Kloster aufzutauchen. Aber der *Blickpunkt* erschien ja gewöhnlich erst am Freitag. So lange hatte Karoline sich sicher fühlen können, hätte sogar die Nacht mit ihm noch mitgenommen. Es schüttelte Tom, wenn er daran dachte, wie viel Überredungskunst er in sich hatte aufwenden müssen, um sich bei dem Orkan nicht sogleich wieder aufs Rad zu schwingen und zurück ins *Hotel am Meer* zu eilen, zu ihr. Sie hätte ihn freundlich empfangen und dabei nur über ihn gelächelt, wenn er in ihre Arme gesunken wäre wie ein naiver Tölpel. Bei dem Gedanken an dieses Lächeln, diese Augen, wurde ihm abgrundtief kalt. Sie war so schön, so klug, so umsichtig, so einfühlsam … so skrupellos.

Aber da war noch ein Gefühl, das ihn beutelte: Angst. Und zwar um sie. Eine namenlose Angst, die ihn in den Dornbusch trieb. Denn wo suchten Städter wie Karoline einen kleinen Jungen? Am ehesten doch wohl irgendwo draußen in der Wildnis. Als ob sich kleine Jungen an solche Abgründe flüchteten wie den am Leuchtturm, statt sich zum Beispiel in der Hundehütte im heimischen Garten zu verkriechen.

Obgleich keine objektive Annahme dafür sprach, dass Karoline so wahnsinnig oder verwegen war, zum Leuchtturm hochzusteigen, trieb ihn die innere Gewissheit, dass er dorthin musste, wenn er sich selbst vor den Furien seiner Vergangenheit retten wollte. Diesmal durfte er nichts falsch machen, nur weil er so sehr mit sich selbst beschäftigt war.

Als er auf halbem Weg einen Ölmantel im Gebüsch

glänzen sah, rannte er los. Er kannte die Pfade im Schlaf. Doch hatten Regen und Sturm so manchen Weg verwischt und verschüttet. Er stolperte über Wurzeln, die frei gespült worden waren, und rutschte Hänge hinunter, die er hinaufwollte. Nicht noch einmal durfte es passieren, dass jemand zu Schaden kam, nur weil er nicht imstande war zu handeln, und zwar schnell und richtig.

Er warf sich gegen den Wind auf den Anstieg zum Steilwandabbruch. »Karoline!«, schrie er aus voller Kraft. »Karo!«

Und wirklich! Da war eine Antwort. Da tönte ein menschlicher Ruf im Tosen von Meer und Wind. Er war sich sicher. Doch wo? Gegen den Wind kroch er zur Steilwand vor. Seine Hände fühlten die frische Scharte in der Abbruchkante, dort wo die Grasnarbe abgerissen war und Sand und Erde in die Tiefe gerissen hatte.

»Karo!«, schrie er verzweifelt.

»Hier!«, hörte er auf einmal ganz nahe. »Hier bin ich. Hilfe!«

Er schob sich auf dem Bauch über die durchweichte Grasnarbe und schaute über die Kante. Weiter rechts glaubte er den helleren Fleck eines Gesichts erkennen zu können und die dunkleren Formen einer Gestalt, die in der Wand hing. Sand wirbelte ihm in die Augen. Er tastete unter sich und stieß auf die Wurzel eines längst abhanden gekommenen Baumes, die aus der Erdwand ragte. An der Wurzel fühlte er eine Hand, suchte das Handgelenk und packte zu.

Er spürte ihre gespannten Sehnen unter seinen Fingern. Egal, was nun geschah, er würde dieses Handgelenk nicht eher loslassen, als bis er sie in Sicherheit wusste, und wenn er die ganze Nacht so liegen müsste.

»Bist du verletzt?«, rief er in die Tiefe. Der Wind riss ihm die Worte von den Lippen.

»Ich glaube nicht«, antwortete sie. Sie war sich allerdings nicht ganz sicher, ob nicht irgendeiner ihrer gefühllos gewordenen und erkalteten Finger gebrochen war.

»Hast du Halt?«

»Die Wurzel, und irgendwas Festes unter meinem linken Fuß.«

»Kannst du dich bewegen?«

»Ich versuch's.«

Der Schmerz in den verkrampften Muskeln hatte sich in ihrem Kopf gewissermaßen überschlagen, so dass sie jetzt überhaupt nichts mehr empfand. Immerhin spürte sie seine Hand an ihrem Gelenk, wenn auch wie einen eisernen Schraubstock. Aber sie wagte nicht, ihre Finger von der Wurzel zu lösen, vielmehr, sie konnte es gar nicht. Es war, als sei sie vor Stunden zu Sandstein erstarrt, immer in Gefahr bei jedem tieferen Atemzug den Halt zu verlieren, abzurutschen und in die brodelnde Tiefe zu stürzen. Sie versuchte hoch zu blicken, Tom in der Finsternis auszumachen. Aber Wasser und Sand machten sie blind.

»Lass die Wurzel los«, hörte sie seine etwas heisere Stimme dicht über sich. »Ich halte dich. Lass los! Dann kann ich dich hochziehen.«

Wie wollte er, wie konnte er das schaffen, fragte sich Karoline. Er musste auf dem Bauch liegen, um sie zu fassen. Wie wollte er sich aus dieser Lage aufrichten?

»Lass die Wurzel los, Karo! Keine Angst. Ich halte dich.«

Karoline war, als triebe seine Stimme die Wärme in ihre Glieder zurück und das machte sie zugleich schwach. Sie spürte, wie ihre Finger sich gegen ihren Willen von der Wurzel lösten und schrie, als sie den Halt verlor. Mit ihrem ganzen Gewicht fiel sie in Toms Griff am Handgelenk. Ein Schwall von Sandklumpen rieselte auf sie herab, als die Graskante unter seiner Brust nachgab und abbrach.

»Du kannst mich nicht halten!«, schrie sie. »Lass los. Sonst reiße ich dich mit! Lass los! Verdammt!«

»Nein, Karo! Ich lasse dich nicht los.«

Dennoch, ihre Hand, klein und nass wie sie war, entglitt seiner. Dann spürte sie, wie er sie mit der anderen Hand am Arm packte und hörte ihn ächzen.

Für das, was er tat, brauchte er nicht nur Kraft, sondern auch den eisernen Willen, es zu schaffen, und viel Gespür für den richtigen Augenblick. Sich mit dem Gewicht eines Menschen an den ausgestreckten Armen aus der Bauchlage aufzurichten, das ging eigentlich gar nicht. Karoline wusste, dass sie ihn entlasten musste, und suchte im rieselnden Sand verzweifelt irgendeinen Haltepunkt für ihre Füße und tastete nach einem Griff. Die Wurzel geriet ihr in die andere Hand. Sie zog sich ein Stück hoch. Tom hatte Luft, ein Bein anzuziehen. Sie krallte sich in die Grasnarbe. Er bekam einen Fuß nach vorn und konnte sich abstützen. Die Graskante gab erneut nach. Doch sie bekam ein Bein hinauf, und beim nächsten Atemzug glitt sie über die Kante. Tom fiel nach hinten, und sie landete halb auf ihm.

Es war eigenartig, wie schnell das Räderwerk der Gedanken wieder in Gang kam. Karoline begriff, welches unverschämte Glück sie gehabt hatte. Tom erkannte, dass er seine einstige Schnelligkeit und Reaktionssicherheit wiedergewonnen hatte. Die Lähmung angesichts unvorhergesehener Ereignisse war vorbei. Er hatte gehandelt, und diesmal richtig. Er hatte die Frau, die er liebte, retten können. Sie lag in seinem Arm und zitterte und atmete.

Doch einen Moment später schon wurde ihm bewusst, was sie beide trennte, was es ihm unmöglich machte, sie auch nur eine Sekunde länger im Arm zu halten.

Er schob sie von sich und stand auf. Da sie ihm die Hand hinstreckte, half er auch ihr noch auf die Beine.

Doch dann wandte er sich sofort dem Abstieg zu. Was auch immer sie von ihm denken mochte, er sah sich außer Stande, sie anzusehen. Mit jeder Faser seines Körpers wünschte er, sie in seine Arme ziehen zu können, beseligt, sie gefunden und gerettet zu haben, doch jeder Gedanke in seinem Kopf endete bei seiner Enttäuschung. Er spürte Karoline hinter sich stolpern und biss die Zähne zusammen, um sich davon abzuhalten, sich umzudrehen und sie aufzufangen. Als sie den Regenmantel aus dem Gebüsch pflückte, blieb er nur solange stehen, bis sie sich den Mantel übergeworfen hatte und sehen konnte, wo er abbog. Schließlich erreichten sie die ersten Häuser von Kloster.

»Vielleicht hat sich Pit ja in der Hündehütte versteckt«, rief Karoline hinter ihm. Sie klang kläglich und atemlos. »Du weißt, die im Garten der Eilers. Wahrscheinlich hat es ihn gleich umgeweht, als er aus dem Haus kam. Und dann ist er irgendwo untergekrochen. Es war Schwachsinn, am Dornbusch zu suchen.«

Er sah sich nicht um.

»He! Kannst du mir mal sagen, warum wir so rennen?«

Tom bremste seinen Sturmschritt und drehte sich wiederstrebend um. Karoline war auf dem Weg stehen geblieben. Sie konnte sich sichtlich kaum noch auf den Beinen halten.

»Was ist los?«, keuchte sie, »Tom, was ist los?«

»Die Feuerwehr wird dich heimbringen. Der Wagen steht noch an der Kirche. Komm!«

»Und Pit?«

Obgleich Tom im Dunkeln nicht viel erkennen konnte, so sah er doch die Ratlosigkeit in ihrem von Sand verklebten Haaren umrahmten Gesicht, und der Schlag, den er ihr jetzt versetzen musste, schmerzte ihn selbst im Voraus mehr, als er vermutlich ihr weh tun würde.

»Vergiss Pit!«

»Wie?«

»Verschwinde von der Insel und lass dich hier nie wieder blicken!«

»Wieso? Aber wieso denn?«

»Tu nicht so, als ob du das nicht wüsstest. Du hast dein Versprechen gebrochen. Am Besten, du kommst mir nie wieder unter die Augen. Wir sind geschiedene Leute.«

Karoline wankte.

Er war mit zwei Schritten bei ihr und fing sie auf. In seinem Armen fühlte er, wie Karoline die Beine versagten. Sie klammerte sich an ihn, schien aber nicht mehr die Kraft zu haben, sich festzuhalten, und schloss die Augen. Er hob sie auf und trug sie die paar Meter zur Kirche, vor der immer noch das Feuerwehrauto stand. Dort übergab er sie dem Feuerwehrchef Henne und Olaf, dem Sanitäter. Als Karoline die Augen wieder öffnete, wandte er sich eilig ab.

Nünü kam ihm aus der Gruppe der Männer entgegen, die dabei waren, die Trümmer des Gerüsts aufzuräumen.

»Alles klar, Nünü?«, sagte Tom, ohne recht zu wissen, was er sagte und tat.

»He! Wat is di? Geh nah Hus. Mak tau«, sagte Nünü väterlich. »Wi sent hei farig.«

Tom fing sich. »Nein ich muss nach Vitte.«

Nünü vollführte eine Kreisbewegung mit dem Finger an seiner Schläfe. »Du wohnst annen Hexenbarg, min Jung.«

Tom drehte um. Eben fuhr das Feuerwehrauto ab.

Der Sturm hatte inzwischen deutlich nachgelassen. Der Regen fiel schon fast senkrecht. Tom eilte die Straße entlang. In Vitte angekommen, ging er außen um den Gartenzaun von Eilers Haus herum und fand das kleine rote Fahrrad. Er stieg über den Zaun in den Garten, überquerte die Wiese und sank vor der Hundehütte auf die Knie.

»Pit?«, sagte er leise. Aus der Hütte kam kein Laut. In dem schwarzen Loch war auch nichts zu erkennen. »Komm raus«, sagte Tom und griff hinein. Er stieß auf trockenen Stoff und den kleinen atmenden Körper und zog ihn heraus. Pit warf sich ihm an den Hals.

»Mami und Papi streiten sich!«

»Das macht nichts«, sagte Tom. »Erwachsene müssen sich manchmal streiten. Das hat nichts mit dir zu tun. Sie lieben dich trotzdem. Und morgen vertragen sie sich wieder. Und wenn sie dich jetzt wieder haben, dann werden sie froh und glücklich sein. Meinst du nicht?«

Er fühlte, wie der Junge an seiner Schulter tapfer nickte, und stand auf. Gert war gerade dabei, erneut das Haus zu verlassen, als Tom mit Pit auf dem Arm um die Hausecke kam. Marina stürzte an Gert vorbei zur Tür.

»O Pit! Da bist du ja! Ich bin so froh. Wo warst du denn?« Sie übernahm ihn von Tom.

»Er war in der Hundehütte.«

»Komm rein«, sagte Gert erschrocken über Toms erschöpften und verzweifelten Gesichtsausdruck. »Du bist ja klatschnass. Du wirst dich erkälten.«

Aber Tom wich zurück und winkte abwehrend.

»Nimm wenigstens meinen Mantel!«, rief Gert ihm hinterher.

13

Karoline wachte gegen zehn mit bleiernen Gliedern auf und hatte das Gefühl aus einem Alptraum zu erwachen, der jetzt erst richtig anfing. Die dramatischen Einzelheiten der zurückliegenden Nacht fielen wie Granitblöcke auf ihre Seele.

Hatten sie wenigstens Pit gefunden?

Um sie herrschte Windstille. Das Hotelzimmer war hell und freundlich. Sogar die Sonne schien draußen wieder. Karoline machte die Augen zu. Es tat überraschend weh, mit knapper Not das eigene Leben gerettet zu haben. Jeder Muskel schmerzte. Es schmerzte um so mehr, als kein glückseliger Gedanke an ihren Retter sie aus dem Bett trieb, unter die Dusche und hinaus aufs Fahrrad, um nach Norden zu radeln und ihn mit Dank zu überschütten.

Außerdem lag ihr Fahrrad ohnehin irgendwo in der Heide. Das würde dem Fahrradverleiher gar nicht gefallen.

Tom war so ungeheuer gekränkt gewesen, sehr bitter. Sie hatte ein Versprechen gebrochen. Aber welches? Sie hatte ihm nur eines gegeben, nämlich, dass sie nicht über ihn schreiben würde, und das hatte sie ja nicht gebrochen. Aber was dann? Was hatte sie ihm angetan, dass er so erschreckend gekränkt war?

Sie musste aufstehen und mit ihm reden. Es konnte nur ein Missverständnis sein. Missverständnisse mussten so bald wie möglich aus dem Weg geräumt werden. Sie musste zu ihm, selbst wenn er die Schrotflinte auf sie anlegte, sobald sie sich seinem Anwesen näherte.

Der Gedanke war immerhin tröstlich genug, dass sie noch einmal wegdämmerte. Gegen elf erwachte sie erneut, diesmal mit Entschlossenheit im Herzen. Einem Mann, der ihr so Unrecht getan hatte, lief sie nicht hinterher. Sie würde die nächste Fähre nehmen. Wenn sie sich zwang, sich zu bewegen, stellte sie fest, dann ließen die Schmerzen in den Gliedern nach. Sie rappelte sich auf und ging unter die Dusche.

Martha Helbig hatte ihr Frühstücksgedeck noch nicht abräumen lassen, obgleich sie sonst streng mit säumigen Frühstücksgästen verfuhr. Aber Karoline war erst nach Mitternacht von der Feuerwehr gebracht worden, völlig erschöpft.

»Da hab' ich mir gedacht, dass Sie etwas länger schlafen«, sagte Martha und blickte Karoline mit ihren hellsichtigen grauen Augen an. »Geht's wieder? Was haben Sie denn gestern angestellt, dass Sie die Feuerwehr bringt? Und wie Sie aussahen, wie aus dem Walfischbauch gespuckt. Sie haben uns einen tüchtigen Schrecken eingejagt.«

»Gehen die Telefone wieder?«

»Aber nein, natürlich nicht, mein Kind. Das dauert immer ein paar Tage. Es war ein Jahrhundertorkan.«

Karoline lächelte schwach bei diesem Ausdruck, der so typisch für den Sensationsjournalismus dieser Tage war.

»Im Radio haben sie gemeldet, dass es Böen von mehr als 250 Stundenkilometern waren. Wir haben hier noch Glück gehabt. Aber auf Rügen, da möcht ich nicht wissen, wie es da aussieht.«

»Wann geht die nächste Fähre nach Schaprode?«

»Heute? Gar nicht. Das Wasser, das der Wind reingedrückt hat, muss erst wieder aus dem Bodden abfließen. Frühestens morgen, vielleicht auch erst übermorgen.«

»Und ein Boot?«

»Wenn die Fähre nicht geht, fährt auch kein Boot. Die Strömung ist zu stark. Außerdem dürfen die keine Passagiere befördern.«

»Ich bin kein Passagier, ich bin ein Notfall«, sagte Karoline.

»Das kostet aber. Haben Sie es denn so eilig? Jetzt frühstücken Sie doch erst einmal. Und dann machen sie einen schönen Spaziergang. Und vielleicht findet sich am Nachmittag jemand. Ich kann ja mal mit meinem Cousin reden.«

Karoline fühlte sich zu elend, um mehr zu verlangen. Sie quälte sich das Frühstück hinunter und ging dann hinauf, um ihre Reisetasche zu packen. Als sie die Weste einpacken wollte, spürte sie etwas Klobiges in der Innentasche. Es war die kleine elektronische Kamera, die Tom ihr während des Spaziergangs am Gellen gegeben hatte, damit er mit Pit herumtollen konnte. Er hatte sie vergessen, und sie auch. Außerdem fiel ihr der würfelförmige Bernstein in die Hand, den er gefunden und ihr geschenkt hatte.

Sie zielte auf den Papierkorb unter dem Waschbecken und traf, was ihr sonst nie gelang. Der Stein prasselte in den Plastikbehälter. Doch was sollte sie mit der Kamera tun? Sie sank erschöpft in einen der kleinen Sessel am Fenster. Draußen schien die Sonne so nett und friedlich, als hätte es nie Sturm gegeben.

Vielleicht konnte sie die Kamera Martha Helbig geben, damit sie sie jemandem nach Kloster mitgab. Und wenn das nicht möglich sein sollte, dann würde Karoline sie eben von Dresden aus nach Hiddensee schicken. Der Entschluss belebte sie etwas. Sie stand auf, klaubte den Bernstein wieder aus dem Papierkorb und ließ ihn in die Tasche ihrer silbergrauen Windjacke gleiten, die oben auf der Reisetasche lag.

Martha nahm die Kamera willig entgegen. Karoline beglich die Hotelrechnung. Der Fahrradverleiher reagierte erstaunlich gelassen auf die Mitteilung, dass er sein Fahrrad irgendwo zwischen Neuendorf und Vitte in der Heide suchen musste. Den Vormittag verbrachte Karoline wie eine Rekonvaleszentin auf einer Bank am Hafen von Neuendorf-Plogshagen, und um drei saß sie in einem Fischerboot, das sie über die aufgewühlte See nach Schaprode brachte. Dort bestieg sie ihr kleines Auto und begab sich auf die Autobahn.

Beim Fahren konnte man nichts zu Ende denken. Umso besser.

Nachts gegen eins kam sie in Dresden an, suchte sich am Zwingerteich einen Parkplatz und stieg die zwei Stockwerke in ihre Dreizimmerwohnung hinauf. Sie hatte sie praktisch drei Tage nach der Trennung von

Klaus bezogen. In Dresden waren renovierte Wohnungen leicht zu kriegen, wenn man das Geld hatte, die Miete zu bezahlen. Sie packte die Reisetasche aus und füllte den Wäschekorb. Aus den Jeans rieselte Sand.

Vereinzelt röhrten Autos durch die Straßenschächte. Aber es war verdammt windstill. Karoline setzte sich in einen der beiden Sessel in dem kleinen Wohnzimmer und blätterte den *Blickpunkt* durch, den sie an einer Tankstelle gekauft hatte, der Titelstory wegen, die sie nun aber nicht fesselte, weil sie nichts enthielt, was sie nicht schon woanders gelesen hatte.

Willkommen daheim, dachte sie, Willkommen im alten Trott der Skandale, die keine sind.

Sie lehnte sich in dem Sessel zurück, den sie eilig angeschafft und der sich als erstaunlich bequem erwiesen hatte, gut geeignet, den Kopf anzulehnen und den Blick schweifen zu lassen. Das Zimmer war hoch aber klein. Karoline hatte es in aller Eile eingerichtet. Couchtisch, Sessel, Regale und Esstisch waren aus Glas und blau lackiertem Holz, aber nichts Besonderes. Eine Wand war mit Büchern bedeckt, an den anderen hingen Fotos, Abfallprodukte ihrer Reportagereisen, Landschaften. Andere Bilder schoben sich ihr dazwischen, bessere Fotos, die ein anderer gemacht hatte, sein Gesicht, die blauen Augen und strohblonden Haare, etwas vom Wind zerzaust. Sie schüttelte sich und versuchte, sich wieder auf die Zeitschrift zu konzentrieren, blätterte um und erschrak bis ins Mark.

Da blickte es ihr entgegen, dieses Gesicht, etwas jünger und schmaler, weniger sensibel, weniger gekränkt auch, als sie es zuletzt gesehen hatte. Das Archivfoto war mehr als sechs Jahre alt. Karoline verschlug es den Atem, als sie den kurzen und gar nicht freundlichen Text darunter las.

»... legt das Schrotgewehr auf jeden Fremden an, der sich seinem Haus nähert ...«

Um Himmels willen! Das waren ja ihre Worte; nun nicht ganz, aber doch so ungefähr. Diesen Scherz hatte sie gemacht, Tom gegenüber und gegenüber Manfred Schulze.

Manfred!

Karolines Zorn war ungebrochen, als sie am Montag die Redaktion stürmte, die Tasche in ihr Büro warf und in Manfreds Zimmer stürzte.

Sie warf den *Blickpunkt* auf seinen Tisch. Briefe und lose Blätter flatterten auf. Manfred haschte nach Papieren.

»He he!«

»Was fällt dir eigentlich ein«, sagte sie gefährlich leise. »Wie kommst du dazu, das zu schreiben? Gegen meinen ausdrücklichen Wunsch! Ich habe dich nicht dazu autorisiert. Es war ein Privatgespräch. Du hast mein Vertrauen missbraucht als Kollege und ...«, Karolines Stimme schwankte nur ein klein wenig, » ... und als Freund.«

»Nun mal langsam, Karo. Setzt dich erst mal hin. Darf ich dir einen Kaffee holen?«

»Ich kündige!«

Manfred ließ sich wieder auf seinen Sessel sinken, zog die Schublade auf, holte eine Zigarre heraus, biss das Ende ab und zündete sie umständlich an. Er brauchte Zeit zum Überlegen. Dass Karo sich dermaßen aufregen würde, überraschte ihn doch.

»Zunächst einmal war es kein Privatgespräch«, hustete er. »Du hast mich als deinen Chef angerufen.«

»Und ich habe gesagt, über Reuter wird nicht geschrieben.«

»Nein, du hast gesagt, *du* willst nicht über ihn schreiben.«

»Du weißt genau, wie ich das gemeint habe.«

»Und warum hast du mir dann all diese Details erzählt, das mit dem Schrotgewehr zum Beispiel.«

»So habe ich es nicht erzählt. Ich habe nicht gesagt,

dass er es auf Leute anlegt, sondern nur, dass nur gefehlt hätte, dass er das Schrotgewehr holt. Wenn du schon meine Informationen benutzt, dann hör wenigstens richtig zu.«

Manfred hustete. »Übertreibung macht anschaulich.«

»Man kann es auch Lüge nennen.«

»Du bist doch sonst auch nicht so zimperlich.«

»Wenn ich tatsächlich nicht zimperlich war, so bedaure ich es zutiefst und bin es jetzt.«

»Aber hör mal, Karo. Du weißt doch genauso gut wie ich, Personen des öffenlichen Lebens müssen immer damit rechnen, dass man sie irgendwo erkennt und ein paar Zeilen über sie schreibt. Reuter war doch genauso einer, der hat sich da auch nie zurückgehalten, mit seinen Fotos, meine ich. Nicht nur hier in Dresden, in der ganzen Welt gibt es viele Leute, die ihn noch kennen. Es gibt sogar welche, die hoffen, dass er zurück kommt ins Geschäft. Sein Schicksal hat die Nation beschäftigt. Er hat das Auswärtige Amt auf Trab gehalten. Da darf man doch noch mitteilen, was aus ihm geworden ist. Nun gut, es sind ein paar Übertreibungen drin. Aber du wolltest es ja nicht selber machen. Und mein Gott, so ist das halt in diesem Geschäft. Reuter wird's überleben. Und morgen treiben sie eine andere Sau durchs Dorf.«

Karoline zeigte keine Regung. Es war ihr ernst, Manfred sah es und zog ein anderes Register.

»Dann will ich dir mal was sagen, mein Kind. Ich kannte Reuters Frau, die kleine Simone Berger. Die Bergers und wir haben ein paar Jahre nebeneinander gewohnt, die entscheidenden Jahre. Nette Menschen. Er Elektroinstallateur, nach der Wende noch tapfer mit dabei, sie Beschäftigte beim VEB Pentacon, dann arbeitslos. Simone war ein entzückendes Mädchen. Ich hätte mich gern selbst in sie verliebt. Aber sie war damals schon die Frau von diesem Reuter. Ich habe ihn ein paar Mal getroffen. Du kennst ihn nicht von früher, ein hübscher aber arroganter Bursche und ein Egoist, dagegen bin ich ein Waisenknabe ...«

Er hoffte auf ein Lächeln Karos, aber sie verzog keine Miene. »Ich kenne die Geschichte«, sagte sie nur knapp.

»Ah so? Von wem?«

»Kein Kommentar.«

»Weißt du auch, dass für Simone die Ehe die reinste Hölle war? Immer diese Angst um ihn. Schließlich wollte sie sich von ihm scheiden lassen, weil sie die Angst nicht mehr aushielt. Glaub mir, Karo. Diese Frau hatte er nicht verdient. Wenn das Telefon ging, fuhr sie hoch. Wieder das Auswärtige Amt, um ihr mitzuteilen, dass Reuter in Kolumbien verschollen, in Nigeria angeschossen oder in Kaschmir entführt wurde. Und als dann die Nachricht von seinem Tod kam, brach sie zusammen und starb. Einfach so. Und dann ist dieser Kerl nicht einmal tot. Treibt sich mit den Kaschmirrebellen ein Jahr lang herum und denkt nicht einmal daran, dass seine Frau auf ein Lebenszeichen warten könnte.«

»Nein, so war es nicht.«

Manfred zog die buschigen Brauen in die Höhe, erfreut, dass Karoline sich mit einem Widerspruch auf das Gespräch einließ. »Nein? Wie denn dann?«

»Er hat ... Ach was, dir erzähle ich überhaupt nichts mehr.«

Manfred paffte schweigend an der Zigarre.

»Und wenn du noch so lange schweigst, damit ich die Stille fülle«, sagte Karoline trotzig.

Er lächelte kaum merklich. Er hatte sie wieder eingefangen, seine Karo. Sie war ihm zwar böse, aber sie konnte ihm eben doch nicht richtig böse sein. Dazu verstand sie seine Beweggründe, Reuter nicht zu schonen, zu gut. Dass Karoline eigentlich mit den Tränen kämpfte, merkte er nicht.

»Und das mit der Kündigung habe ich nicht gehört«, sagte er.

14

Marina ging mit dem Brief, den der Postbote ihr eben ausgehändigt hatte, ums Haus herum und setzte sich auf die Bank. Es war relativ warm an der sonnigen Südwand im Windschatten. Eine fahle Novembersonne stand am Himmel. Der Baum im Garten war kahl.

Marina betrachtete den Brief. Er kam aus Dresden. Sie erhielt selten Briefe. Eigentlich schrieb ihr nur ihre Mutter. Und auf den Inhalt dieser Briefe war sie nicht gespannt. Die Briefwechsel mit ihren alten Freundinnen in Leipzig waren lange schon eingeschlafen. Ihre Freundinnen hatten ihre Karrieren und Ehekrisen, und sie, Marina, lebte auf der Insel als Hausfrau im Familienglück. Da gab es keine gemeinsame Gesprächsebene mehr.

Marina riss den Brief auf. Er war von Karoline. Sie erkundigte sich nach Pit und entschuldigte sich für ihre plötzliche Abreise ohne Abschied.

In der Tat, dachte Marina. Sie war ganz schön enttäuscht gewesen, als sie am Nachmittag nach der Sturmnacht mit dem Rad im *Hotel am Meer* eintraf und erfuhr, dass Karoline soeben abgereist war. Noch am Vorabend war Karoline in ihrem Haus erschienen, besorgt um Pit und mit tröstenden Worten für sie, ganz wie eine echte Freundin. Und nun war sie einfach ins Nichts jenseits des Bodden verschwunden, ohne sich zu verabschieden, wie einer der Zugvögel, die im Herbst auf dem Gellen einfielen und im November schon wieder weg waren, weiter Richtung Süden.

Und Marina blieb nichts anderes übrig, als nach Vitte zurückzuradeln. In ihrer Jackentasche hatte sie eine kleine elektronische Kamera, die die Hotelwirtin Martha ihr für Tom mitgegeben hatte. Der Gedanke an diesen Botengang hatte Marina kurzfristig belebt. Sie hatte einen Grund, Tom in seinem Hexenberghaus zu besuchen. Doch dann erschrak sie. Was dachte sie da? Was plante sie? In welchen Bahnen liefen ihre Gedanken schon? Die Nacht hatte sie beinahe schlaflos und kalt neben Gert im Bett verbracht. Sie versuchte Tom aus ihrem Kopf zu vertreiben und dachte doch an nichts anderes. Er erfüllte sie auf eine übermächtig quälende Weise.

Vielleicht hätte Karoline Rat gewusst. Was machte man in so einem Fall? Sie liebte Tom, aber sie konnte und wollte weder Gert verlassen noch Pit verletzen oder verlieren. Was war nur los mit ihr? Warum bekam sie das nicht mehr in den Griff? Lag es daran, wie sie lebte? Gert hatte seinen Job, aber sie hatte eigentlich nur die Wäsche.

Doch genau so hatte sie es gewollt. Sie brauchte kein Kino, kein Theater, keine Partys. Die Stadt war ihr zu laut. Sie hatte immer nur den einen Mann für ihr ganzes Leben gewollt, und immer war sie sich darüber im Klaren gewesen, dass es nicht der Traummann sein musste, sondern der, mit dem der Alltag funktionierte. Gert war genau dieser Mann, den sie immer hatte haben wollen.

Doch wieso hatte sie sich dann in Tom verliebt? War es nur das unausgefüllte Herz, das sich nach einem Abenteuer sehnte, nach großen Gefühlen, Leid und Glück? Gert hatte eine weite Reise vorgeschlagen. Vielleicht reisten manche Leute so viel herum, weil sie sich genauso wie Marina nach irgendeinem aufregenden Ereignis sehnten, das ihre brach liegenden Gefühle in Schwingungen brachte.

Tom war immer in der Welt unterwegs gewesen. Sie musste ihn mal fragen, was es ihm gebracht hatte. Und schon waren ihre Gedanken wieder bei ihm, bei dem Mann, der sie mehr erregte und interessierte als alles andere in ihrem Leben.

Als Gert an diesem Abend heimkam, gab Marina ihm die elektronische Kamera.

»Sie gehört Tom. Er hat sie im *Hotel am Meer* vergessen. Martha hat sie mir mitgegeben. Vielleicht könntest du sie Tom geben, wenn er dich in der Wetterstation besuchen kommt.«

In Gerts an diesem Tag so müden grauen Augen blitzte ein Funke Hoffnung. »Warum gibst du sie ihm nicht selbst? Meinst du, ich sehe ihn eher als du?«

Vergeblich versuchte er, einen Blick in Marinas Augen zu erhaschen. Sie verteilte das Besteck auf dem Esstisch.

»Karoline ist abgereist«, sagte sie nach einer Weile. »Einfach so, ohne sich zu verabschieden. Sie hat anscheinend nicht einmal mehr wissen wollen, was aus Pit geworden ist.«

»Nicht nur dich hat sie enttäuscht«, bemerkte Gert. »Auch Tom hat sie ziemlich übel mitgespielt.«

Sofort hob Marina die Augen, eindeutig alarmiert.

»Sie hat nämlich doch über ihn geschrieben«, fuhr Gert gelassener fort, als ihm zumute war, »und zwar im *Blickpunkt*, und das ziemlich unfreundlich und verächtlich. Sie hat geschrieben, dass er …«

»Ich will es gar nicht wissen«, sagte Marina. »Vielleicht ist das alles ja nur ein Missverständnis.«

Gert musterte sie fragend, aber sie hatte ihren Blick längst wieder auf die Servietten gesenkt und ließ nicht erkennen, ob sie das mit dem Missverständnis auch auf sich und Gert bezog.

»Jedenfalls hat es Tom sehr verletzt«, sagte er. »Ich fürchte er hat sich wohl doch ziemlich in sie verliebt, wie du ganz richtig bemerkt hast. Du hattest also Recht.«

Marina hörte in diesem Friedensangebot Gerts nur den Triumph des gekränkten Ehemanns, der ihr zeigen wollte, dass der Mann, der ihre Gefühle auf Abwege gebracht hatte, eine andere begehrte. Sie schwieg. Das war alles, was sie tun konnte, um Gert nicht noch mehr zu kränken.

Er trat zurück, als sie sich der Küche zuwandte und drehte die elektronische Kamera in seinen Händen.

»Tja«, sagte er dann leise auflachend. »Das war nun also Karoline. Vielleicht gut, dass ich sie nicht kennen gelernt habe. Vielleicht hätte ich mich auch in sie verliebt. Wer weiß. Immerhin war sie klug genug, rechtzeitig abzuhauen. Denn Nünü geht heute überall herum und verkündet, dass er sie vom Kliff stoßen wird, wenn sie sich hier jemals wieder blicken lässt.«

»Das darf er nicht«, sagte Pit, der plötzlich oben an der Treppe erschien und seine Eltern mit großen Augen anblickte. »Karo hat ihm nichts getan.«

Marina lächelte. »Sei ganz beruhigt, Pit. Nünü wird gar nichts tun können, denn Karoline ist abgereist.«

»Für immer?«

»Ich weiß es nicht.«

»Sicherlich wird sie schreiben«, sagte Pit in seiner zuweilen so altklugen Art.

Und nun hielt Marina in der Tat einen Brief von Karoline in der Hand, wenn auch Wochen später. Was sollte sie ihr antworten?

Pit ist gesund, ihm geht es gut, aber mir geht es schlecht. Ich bin krank im Kopf und in der Seele. Ich liebe Tom. Seit Wochen schleichen Gert und ich umeinander herum. Er ist verletzt, aber er will nicht in mich dringen. Gert hat mir immer vertraut. Er ist der geduldigste Mensch von der Welt. Er vertraut mir auch jetzt, dass ich mich ihm anvertrauen werde. Aber ich habe das Gefühl, dass eine Aussprache das Ende unserer Ehe wäre. Ich würde Dinge sagen … endgültige Dinge. Und dann müsste ich ihn verlassen …

Das konnte sie Karoline nicht schreiben.

Marina faltete den Brief zusammen und steckte ihn in den Umschlag zurück. Immerhin erkundigte sich Karoline nach Pit. Immerhin interessierte es sie noch, wie diese Nacht für sie alle ausgegangen war. Nur nach Tom erkundigte sie sich nicht.

Sie stand auf, ging ins Haus und klemmte den Brief unter ihren Nähkorb am Fenster im Wohnzimmer. Dann holte sie aus der Küche den Einkaufsbeutel. Im Kopf dachte sie über die Einkaufsliste nach und trat auf die Straße. Pit kam eben vom Hafen her geradelt.

»Ich gehe einkaufen«, sagte sie. »Ich bin gleich wieder da.«

Es waren nur ein paar Meter die Straße hinauf. Kein Grund, sich um den Verbleib Pits währenddessen Gedanken zu machen. Das war das Schöne an der Insel. Sie war für Pit ein einziger großer Garten. Und alle in Vitte kannten ihn. Alle würden ein Auge auf ihn haben, so wie sie auf alle Kinder und Jugendlichen ein Auge hatten. Und natürlich auch auf alle anderen Dorfbewohner.

Pit fuhr ein Stück neben ihr her. Als Marina bei Inke am Zaun stehen blieb, bog er in den Weg zur Düne ein. Nachdem sie mit Inke allerlei Klatsch und Kochtipps ausgetauscht hatte, begab sie sich zu dem kleinen Supermarkt jenseits der Wegkreuzung. Da alle Lebensmittel mit dem Schiff gebracht werden mussten, war das Einkaufen eigentlich zu teuer, auch wenn es für die Insulaner Rabatt gab. Großeinkäufe auf Rügen oder in Stralsund rechneten sich auch nicht. Die Postschiffe waren allerdings immer voll mit Paketen großer Versandhandelshäuser. Marina hätte so manchem Mädchen oder mancher Frau auf den Kopf zusagen können, aus welchem Katalog sie die Jacke, das Kleid oder den Pullover bestellt hatte.

Sie gehörte zu den Frauen, die beim Einkaufen zu allerletzt an sich selbst dachten. Zuerst plante sie die Mahlzeiten. Sie mussten ein genauer Balanceakt zwischen der Vorliebe Gerts für Fleisch mit Soße und Kartoffeln, der Abneigung Pits gegen Soße und Rindfleisch, und dem Bedürfnis Marinas sein, ihren Männern ausreichend Mineralien und Vitamine in Gestalt von Salat und Gemüse zukommen zu lassen. Nicht dass Gert sich je über das Essen beschwerte. Aber seit ihrem Streit gab sich Marina noch mehr Mühe als sonst, ihm eine Freude zu machen. Wurst für ihn, Joghurt für Pit. Zutaten für einen Apfelkuchen, denn den aßen beide Männer gern. Erst dann erlaubte sie es sich, eine Tüte Gummibärchen für sich aus dem Regal zu nehmen.

Als sie mit der vollen Tasche vor den Laden trat, hatte Tom eben sein Pony an der Zaunecke unten an der Kreuzung angebunden und kam den Weg herauf.

Marinas Herz machte einen Stolperer.

»Hallo Marina«, sagte er und griff sofort nach ihrer Tasche, um sie ihr abzunehmen.

»Hallo Tom«, sagte sie mit etwas wackliger Stimme. »Wie geht's dir?«

»Gut. Danke. Und dir?«

Er sah müde aus. Er lächelte zwar in der echten Freude, sie zu sehen, und anscheinend ohne zu ahnen, auf welcher Achterbahn sich ihre Gefühle befanden, aber die steile Falte zwischen seinen Augenbrauen war tiefer als sonst. Heftiges Mitgefühl überschwemmte Marina.

Sie gingen gemeinsam den Weg zum Haus der Eilers hinab.

»Was macht Pit?«, erkundigte sich Tom. »Ich habe ihn heute noch gar nicht gesehen.«

»Er ist hier irgendwo unterwegs.«

Tom nickte schweigend. Marina wusste nicht, was sie nun sagen sollte. Er hatte immer ihr das Reden überlassen. Aber seit sie sich eingestanden hatte, dass sie ihn liebte, schien es ihr nicht mehr möglich, mit ihm die üblichen Alltagsgespräche zu führen, die sie früher geführt hatten, über irgendein Ereignis auf der Insel, das Wetter, über Pit.

»Es wird Zeit«, sagte Tom schließlich, »dass er in die Schule kommt. Als er kürzlich bei mir war, habe ich festgestellt, dass er beim Würfeln die Zahl auf einen Blick erkennt. Er muss die Punkte nicht mehr erst mit den Fingern zusammenzählen.«

Marina sah ihn verblüfft an. Er erwiderte den Blick

mit einem offenen Lächeln. Marina spürte seine Hand an ihrem Ellbogen.

»Ich hoffe«, sagte er, »du bist nicht eifersüchtig auf mich.«

Sie erschrak.

»Ich meine«, fuhr Tom lächelnd fort, »weil Pit und ich so viel Zeit miteinander verbringen. Er kommt beinahe täglich und löchert mich mit Fragen. Ich muss zugeben, dass ich ihn richtig ins Herz geschlossen habe.«

»Das ist doch wunderbar«, sagte Marina mit einiger Mühe. »Wer hätte denn vor einem Monat gedacht, dass Pit …«

Sie dachte an Karoline und ihre Eifersucht auf sie, die sie Tom so deutlich gezeigt hatte, und verstummte. Auch waren sie jetzt am Tor ihres Hauses angelangt. Doch Tom bestand darauf, ihr die Tasche bis in die Küche zu tragen.

»Dann stört es dich nicht, dass Pit und ich so oft zusammenstecken?«, sagte er auf dem Weg durch den Hausflur.

»Warum sollte mich das stören?«

Tom blickte sie mit seinen scharfen Augen an. »Ich meine nur, es könnte für dich so aussehen, als wollte ich ihn dir abspenstig machen.«

»Aber nein!« Marina merkte, dass ihre Stimme brach.

»He, Marina!«, sagte Tom leise, stellte die Einkaufstasche auf den Küchentisch und legte den Arm um sie. »Was ist nur los mit dir? So kenne ich dich gar nicht. Wo ist dein Lächeln hin?«

Da war es aus. Die Tränen stürzten Marina aus den Augen. Tom zog sie an sich.

Seit er Pit in der Sturmnacht aus der Hundehütte geholt hatte, wusste er, dass sich Gert und Marina gestritten hatten. Er konnte sich eigentlich nicht denken, worüber. Aber es musste ernst sein, wenn Pit vor lauter Furcht davonlief. Auch Gerts Verhalten hatte sich verändert. Er war unpersönlicher, wenn Tom ihn in der Wetterstation besuchte, sprach nie den Namen seiner Frau aus. Die elektronische Kamera hatte er ihm wortlos über den Tisch zugeschoben, und Tom hatte sie, ohne Fragen zu stellen, eingesteckt.

»Wein dich nur aus«, sagte Tom zu Marina. Ohne sie loszulassen zupfte er ein Blatt von der Küchenpapierrolle und reichte es ihr als Taschentuchersatz.

Sie löste sich von ihm, lachte unter Tränen und schnäuzte sich. »Ich muss dir albern vorkommen.«

»Ganz und gar nicht.«

»Weißt du, Gert und ich, wir haben uns gestritten, damals in der Sturmnacht.«

Tom nickte. Er war sich nicht ganz sicher, ob er jetzt nachfragen oder es Marina überlassen musste, wie viel sie ihm sagen wollte. Er war nicht sehr geübt in solchen Dingen.

»Deswegen ist Pit auch weggelaufen«, sage Marina. »Ich habe mir solche Vorwürfe gemacht, weil ich ihn doch getadelt hatte, als ihr beide von eurem Ausflug wiederkamt. Ich habe mich wirklich bescheuert benommen.«

Tom schüttelte den Kopf. »Ich hätte mit Pit nicht so lange fortbleiben dürfen.«

»Das war nicht der Punkt. Es war vielmehr so … Tom, ich … ich habe mich …« Sie unterbrach sich erschrocken über das, was sie im Begriff war zu sagen. »Ach, ich weiß überhaupt nicht, was mit mir los ist. Gert will unbedingt, dass wir zusammen in Urlaub fahren, nach Griechenland.«

Tom begriff, dass der Urlaub nicht das Problem war, sondern er.

»Aber ich weiß nicht«, fuhr Marina fort, »wozu wir verreisen sollen. Gert meint, Tapetenwechsel täte uns gut. Aber ich verstehe einfach nicht, wozu das gut sein soll. Wird denn irgendetwas anders, wenn man drei Wochen irgendwo am Strand liegt? Strand haben wir hier doch auch.«

Tom lehnte sich gegen den Küchentisch.

»Du warst doch ständig auf Reisen«, sagte Marina. »Und? Hat es dir geholfen?«

Er zog die Brauen zusammen. »Wobei?«

»Ich weiß nicht. Gert tut so, als ob Reisen die Lösung aller Probleme wären. Darum frage ich dich. Du hast doch Erfahrungen damit. Oder nicht?«

»Ich habe keine Urlaubsreisen gemacht«, wich Tom aus. »Für mich war das Arbeit. Es war mein Job.«

»Aber du hättest ja auch einen anderen Job machen können. Politiker fotografieren oder Mode. Also musst du ja wohl irgendwas da gesucht haben, in diesen fernen Ländern.«

»Meine Frau«, sagte Tom langsam, »hat mir diese Fragen auch immer gestellt. ›Bei mir ist es dir wohl zu langweilig‹, hat sie gesagt. ›Du brauchst das wohl, brennende Ölfelder, Flüchtlingselend, ausgebombte Häuser.‹ Ich habe ihr nie eine gute Antwort geben können. Daran ist unsere Ehe letztlich zerbrochen. Marina, ich kann dir nicht sagen, was das Reisen bringt.«

»Aber du hast wenigstens die Welt gesehen.«

»Und? Was habe ich dabei gefunden? Etwa Freude, Freundschaft, Frieden? Schönheit? Ein paar schöne Buchten am Mittelmeer, das ja. Ein paar Oasen in der Wüste.«

Tom spürte, dass seine Worte Marina belebten. Sie hing mit ihren großen graublauen Augen so durstig an ihm, dass es ihm weh tat. Tränen glitzerten noch in ihren Wimpern. Der Kummer machte sie noch schöner, als sie ohnhin schon war. Er fühlte sich ganz elend, denn irgendwie war er dafür verantwortlich.

»Weißt du Marina«, sagte er, vorsichtig nach Worten suchend, die deutlich genug waren, ohne ihr weh zu tun, »ich bin wohl so viel unterwegs gewesen, weil ich es zu

Hause nicht ausgehalten habe. Ich bin den Verpflichtungen der Ehe ausgewichen. Ich bin geflohen, vor mir und vor ihr und vor dem gewöhnlichen Alltag. Ich bin kein Mensch für das gemeinsame Frühstück am Sonntag und Grillfeste mit Freunden. Den Kick musste ich mir immer woanders holen. Simone ist daran kaputt gegangen.«

»Aber jetzt lebst du hier auf der Insel und reist nicht mehr herum. Du bist sesshaft geworden.«

Tom senkte den Blick. Marina hatte ihn nicht verstanden. Genauso wie Simone verlangte sie von ihm Erklärungen und Bekenntnisse zu ihr. Warum nur hatte er das nicht verhindern können? Warum hatte sie sich in ihn verlieben müssen? Er fuhr sich übers Gesicht.

»Marina. Ich habe mich nicht geändert. Ich … ich habe mich nur zurückgezogen, weil ich das Fehler machen satt habe. Ich bin ein … ein Egoist. Ich möchte niemandem weh tun, aber ich tue es ständig, sobald mir jemand zu nahe kommt. Das halte ich nicht aus. Verstehst du? Ich tauge nicht für das normale Leben.«

»Das verstehe ich«, sagte Marina warm. »Nur zu gut. Weißt du, Tom, ich halte es hier auf der Insel eigentlich auch nicht mehr aus.«

Tom schwieg betroffen.

»Ich liebe Gert. Ich liebe Pit. Ich finde die Insel wunderschön. Aber ich halte es einfach nicht mehr aus. Es ist alles so fest gefügt, so ewig, so unabänderbar. Ich komme mir vor wie lebendig begraben.« Marinas graublaue Augen füllten sich erneut mit Tränen. »Ich weiß einfach nicht mehr, was ich tun soll. Ich halte es hier einfach nicht mehr aus!«

»Ach Marina!«

»Tom! Was soll ich bloß tun? Was soll ich dagegen machen. Kannst du mir nicht sagen, was ich tun soll?«

»Ich weiß es auch nicht. Ich habe dann immer meine nächste Reise geplant. Aber das war auch keine Lösung. Soviel ist sicher.«

»Warst du wenigstens glücklich auf deinen Reisen? Bist du jetzt glücklich?«

Tom schüttelte den Kopf.

15

Eine Woche später erhielt Karoline eine Antwort auf ihren Brief. Pit gehe es gut. Tom habe ihn damals in der Hundehütte gefunden.

Tom ... Karoline spürte dem inneren Flattern nach, das der Name in ihr auslöste. Immer noch. Sie faltete den mit lila Tinte und in Marinas ordentlicher Handschrift geschriebenen Brief zusammen und begab sich hinaus auf die Brühlsche Terrasse. Lachmöwen saßen auf dem Geländer über der grau dahin ziehenden Elbe. Karoline suchte sich eine Bank und las Marinas Brief zu Ende.

Von Tom war nicht mehr die Rede, dafür von Pit. Er hatte angefangen zu rechnen, sah beim Würfeln die Summe, ohne nachzählen zu müssen. »Er ist praktisch schulreif.« Dann Gert und sein Wetter.

Karoline hatte ihn inzwischen wieder einige Male im Fernsehen gesehen und ihn sich genauer angeschaut. Schade, dass sie sich auf Hiddensee nicht kennen gelernt hatten. Gert gefiel ihr nämlich. Er war nicht groß, nicht wirklich gut gebaut, aber er strahlte eine große innere Ruhe aus, sehr viel Stabilität. Er sah aus, wie einer, den nicht leicht etwas aus dem Tritt brachte und der über eine große Portion Humor verfügte, um den Stürmen des Lebens die Macht zu nehmen. Was auch immer passierte, das war ein Mann, der immer da war, geduldig und abwartend und nicht zu schnellen Entschlüssen oder Schlussstrichen neigend.

Marina hingegen schien etwas außer Tritt. Erst am Schluss des Briefes kam sie auf sich selbst zu sprechen.

Die Dunkelheit der langen Nächte und kurzen Tage machten ihr zu schaffen. Eine leichte Winterdepression. Gert wolle unbedingt, dass sie nach Griechenland führen, aber sie wolle das nicht. »Was soll ich auf Kreta. Ich lebe auf einer Insel. Und Touristen haben wir im Sommer selber.«

Karoline dachte drei Tage darüber nach, dann setzte sie sich in dem Zimmer, das ihr auch als Gästezimmer diente, an den Schreibtisch am Fenster mit Blick über den Zwingerteich zum Zwinger und lud Marina zu sich in die Stadt ein.

Weihnachtsschmuck tauchte in Dresdens Straßen auf. Schnee fiel, blieb aber nicht lange liegen.

Manfred Schulze kam in Karolines Büro und legte ihr wortlos einen Brief auf den Tisch.

Seit ihrem Streit kam Manfred zu ihr an den Tisch, wenn er etwas wollte, statt sie ins Büro zu rufen. Zwar fehlten ihm die kleinen, halb privaten Unterhaltungen in seinem Büro, aber er wusste, dass er ihr Zeit lassen musste. Sie war grüblerischer geworden, weniger draufgängerisch. Seit neuestem bevorzugte sie die stilleren Themen. Der harte Tagesjournalismus schien sie zunehmend kalt zu lassen, ihr manchmal sogar lästig zu sein. Sie reagierte empfindlich auf den reißerischen Stil vor allem junger Kollegen.

Als Manfred gegangen war, unterbrach Karoline den Artikel über den Winterschlaf der Fledermäuse in den alten noch nicht renovierten Häusern von Dresden, an dem sie gerade saß, und nahm den Brief.

Er war mit der Hand geschrieben, der Schrift nach von einer älteren Frau. Die Absenderin war eine Anneliese Müller aus Leipzig. Der Brief war zuerst an die Rostocker dann an die Hannoveraner Redaktion des *Blickpunkts* gegangen und schließlich an Manfred Schulze adressiert worden.

›Sehr geehrte Herren‹, lautete die Anrede. ›Durch eine Nachbarin bin ich darauf aufmerksam geworden, dass Sie einen Artikel über Herrn Thomas Reuter verfasst haben. Ich möchte Ihnen nun melden, dass Sie etwas unterschlagen haben, das ein bezeichnendes Licht auf diesen Herrn wirft.‹

Karoline musste lächeln. Irgendjemand fühlte sich doch immer bemüßigt, der so genannten Wahrheit Genüge zu tun und dabei einem Mitmenschen eins auszuwischen.

Herr Reuter habe nämlich, fuhr Frau Müller fort, seine Vaterpflichten sträflich vernachlässigt, seine schwangere Frau alleine sitzen lassen und nach dem Tod seiner Frau das Kind zur Adoption freigegeben.

Karoline atmete durch. Sie wartete, bis sich ihr Herzklopfen gelegt hatte, und griff dann zum Telefon. In einer fernen unbekannten Wohnung in Leipzig klingelte es sechs, sieben Mal, bevor jemand abhob.

»Müller.« Es war die Stimme einer schwer atmenden älteren Frau.

»Karoline Wolf vom *Dresdner Tagblatt*. Frau Müller, Sie haben uns einen Brief geschrieben. Es geht um Thomas Reuter.«

»Ah, ich dachte schon, Sie melden sich gar nicht mehr.«

»Sie schreiben da, er habe seine schwangere Frau …«

»Das arme Mädchen. Und er hat sie all die Jahre kein einziges Mal im Krankenhaus besucht.«

»Wieso all die Jahre? Sagen Sie nicht, sie war schwanger?«

»Zum Schluss, ja, aber sie war krank. Sie kam immer zur Spezialbehandlung nach Leipzig. Eine tapfere Frau, und so hübsch, wenn auch später gezeichnet von ihrer Krankheit. Aber sie dachte nicht an sich. Sie wollte alles tun, damit sie das Kind nicht verlor.«

»Was hatte sie denn für eine Krankheit?«, fragte Karoline verblüfft.

»Das kann ich Ihnen nicht sagen. Sie hat ja auch nicht viel geredet, die Frau Berger. Sie hatte eine kleine Wohnung unterm Dach. Manchmal zogen sich die Behandlungen ja über Wochen hin. Aber am Schluss war es dann so, dass sie gesagt hat, entweder ich oder das Kind. Entweder die Behandlung oder die Schwangerschaft. Und da hat sie sich wohl für das Kind entschieden. Und was macht dieser Reuter? Gibt es zur Adoption frei! Ich finde, das müssten Sie mal schreiben.«

»Woher wussten Sie denn, dass es sich bei dieser Frau Berger um Reuters Frau handelte?«

»Erst habe ich das nicht gewusst. Sie kam ja schon über fünf Jahre, immer wenn er auf Reisen war, wie ich nachher begriffen habe. Scheints hat sie die Krankheit vor ihm geheim gehalten …«

Na, dachte Karoline, dann hatte Tom sie ja auch beim besten Willen nicht im Krankenhaus besuchen können.

» … aber als das mit dieser Entführung passierte … Reuter ist ja irgendwo in China entführt worden …«

»In Kaschmir.«

»Oder in Kaschmir … jedenfalls, da traf ich die arme Berger mal am Briefkasten. Und da stand das in der Zeitung. Und Frau Berger sagte: ›Das ist mein Mann.‹ Und ich sagte: ›Da müssen Sie ja sterben vor Angst.‹ Und sie sagte: ›Genau das tue ich.‹ Sie ist vor Angst gestorben. Stellen Sie sich das mal vor.«

»Sagten Sie nicht eben, sie sei schwer krank gewesen?«

»Das ist doch alles psychisch.«

»Ah so.«

»Wissen Sie, ich habe ja nie viel von diesem Kerl gehalten, diesem Reuter. All diese schrecklichen Fotos. Als ob es nur Unglück und Leid auf der Welt gäbe. Ich sage immer: auf das Menschliche kommt es an. Das ist das Einzige, worauf es ankommt.«

Karoline beendete das Gespräch so schnell wie es die Höflichkeit zuließ.

Was für eine seltsame Krankheit hatte Simone wohl gehabt? Die einzigen, die ihr da auf die Schnelle vermutlich Auskunft geben konnten, waren Simones Eltern. Aber Bergers gab es im Telefonbuch viele. Karoline spielte kurz mit dem Gedanken, Manfred nach der Adresse zu fragen. Aber sie verwarf diese Idee gleich wieder. Erstens hätte Manfred wissen wollen, was sie von den Bergers wollte, und zweitens: Was ging sie das Ganze überhaupt an?

Sie nahm den Brief von Anneliese Müller aus Leipzig und trug ihn zurück in Manfreds Büro. Als sie ihm den Umschlag auf den Tisch warf, hob er die buschigen Augenbrauen.

»Und?«

»Was und?«

Manfred lehnte sich in seinem alten knarrenden Stuhl zurück und betrachtete Karo. »Was hat diese Frau Müller aus Leipzig gesagt. Was ist mit Reuters Kind?«

Karoline hob die Brauen.

»Sag bloß, du hast sie nicht angerufen!«, sagte Manfred. »Das sähe dir aber gar nicht ähnlich.«

»Hast du gewusst, dass Simone Berger krank war?«

Manfred runzelte die Stirn. »Krank?«

»Das hättest du aber wissen müssen«, sagte Karoline, »wenn du ständig mit der Familie zusammen warst. Sie soll monatelang zu Spezialbehandlungen in Leipzig gewesen sein, übrigens meist, wenn Reuter auf Reisen war.«

»Was hatte sie denn?«

»Das wusste Frau Müller nicht.«

»Hm.« Manfred hustete nachdenklich. »Stimmt schon. Gesund sah sie zum Schluss nicht mehr aus. Aber ich habe gedacht, diese ständige Müdigkeit hinge mit der seelischen Belastung zusammen. Immerhin, das wäre mal eine plausible Erklärung für ihren plötzlichen Tod. Und für diese Krämpfe.«

»Diese Krämpfe, das waren ja wohl die Wehen. Nicht? Und wenn sie keine Fehlgeburt gehabt hat, dann muss sie wenigstens im achten Monat schwanger gewesen sein. Und das habt ihr nicht gemerkt, weder du noch die liebenden Eltern?«

Manfred hustete verlegen. »Nun, ich … Simone hatte damals ziemlich an Gewicht zugenommen. Ich dachte … nun, der Kummer und so.«

»Ja«, sagte Karoline, »für euch war Reuter einfach der Schurke, für dich und diese Eltern. Aber da habt ihr es euch wohl ein bisschen einfach gemacht. Immerhin hat Simone ihrem Mann wohl nicht nur die Schwangerschaft verschwiegen, sondern auch ihre Krankheit, was auch immer das für eine war.«

»Das müsste man ja rauskriegen können«, sagte Manfred eilig. »Wenn Simone zur Spezialbehandlung nach Leipzig fuhr, dann braucht man ja nur nach einer Spezielklinik zu suchen, die es in Dresden nicht gibt, nicht?«

Er blickte unter seinen buschigen Brauen hervor zu Karoline auf.

Sie erwiderte seinen Blick regungslos.

»Na?«, sagte er.

»Was ist?«, sagte sie.

»Na hör mal! Willst du nicht herausbekommen, was Simone hatte?«

»Warum sollte ich?«

»Aber Karo. Hör doch auf mit dem Katz und Maus Spiel. Ich habe einen Fehler gemacht, und ich entschuldige mich dafür. Könntest du nicht wieder einmal vernünftig mit mir reden?«

Karoline musste lächeln.

»Ah endlich! Du lächelst wieder. Also noch mal von vorn. Du gibst mir den Brief zurück und ich sage: Und?«

Karoline lachte. »Nichts und. Ich schreibe nicht über

Reuter, wie du weißt. Also muss ich auch nicht recherchieren. So einfach ist das.«

»Aber reizt es dich nicht … ich meine einfach so als Journalistin. Interessiert dich das gar nicht?«

»Ich habe keine Zeit. Ich muss mich um die Fledermäuse von Dresden kümmern.«

»Fledermäuse!« Manfred schüttelte das Haupt.

Dennoch hatte sich Karoline, was das Thema Thomas Reuter betraf, nicht ganz so abstinent verhalten, wie sie vor Manfred Schulze tat. Wenn sie an der Elbe spazieren ging und die Lachmöwen über dem Fluss schwebten, oder wenn im Großen Garten Wind aufkam und die Äste der kahlen Bäume gegeneinander schlugen, dann meinte sie, Seeluft zu atmen, und sehnte sich nach weichen Sand unter den Schuhen, nach der Heide, dem Kiefernwäldchen und dem Leuchtturm auf dem flachen schmalen Stück Land mit dem kleinen Gebirge am Nordkopf. Und sie umschloss den kleinen Bernstein mit der Hand, den sie erst in der Jackentasche und jetzt in der Manteltasche bei sich trug.

Immer wieder war ihr dabei Toms Geschichte durch den Kopf gegangen. Immer wieder erwog sie die schweren Vorwürfe, die er sich selbst machte.

Über Wochen spielte sie mit dem Gedanken, diesen damaligen Kollegen vom *Blickpunkt* namens Horst aufzuspüren und sich seine Version von der Geschichte anzuhören. Es war eine Kleinigkeit gewesen, seinen vollen Namen, Horst Schneider, per Internet in den Archiven des *Blickpunkts* zu finden. Nach der Entführung in Kaschmir war sein Name in dem Magazin nicht mehr aufgetaucht. Also hatte Karoline ihre alten Freundinnen und Freunde in Berlin durchtelefoniert. Schließlich fand sie einen älteren Kollegen, der mit Horst zusammen beim Westdeutschen Rundfunk das Volontariat gemacht und noch immer Kontakt zu ihm hatte. Demnach war

Horst jetzt beim *Jenaer Boten*. Vom *Blickpunkt* zum *Jenaer Boten*, das war nicht gerade ein Aufstieg. Schneider war auch kein seltener Name, aber es gab im Telefonbuch von Jena nur einen Horst Schneider.

Dennoch zögerte sie.

Tom hattte ihr seine Geschichte nicht erzählt, damit sie sie nachprüfte, so wie man das als Journalistin tat. Er mochte längst bitter bereuen, dass er sich ihr anvertraut hatte. Er sah sein Vertrauen ohnhin durch den Artikel getäuscht, der über ihn erschienen war. Hatte er sich aber jemals gefragt, warum sie, wenn sie die Autorin dieses Artikels war, nicht über die eigentliche Sensation geschrieben hatte? Dass er jetzt Pflanzen und Käfer fotografierte war doch eine Albernheit verglichen mit der ungeheuerlichen Tatsache, dass sein Kollege Horst ihn tot gesagt hatte, damit ihm keiner Vorwürfe machen konnte, er habe sich nicht um einen Schwerverletzten gekümmert.

Karoline wurde manchmal richtiggehend schwindelig, wenn sie bedachte, was Tom ihr da anvertraut hatte. Zugleich spürte sie Verantwortung, die er damit auf sie übertragen hatte. Sie hatte es in der Hand, diesen Horst mit Toms Aussage zu konfrontieren. Sie spürte ihre Macht als Journalistin. Sie hatte Tom zum Reden gebracht, vielleicht konnte sie auch Horst zum Reden bringen.

Dann hatte sie eine Geschichte, für die so manche Blätter eine ganze Menge Geld zahlen würden. Was hinderte sie eigentlich daran? War sie Tom verpflichtet? Verband sie etwas mit ihm? Er war Fotoreporter gewesen, und zwar einer der härtesten Sorte. Er hatte einst mit einem einzigen Foto des Entwicklungshilfeministers, der in Argentinien bei einem Besäufnis die Hand zum Hitlergruß hob, eine deutsch-israelische Krise ausgelöst und den Minister zum Rücktritt gezwungen. Er war nicht naiv. Womöglich hatte er ihr die Geschichte sogar erzählt, damit sie an die Öffentlichkeit kam.

Und dann konnte es auch sein, dass er ihr nicht die Wahrheit erzählt hatte, sondern eine Version, bei der er vergleichsweise gut wegkam, garniert mit effektvollen Selbstvorwürfen.

Karoline schüttelte sich, wenn sie auf ihren Dezemberspaziergängen an der Elbe entlang soweit dachte. Für so viel Raffinesse war Toms Zorn in der Sturmnacht zu echt – wenn auch ein ungerechter Zorn gewesen. Er hatte sich nicht die geringste Mühe gegeben, die Wahrheit zu erkunden. Er hatte sie einfach fortgejagt.

Arme Simone, dachte Karoline manchmal. Wahrscheinlich konnte Tom keiner Frau vertrauen und betrachtete sie immer als Klotz am Bein. Man küsste sie und ließ sie stehen, wenn sie einen in die Pflicht nahmen. Das war Toms eigentliche Geschichte. Und darum hatte aus ihnen beiden nichts werden können.

Kurz vor Weihnachten, als Karoline es schon aufgegeben hatte, je wieder von ihr zu hören, kam ein Brief von Marina. Sie sei krank gewesen, habe eine schwere Grippe gehabt. Jetzt habe ihr der Arzt Tapetenwechsel verordnet. Sie wolle Karolines Angebot, sie in Dresden zu besuchen, gern annehmen. Gert habe im Januar drei Wochen Urlaub und könne sich um Pit kümmern.

Am siebten Januar holte Karoline sie vom Bahnhof ab. Sie war noch dünner geworden, beinahe durchsichtig, fast zu zierlich für den schweren Wintermantel und den Koffer. Aber sie lächelte. Karoline brachte sie in ihre Wohnung und führte sie ins Gästezimmer mit dem Blick auf den Zwinger. Für den Abend hatte sie Karten in der Semperoper und danach einen Tisch in einem Restaurant in der Münzergasse bestellt.

»Wie die Touristen«, sagte Karoline.

Marina lachte.

Karoline hatte jedoch absichtlich keinen Urlaub genommen. Zum einen wollte sie Marina genügend Zeit für sich alleine lassen, und zum anderen wurde sie als Journalistin zu zahlreichen Kulturveranstaltungen eingeladen, auf die sie Marina mitnehmen konnte.

Sie hatten in den ersten Tagen ein wenig Mühe, miteinander warm zu werden, weil sie bei allen Gesprächen den Namen Tom umschiffen mussten. Zwischen ihnen stand der Artikel, der Tom so verletzt hatte. Aber beide wagten es zunächst nicht, darüber zu reden, Marina, weil sie Karoline nicht beschuldigen wollte, Toms Vertrauen missbraucht zu haben, und Karoline, weil sie bei Marina nicht den Eindruck hinterlassen wollte, sie beschuldige Manfred, um sich selbst aus der Verantwortung zu stehlen.

Da waren Abendtermine nützlich. Karoline riss sich in der Redaktion in der ersten zwei Wochen jede Ausstellungseröffnung unter den Nagel, was ihr den Spott von Manfred Schulze eintrug. Aber gegen die Besprechungen, die sie schrieb, konnte er nichts einwenden. Dafür kritisierte er die Bilder, die der Fotograf lieferte, umso schärfer.

An einem Freitag Ende Januar eilten Marina und Karoline durchs Schneetreiben in die Neustadt. Auspuffe dampften, Schaufenster warfen Lichter auf die vor Nässe spiegelnden Fußwege. Mit hochgeschlagenen Mantelkrägen strebten sie einer neuen Galerie zu, entlang an Gründerzeitfassaden und zugeparkten Straßenrändern. Eine Künstlerin stellte großformatige Akrylbilder aus, die Alltagsgegenstände wie Milchkännchen, Uhren oder Bleistifte ins Gigantische vergrößerten.

»Lupenbilder«, nannte Marina sie, als sie das Foto auf der Einladung studierte. Karoline hatte mittlerweile Marinas Sinn für Kunst schätzen gelernt. Sie traf mit ihrem Urteil immer den Nagel auf den Kopf.

Die Galerie war rammelvoll als sie ankamen. Es herrschte eine solche Hitze, dass Karoline nicht zögerte, ihren Mantel auf den Haufen im Hinterstübchen der Galerie zu werfen. Einige Damen standen in Spaghettiträgerkleidern herum. Den Herren in den Anzügen standen die Schweißperlen auf der Stirn. Karoline mochte das Gedränge nicht, und sie wunderte sich jedes Mal, wie gelassen Marina es ertrug. Aber Marina liebte die Bilder, die sie zu sehen bekam.

Der Fotograf vom *Dresdner Tagblatt* war auch schon da und stöhnte über das Riesenformat der Gemälde. »Wie soll ich die denn fotografieren?

»Stell die Künstlerin davor. Auf die kommt es an«, sagte Karoline. Sie hasste es, wenn sie dem Fotografen sagen musste, wie er seine Bilder machen musste. Aber das *Dresdner Tagblatt* zog nicht gerade die besten Fotografen an.

»Wo ist denn die Künstlerin?«, fragte er.

»Da drüben«, antwortete Marina ihm rasch. »Die lange Dünne in dem roten Schlauchkleid mit den kurzen blonden Haaren.«

»Hilfe!«, entfuhr es Karoline. »Und neben ihr steht Klaus, mein Exfreund. Der in dem grauen Anzug mit dem Igelhaarschnitt.«

»Sieht ganz so aus, als sei er mit der Künstlerin liiert«, bemerkte Marina.

Karoline seufzte und wünschte sich fort. Aber in diesem Moment hatte Klaus sie entdeckt, reckte den Arm winkend hoch und bahnte sich einen Weg zu ihr.

»Hallo Karoline.«

»Hallo Klaus.«

Seine Augen sprangen neugierig zu Marina hinüber.

»Marina Eilers«, sagte Karoline. »Klaus Arendt.«

»Hallo!« Klaus gab Marina die Hand mit einer leichten Verbeugung, die Karoline nur zu gut kannte und bei sich immer den Kavaliersbückling genannt hatte. Damit hatte Klaus noch zu ihrer Zeit in geselligen Runden die Dame auserkoren, mit der er sich den ganzen Abend angeregt unterhielt. Auf der Heimfahrt schwärmte er Karoline dann vor, wie interessant und schön doch manche Frauen waren. Eigentlich hätte Karoline damals schon merken müssen, dass Klaus im Grunde immer und unermüdlich auf Brautschau war, oder sich Bewunderinnen sicherte für den Fall, dass Karolines Bewunderung einmal nachließ. Sie fragte sich, wieso sie das damals nicht schon so geärgert hatte wie jetzt. Aber er war eben ein charmanter Bursche, unternehmungslustig und unterhaltsam.

»Entschuldigt mich«, sagte sie. »Ich muss meinem Beruf nachgehen.«

Während Karoline der Künstlerin ein paar Fragen stellte und sie vor eines ihrer Bilder dirigierte, damit der Fotograf ein Foto machen konnte, behielt sie jedoch Marina und Klaus im Auge.

Er führte eine seiner typischen engagierten Unterhaltungen. Vermutlich erläuterte er der Schönheit von der Insel die Geheimnisse des Wiederaufbaus der Frauenkirche. Marina lächelte freundlich und offen wie immer. Doch je größer Klaus' Gesten wurden und je feuriger seine Rede die Bedeutung seiner eigenen Person im geschäftigen Treiben dieser Stadt herausstrich, desto zurückhaltender wurde Marinas Blick.

Nein, verführbar war Marina nicht, auch nicht so leicht zu blenden. Das beruhigte Karoline ungemein. Insgeheim befürchtete sie nämlich, mit ihrer Einladung nach Dresden das Ende der Ehe Marinas eingeleitet zu haben. Das hätte ihr für Pit Leid getan, aber auch für Gert, der ihr, je öfter sie ihn im Fernsehen sah, desto besser gefiel. Obgleich er in den Wetterberichten nur dreißig Sekunden auftrat, um vor dem Leuchtturm von Hiddensee das Ostseewetter zu erklären, so sah sie ihm viel mehr als Marina an, dass es in der Ehe kriselte. Gert hatte in den letzten fünf Wochen mindestens fünf Kilo abgenommen. Sein Gesicht war noch markanter geworden, seine Augen ernster, sein Gebaren aber seltsamerweise dabei auch selbstsicherer. Das war jemand, der genau auf dem richtigen Weg war, wenn auch auf keinem leichten.

Und nun erkannte Karoline, dass auch Marina einen starken inneren Kompass besaß, der immer noch in Richtung Hiddensee wies. Seit einigen Tagen sprach sie auch mit Gert wieder mehr als nur ein paar Worte, wenn sie Pit anrief. Und ihr Interesse, sich ins Gewühl der Stadt zu stürzen, nahm bereits ab. Karoline sah es mit Freude. Denn vielleicht war sie nicht ganz unschuldig daran gewesen, dass Marina das Leben auf der Insel auf einmal zu ereignislos vorgekommen war.

Karoline begab sich auf die Suche nach einem noch gefüllten Sektglas. Sie waren zu Beginn der Ausstellung reichlich angeboten worden, standen nun aber alle leer getrunken herum. Und plötzlich stand sie Klaus gegenüber. Sie kannte seine Gesichter genau, auch das Schmusekatergesicht, das er jetzt machte.

»Na, geht's dir gut, Karoline?«

»Sehr gut. Ausgezeichnet.«

»Freut mich. Freut mich wirklich sehr. Du siehst auch gut aus. Sehr gut. Was meinst du? Sollten wir uns nicht mal wieder treffen? Zum Abendessen oder so. Ich lade dich ein. Na, wie gefällt dir das?«

»Na ja.«

»Weißt du, mir fehlt das richtig, unsere Gespräche und deine kühlen Kommentare.« Klaus lachte verlegen. »Ich glaube, ich habe einen Riesenfehler gemacht.«

Karoline blieb innerlich der Mund offen stehen. Äußerlich merkte man ihr die Verblüffung nicht an. Versuchte Klaus da tatsächlich, wieder mit ihr anzubandeln?

»Ich vermisse dich wirklich«, fuhr er fort und strich ihr mit der Hand über den Arm. »Ich weiß ja, es war nicht gerade fair, was ich mit dir gemacht habe. Aber mir ist erst hinterher klar geworden, was ich verloren habe. Durch meine Schuld, ich weiß. Es war mein Fehler. Es tut mir auch sehr Leid. Aber weißt du, manchmal muss ein Mann über die Stränge schlagen, damit er weiß, zu wem er gehört und reuig zurückkehren kann.«

Karoline war, was selten geschah, um eine Antwort verlegen.

»Sag jetzt nichts«, sagte Klaus. »Überleg es dir. Ich weiß, du hast allen Grund, böse auf mich zu sein. Aber wir haben doch noch eine gemeinsame Basis. Meinst du nicht? Wir haben uns doch im Grunde immer sehr gut verstanden. Darf ich dich mal anrufen? Und dann machen wir was aus?«

»In den nächsten Wochen habe ich aber gar keine Zeit. Ich habe Besuch, wie du weißt.«

Klaus warf einen unübersehbar interessierten Blick zu Marina hinüber. »Ich richte mich völlig nach dir. Wir könnten aber natürlich auch zu dritt essen gehen. Da spricht ja nichts dagegen, oder?«

Karoline lag eine ziemlich scharfe Antwort auf der Zunge, aber in diesem Moment hakte sich die Künstlerin bei Klaus unter. Der Blick, den sie zu ihm aufschlug, war unmissverständlich der einer Frau, die sich mit diesem Mann auch an den Frühstückstisch setzte. Klaus lächelte immerhin verlegen, meisterte aber die Lage mit der gewohnten Weltgewandheit, indem er Marina ›seinen wunderschönen Engel von Hiddensee‹ nannte und damit die beiden anderen Frauen herabwürdigte. Marina nahm dies lächelnd und ohne zu erröten hin.

»Stell dir vor«, sagte Karoline, als sie mit ihr im Auto saß und heimfuhr, »Klaus hat mir doch allen Ernstes vorgeschlagen, dass wir uns wieder zusammentun.«

»Und? Willst du?«

»Nicht solange er an jedem Arm eine Frau hat und auf ein Abenteuer mit einer dritten sinnt.«

»Und wenn das nicht so wäre?«

»Dann wäre er nicht der, der er nun mal ist.«

Marina lachte. »Wenn die wunderbaren Abenteurer, die wir lieben, doch bitte keine wären, hm?«

Am nächsten Morgen fühlte sich Karoline wie gerädert. Schwer fassbare Träume hatten sich wie Mühlsteine in ihrem Hirn gewälzt. Als sie in ihr kleines Wohnzimmer kam, hatte Marina den Frühstückstisch gedeckt und lächelte ausgeschlafen. Es war der dritte Samstag, den sie vor sich hatten. An den ersten beiden waren sie Klamotten kaufen gegangen. Aber der schmutzig nasse Tag hinter den Fenstern machte keine Lust auf Ausflüge.

»Gut geschlafen?«, erkundigte sich Marina.

»Nein. Ich habe dummes Zeug geträumt. Klaus hat die Frauenkirche auf mich geworfen. So die Art. Ich habe nur noch nach Luft geschnappt.«

Marina schenkte ihr Kaffee ein. »Übrigens, ich habe dein Milchkännchen zerschmissen. Tut mir Leid.«

»Macht doch nichts.« Die Milch stand im Tetrapack auf einem Untersetzer auf dem Tisch. Karoline blickte darauf. Ihr Hirn war wie Blei. Ohne nachzudenken sagte sie: »Aber dir muss das ja in der Seele weh tun. Weißt du, dass Tom behauptet, du würdest eher sagen, du hättest keine Milch mehr, als sie in einem falschen Milchkännchen zu servieren. Oder gar in der Verpackung.«

Einen Moment war es absolut still.

»Weißt du«, erwiderte Marina dann ruhig, »dass es Tom war, der mich zu dir geschickt hat?«

Karoline blickte erstaunt auf. Marinas graublaue Augen leuchteten ruhig.

»Die Grippe, von der ich dir geschrieben habe, war eigentlich keine Grippe, sondern eher ein Nervenzusammenbruch. Gert war fürchterlich besorgt um mich. Daran habe ich gemerkt, dass es ernst ist. Gert hat mir allerlei vorgeschlagen, Reisen, Hiddensee verlassen, in die Stadt ziehen, ein zweites Kind adoptieren. Aber ich war innerlich wie tot. Schließlich hat er sich nicht mehr anders zu helfen gewusst und ist zu Tom gegangen. Ich weiß nicht, ob du weißt, dass Tom und Gert eigentlich ganz dicke Freunde waren. Aber dann … nun, dann hat Gert gemerkt, dass ich mich in Tom verliebt habe. Ich habe dagegen angekämpft. Wir hatten nichts miteinander, nie, aber das war nicht mein Verdienst. Für Gert war das eine fürchterliche Situation. Als ich nun krank dalag, hatte er solche Angst um mich, dass er Tom angefleht hätte, mich zu nehmen, wenn es mir geholfen hätte. Gert hätte einfach alles getan.«

Karoline erinnerte sich plötzlich, was sie geträumt hatte. Sie hatte von Tom geträumt, von einem Mann, den sie erreichen musste, aber nicht erreichen konnte, weil der Trümmerberg der Frauenkirche immer im Weg war.

»Auf einmal dann«, fuhr Marina fort, »saß Tom an meinem Bett. Ich habe ihn erst für ein Traumgebilde gehalten. Er redete leise auf mich ein. Allmählich verstand ich, was er sagte. Er erzählte, dass Gert bei ihm gewesen war und ihn um ein Gespräch gebeten hatte. ›Gert macht sich Sorgen‹, sagte er. ›Und ich auch. Er hat das Gefühl, dass du nicht mehr leben willst. Ich kenne dieses Gefühl, das Gefühl, dass es nicht mehr weitergeht.‹«

Marina blickte Karoline mit ihren klaren Augen an.

»Ich wollte Tom sagen, dass ich ihn liebe, und dass ich mit ihm leben will. Weißt du, Karoline, manchmal habe ich ganze Nachmittage auf meiner Bank hinterm Haus gesessen und vor mich hin geträumt. Dann habe ich mir Reisen ausgemalt, ferne Länder, Gefahren, Abenteuer, die wir gemeinsam bestanden, Tom und ich. Ich habe mir vorgestellt, wie er mir die Welt zeigte, Griechenland, den Orient, die Basare, die Moscheen, die einsamen Klöster im Tibet. Und nun saß er an meinem Bett und hielt meine Hand. Ich sah seine Augen, den Blick voller Sorge auf mich gerichtet und doch so weit weg von mir. Er hat so viel Schreckliches gesehen.

Er hat erlebt, wie das ist, wenn die Journalisten in so ein malerisches Dorf kommen und von bettelnden Kindern umringt werden. Alle strecken sie die Hände aus und wünschen sich, dass man sie mitnimmt in unsere Welt der Autos und Hamburger und Turnschuhe. Und wir beneiden sie um ihr einfaches Leben. Mit einemmal begriff ich, dass Tom mich nicht liebte. Er träumt nicht, wovon ich träumte. Und so zerplatzten auch meine Träume.

Gert hat im Januar Urlaub, sagte Tom zu mir. Da könne er sich den ganzen Tag um Pit kümmern. Und wenn nicht, dann sei er, Tom, auch noch da. Gert habe ihm erzählt, dass du mich nach Dresden eingeladen hast. Diese Einladung solle ich annehmen. Es werde mir gut tun. Deshalb bin ich hier.«

Karoline fühlte sich unfähig zu sprechen.

Marina lächelte. »Nicht, dass ich mich durch die Idee, drei Wochen nach Dresden zu fahren wirklich beflügelt gefühlt hätte. Aber Toms Besuch hat ein ganz anderes Gefühl in mir geweckt: Das Pflichtgefühl. Nicht gerade ein berauschendes Gefühl, sage ich dir, aber immerhin eine Regung. Als Tom meine Hand losließ und aufstand, hatte ich begriffen, dass Gert mich mehr liebt als sein eigenes Glück und dass Tom ihm und mir ein guter treuer Freund ist. Aber er ist nicht der Mann, der meine romantischen Gefühle teilt oder gar erwidert. Das tat weh, aber es ernüchterte mich auch. Mir war, als würde ich aus einem Wahnsinn erwachen.«

Marina nahm sich eine Scheibe Brot aus dem Korb.

»Weißt du, Tom hat mich einfach fasziniert. Er wirkt so frei, so unabhängig, ganz anders als Gert und ich. Wir sind praktisch immer nur für uns in unserem Häuschen. Ich bin für die Milchkännchen zuständig. Mehr habe ich nicht. Ich habe nichts als die Aufgabe, alles schön und nett zu machen. Und dann kam Tom. Der Wanderer, der Abenteurer, der einsame Mann, der plötzlich in meinem

Garten saß. Er genoss es so sehr, diese Ruhe, den Pflaumenkuchen, das Kaffeegedeck. Er war so ungeheuer dankbar, dass ihm jemand etwas hinstellte, dass sich jemand mit ihm unterhielt. Und manchmal saßen wir einfach auch nur schweigend da. Er war so fremd, so einsam –und so dankbar. Und auch ich war einsam und fremd auf dieser Insel.«

Karoline senkte den Blick. »Ich kann mir vorstellen, was du durchgemacht hast. Ich denke, Tom wollte einfach nicht dafür verantwortlich sein, dass deine Ehe kaputt geht.«

Marina lachte entspannt. »Oh, ich weiß nicht. Wenn er mich wirklich geliebt hätte, dann hätte er nicht an Verantwortung gedacht. Liebe fegt alles weg. Aber er liebt mich nicht. Ganz einfach. Und die Wahrheit ist, ich liebe ihn auch nicht, nicht wirklich. Er war nur ein Traum, der nicht wirklich eingelöst werden soll. Ich weiß nicht, ob du das verstehst. Manchmal muss man davon träumen, wie es wäre, wenn man mit einem anderen Mann ein anderes Leben leben würde. Man muss es sich ausdenken. Bis in alle Konsequenzen. Ich hätte Gert verlassen müssen. Ich hätte Pit verraten. Und wofür? Mit Tom reisen? Die Welt sehen? Aber in Wirklichkeit lebt er ja genau wie wir auf dieser Insel in seinem Hexenhaus. Und plötzlich habe ich begriffen, dass ich mit ihm gar nicht leben könnte. Das Geschirr passt nicht zusammen. Verstehst du? Er braucht vermutlich diese alten Möbel und dieses kreative Chaos. Aber ich habe es gern gemütlich und alles an seinem Platz. Es klingt vielleicht kleinkariert. Aber schließlich kommt es doch darauf an, dass man im Alltag miteinander kann, immer, wenn du so willst. Sagen wir, ich habe Tom bewundert, weil er der Abenteurer war, vor dem mich meine Eltern immer gewarnt haben.«

Karoline lächelte. Das klang so pragmatisch und war doch weise.

»Weißt du was«, sagte sie, »ich möchte dich um etwas bitten.«

Karoline stand auf, ging in den Flur, tauchte die Hand in die Manteltasche und kam mit dem Bernstein wieder.

»Ich wollte ihn immer schon zu einem Juwelier bringen und schleifen und fassen lassen. Aber ich wünsche mir, dass du das machst. Du weißt besser, wie man einen Bernstein von Hiddensee behandeln muss, damit er seinen Charakter nicht verliert.«

»Aber ...«

»Du hast mir doch erzählt, dass du eine Goldschmiedelehre angefangen hast, bevor ihr Pit bekamt. Ich habe hier in Dresden eine Freundin, die eine Werkstatt besitzt. Sie würde dir sicher ihr Werkzeug zur Verfügung stellen. Wenn du willst, gehen wir gleich nach dem Frühstück zu ihr.«

Marina blickte sie fast erschrocken an.

»Wenn du nicht willst, dann natürlich nicht. Es ist ja dein Urlaub.«

»Doch, doch. Ich hätte schon Lust. Ich habe sogar große Lust. Vielleicht kann deine Freundin überhaupt ein bisschen Hilfe in der Werkstatt gebrauchen.«

16

Anfang Februar fror es Stein und Bein, und die meisten Ostseefähren stellten ihren Betrieb ein. Zwischen Hiddensee und Schaprode verkehrte nur noch die ›Vitte‹ mit der Post. An den Stränden und in den Häfen türmten sich Eisschollen.

Pit saß am großen Tisch in Toms Haus und malte einen Brief an seine Mutter. Sie konnte nicht heimkommen, weil die Ostsee vereist war, hatten ihm Gert und

Tom erklärt. Seit einer Woche lieferte ihn sein Vater nun schon vormittags bei Tom ab, ging in seine Wetterstation, und holte ihn abends um acht wieder ab. Nun malte Pit mit vielen bunten Farben eine kleine Figur, die die Arme nach einer großen mit langem gelben Haar ausstreckte.

Über Eck saß Tom. Er hatte seinen Laptop vor sich und lud die neuesten Fotos von seiner elektronischen Kamera auf die Festplatte.

Pit machte sich seit längerem schon ein wenig Sorgen um seinen großen Freund. Sicher, Tom spielte mit ihm, fuhr mit ihm Schlitten, stieg mit ihm über die Eisschollen am Strand, brachte ihm auf Lizzy das Reiten bei und all das. Nie wurde er ungehalten oder hob die Stimme oder bekam auch nur diesen gereizten Unterton, den Pit als erste Warnung zu deuten gelernt hatte, sich mucksmäuschenstill zu verhalten. Selbst wenn Pit der Buntstift vom Blatt auf den Tisch rutschte, oder wenn er das Glas Milch umwarf, schimpfte Tom nicht. Es war ihm eigentlich gleichgültig. Und das machte Pit Sorgen. Solche Sachen durften einem Erwachsenen nicht gleichgültig sein. Manchmal, wenn Pit nicht mit ihm spielte, dann saß Tom einfach nur da und starrte mit gerunzelter Stirn oder zusammengezogenen Brauen ins Leere. Dann sah er manchmal so traurig aus, dass er Pit ganz fremd wurde. Und manchmal, wenn Pit dann zu ihm ging, um ihn aus diesem leeren Blick in die Welt zurückzuholen, dann zog Tom ihn heftig an sich.

»Fertig«, sagte Pit und hielt das Blatt hoch.

»Sehr schön. Da wird sich deine Mami sicher sehr freuen.«

»Und was machst du?«

»Komm her. Schau es dir an.«

Pit krabbelte über die Stühle auf Toms Knie. Auf dem Bildschirm war ein ziemlich grünes Bild mit einem ebenso grünen Grashüpfer zu sehen.

»Ich probiere, wie man die Kontraste verändern kann«, erklärte Tom und ließ das Bild in tiefe Dunkelheit fallen und dann wieder giftgrün erstrahlen, tönte den Grashüpfer dunkler, machte das Gras blau. »Willst du auch mal?«

Pit mühte sich mit der Maus ab, aber schließlich gelang es ihm, den kleinen Pfeil auf dem Bildschirm zu dirigieren.

Das Foto verschwand. Eine Übersicht tauchte auf.

Tom erklärte ihm, wie er die einzelnen Fotos der Übersicht aufrufen konnte. Ein Marienkäfer erstrahlte in schönstem Rot. Pit klickte das Bild wieder weg. Ehe Tom es verhindern konnte, hatte der Junge das nächste Bild im Verzeichnis aufgerufen. Allmählich baute es sich auf dem Bildschirm auf.

»Das bist ja du und Karo! Das habe ich gemacht!«, jubelte Pit. »Weißt du noch? Als wir am Strand waren.«

Tom wusste es nur zu gut. Es war das erste Foto, dass sich auf der damals nagelneuen elektronischen Kamera befunden hatte. Als Tom den Apparat nach Karolines Abreise von Gert übernahm, hatte er das Bild sofort löschen wollen, es aber dann doch nicht getan. Später hatte er es unbesehen mit weiteren Fotos auf seine Festplatte überspielt, aber nie wieder angeschaut.

Sein erstes Foto war Pit überraschend gut gelungen, viel zu gut. Auf der rechten Bildseite waren Karolines Kopf und Schultern zu sehen, darüber ein endlos blauer Himmel mit einem winzigen weißen Wölkchen. Ihre nussbraunen Haare wehten ihr aus dem Gesicht. Auf der linken Seite tauchte Toms Gesicht im Halbprofil auf. Er blickte sie an, aufmerksam und ernst. Auf ihren Lippen lag dagegen ein leichtes Lächeln. Ihre feinen Brauen waren ganz leicht zusammen gezogen. Sie schaute konzentriert direkt aus dem Bild heraus. Der mächtige blaue Himmel reichte zwischen ihnen bis zum unteren Bildrand. Er trennte sie.

Ohne es zu wollen, hatte Pit die Situation damals erfasst, fand Tom, die Schönheit des Moments, und das, was dann kam. Er sah sie an, zwischen ihnen der trennende Himmel, sie aber schaute aus dem Foto heraus. Während er sich damals verliebte, war ihr Sinn auf etwas außerhalb gerichtet, nämlich auf den Artikel, den sie wenig später per Telefon diktieren würde, auf ihre Arbeit, ihr Fortkommen in der Welt.

Tom hatte einsame Stunden und Tage, ja eigentlich Wochen, damit verbracht, diesen Tag zu rekonstruieren. Wann genau hatte sie beim *Blickpunkt* angerufen? Irgendetwas war an der ganzen Sache nicht stimmig. Um fünf, die Stunde ihrer Trennung vor dem Hotel, war es zu spät gewesen, wenn das Blatt schon am selben Abend ausgeliefert wurde. Aber sie konnte die zehn Zeilen bereits mittags durchgegeben haben, als sie auf ihrem Zimmer war, um sich frisch zu machen. Warum hatte sie dann aber mit keinem Wort die Enthüllungen erwähnt, die er über die Geiselnahme in Kaschmir gemacht hatte? Da steckte doch die eigentliche, wirklich brisante Geschichte. Hatte es ihr an Mut gefehlt, oder hatte sie erst gegenrecherchieren wollen, vielleicht Horst Schneider befragen?

Der Gedanke hatte ihn zunächst fürchterlich beunruhigt. Was er ihr erzählt hatte, hatte er völlig ungeschützt erzählt, ohne über die Folgen nachzudenken. Er hatte in dem Moment, da ihn seine Erinnerungen mit ungeahnter Gewalt überfielen, völlig vergessen gehabt, wem er es erzählte, und was eine solche Geschichte in der Hand einer abgebrühten Journalistin nicht nur für ihn, sondern auch für seinen damaligen Kollegen Horst bedeutete. Wenn das an die Öffentlichkeit käme, könnte es sogar passieren, dass ein Staatsanwalt sich bemüßigt fühlte wegen unterlassener Hilfeleistung gegen Horst zu ermitteln. Dabei fühlte Tom sich wahrlich nicht berechtigt, irgendjemanden anzuklagen oder gar als Zeuge der Anklage aufzutreten.

In den ersten Wochen nach Karolines Gastspiel auf der Insel, hatte er allwöchentlich, wenn der *Blickpunkt* erschien, voller Angst darauf gewartet, dass Gert bei ihm anklopfte, um ihm diesen Artikel vorzulegen, der alles enthüllte, so wie er ihm die ersten zehn Zeilen vorgelegt hatte, um ihm zu zeigen, was diese Karoline für eine war. Doch als im Verlauf der Wochen seine Geschichte nicht auf dem Medienmarkt erschien, hatte er begonnen, neu über alles nachzudenken. Zunächst zaghaft. Denn lieber rechnete er mit dem Schlimmsten, als neu zu vertrauen und erneut kalt erwischt zu werden.

Er hatte sich immerhin eingestanden, dass Karoline ihr Versprechen, sie werde nicht über ihn schreiben, tatsächlich gehalten hatte, sofern sie ihren kurzen Artikel bereits vor dem Mittagessen im *Hotel am Meer* diktiert hatte. Denn da hatte sie ja bereits etwas über ihn geschrieben und konnte ihm getrost versprechen, es künftig nicht zu tun. Reingelegt hatte sie ihn damit trotzdem.

Doch auch das kam ihm unstimmig vor. Ihm wollte nicht einleuchten, dass der *Blickpunkt* für Karolines Artikel bis zum Redaktionsschluss Platz frei gehalten haben musste. So etwas tat man nur, wenn man auf eine Sensation hoffte. Aber er war nun wirklich kein Prinz, den man beim Küssen des Dienstmädchens erwischt hatte, sondern nur irgendein im Grunde längst vergessener Fotograf. Es war völlig gleichgültig, ob die Welt eine Woche früher oder später davon erfuhr, dass er auf Hiddensee untergekrochen war und die Schrotflinte auf Fremde anlegte.

Sein feines Gefühl für Unstimmigkeiten hatte ihm nicht unerhebliches Kopfzerbrechen bereitet. Aber er fand keine Lösung, die Karoline eindeutig entschuldigte. Von seiner gescheiterten Ehe konnten noch andere wissen, zum Beispiel Simones Eltern oder Freunde und Bekannte. Aber die Sache mit der Schrotflinte stammte von Karoline. Damit hatte sie ihn aufgezogen, als er sie von seinem Anwesen vertrieb.

Und wenn die Informationen für diesen Artikel von Karoline stammten, so schmerzte eben auch ihre Einschätzung, dass er ein gebrochener Mann sei.

Er musste davon ausgehen, dass eine aktive junge Journalistin wie Karoline sich nicht für einen Mann interessierte, den sie für erledigt hielt. Er hatte sich geirrt, als er zu spüren meinte, dass Karoline seine Zuneigung erwiderte. Sie hatte ihm etwas vorgespielt, um sein Vertrauen zu gewinnen. Leidenschaft und Zärtlichkeit, mit denen sie seinen Kuss erwidert hatte, waren nicht echt gewesen.

Auch wenn sein erster Zorn längst verraucht war, war doch eine tiefe Unsicherheit geblieben.

Der alte Jupp und seine Freunde hatten sich weidlich über ihn lustig gemacht, wenn er sie in der *Kajüte* traf. Sie hatten sich nach seiner Schrotflinte erkundigt und im Tipps für die Karnickeljagd gegeben. Die Rehe auf dem Gellen hätten sich auch verdächtig dezimiert. Aber diese Form des Spotts war üblich und tat seinem Ansehen keinen Abbruch. Sein Einsatz beim Gerüst an der Kirche in der Sturmnacht hatte die Achtung nur vermehrt, die er ohnehin genoss, obgleich er weder Fischer noch Insulaner war, sondern ein reicher Mann, der nichts zu tun hatte. Der Artikel hatte ihm also nicht geschadet. Da er kein Telefon besaß, hatten sich hinterher auch keine neugierigen Reporter oder falschen alten Freunde bei ihm melden können.

Tom kannte das Geschäft gut genug, um Karolines Vorgehen sogar zu verstehen. Kleine Tricks waren durchaus erlaubt, um einen unwilligen Interviewpartner zum Reden zu bringen. Wer sich mit der Presse einließ, musste darauf gefasst sein, dass die eigenen Worte hinterher ganz anders herauskamen. Er war weiß Gott nicht naiv gewesen. Er hatte sich einer Journalistin anvertraut. Im Grunde konnte er ihr keinen Vorwurf machen. Sie hatte voraussetzen dürfen, dass er die Spielregeln kannte.

Übrig geblieben war seine Trauer. Er dachte ständig an sie, aber sie nicht an ihn.

»Kann ich das Bild haben?«, erkundigte sich Pit nun.

Tom erwachte aus seinen Grübeleien. »Ja sicher. Ich kann es dir ausdrucken.«

Er nahm seinen Laptop, und sie gingen in sein Arbeitszimmer hinüber. Dort stöpselte er die Verbindung zum Drucker. Der erste Ausdruck kam etwas klein heraus, also druckte er das Foto noch einmal aus und überreichte es Pit.

»Dein erstes Foto! Es ist sehr gut geworden. Wenn du willst, dann bringe ich dir im Sommer das Fotografieren bei.«

»O ja!« Pits wasserblaue Augen leuchteten begeistert.

»Aber jetzt solltest du den Brief an deine Mutter fertig machen, wenn du willst, dass er heute noch mit der Vitte fortkommt.«

Tom händigte Pit Umschlag und Briefmarke aus. Der Junge zog damit ins andere Zimmer, während Tom den Drucker ausstellte. Als er hinüberkam, hatte Pit den Umschlag bereits zugeklebt und hielt ihn Tom entgegen, damit er die Adresse darauf schrieb. Tom nahm einen Kugelschreiber und hielt inne. »Mir fällt ein, dass ich ihre Adresse in Dresden nicht weiß. Ich fürchte, du musst warten bis Gert dich abholen kommt.«

Pit sah enttäuscht aus.

»Oder wir gehen ihn in der Wetterstation besuchen. Dann schaffen wir es vielleicht auch noch zum Postschiff.«

Sie zogen Mäntel und Stiefel an und stapften los. Seit Wochen lag dicker Schnee auf der Insel. Die fahle tief stehende Wintersonne tauchte sie in rosiges Weiß. Es war nicht zu erkennen, wo das Land aufhörte, das Wasser anfing und der Himmel begann. Hin und wieder ragte ein kahler Baum mit schwarzem Geäst aus der Weite. Da sich Eis am Ufer türmte, toste auch das Meer nicht so wie sonst. Es war sehr still.

Tom hatte die Gesellschaft Pits schätzen gelernt, obgleich er überhaupt nicht darauf eingestellt war, sich einem Kind anzupassen. Pit hielt ihn davon ab, sich mit der Kamera draußen herumzutreiben, bis ihm so kalt war, dass er weder Füße noch Hände fühlte, und er verhinderte, dass er andererseits den ganzen Tag im Labor verbrachte oder an seinem Fototisch. Er zwang ihn, mittags etwas zu kochen und den Nachmittag mit so unschuldigen Vergnügungen zu verbringen, wie Schneeballschlachten oder Rodeln auf dem Dornbusch. Pits Eigenart, die Sätze, die er bei Erwachsenen gehört hatte, mit großem Ernst auf seine Situationen anzuwenden, war zuweilen so komisch, dass Tom mit Pit mehr lachte, als in den vergangenen vier Jahren zusammen. Manchmal kam es ihm vor, als tauche er aus einer jahrelangen Dunkelheit wieder ans Licht des Lebens.

Mit frischen Gesichtern und glänzenden Augen kamen beide bei Gert in der Wetterstation an. Tom hatte den Jungen nun schon ein paar Mal gebracht. Gerts Verhältnis zu Pit hatte sich in den Wochen seiner Strohwitwerschaft grundlegend geändert. Zunächst hatte er begriffen, wie zermürbend die Verschlossenheit des Jungen war, wenn es galt, herauszufinden, was er wirklich wollte. Pit antwortete einfach nicht. Dafür aber zeigte er sich offen für alles, was man ihm anbot. Gert hatte Pit die Computer erklärt, mit denen er das Wetter vorausberechnete, und festgestellt, dass der Junge überaus begierig war, etwas zu lernen. In dem Maße, wie Gerts Hochachtung wuchs, wurde auch der Umgang unkomplizierter. Vielleicht waren Marina und er mit dem Jungen überhaupt immer viel zu vorsichtig umgegangen, viel zu unsicher und darauf bedacht, ja keine Fehler zu machen.

Als die beiden jetzt in sein kleines Büro schneiten, konnte Gert es sich erlauben zu sagen, er habe gerade keine Zeit, ohne befürchten zu müssen, dass Pit diese Zurückweisung mit stundenlangem Schweigen quittierte. Er war gerade dabei, die Daten des Rechners auszuwerten.

»Der Frost wird noch eine Woche anhalten. Das Hoch ist sehr stabil.«

»Also kommt Mami nächste Woche auch nicht.«

»Richtig, Pit. Erst muss das Hoch weg, damit es anfängt zu tauen.«

»Wieso kann sie nicht mit der Vitte kommen?«, erkundigte sich Pit weise. »Wenn sie die Post fährt, kann sie doch auch Mami in Schaprode abholen.«

Gert warf Tom einen etwas besorgten Blick zu. Er konnte dem Jungen doch nicht sagen, dass seine Mami offenbar noch Bedenkzeit brauchte.

»Das ist im Prinzip richtig, Pit«, sagte Tom. »Aber wenn das Wetter so schlecht ist und überall so viel Schnee liegt, dann ist die Reise sehr unbequem. Und vielleicht kommt sie dann in Schaprode an und die Vitte fährt auch nicht mehr. Und dann muss sie warten.«

Pit überlegte sich das. Dann hellte sich sein Gesicht wieder auf und er wandte sich an seinen Vater. »Ich habe Mami einen Brief geschrieben. Aber Tom weiß die Adresse nicht. Und ich auch nicht.«

»Am Zwingerteich 20«, sagte Gert, den Blick auf den Bildschirm geheftet.

Tom nahm einen Kugelschreiber und schrieb die Adresse auf Pits Brief.

17

Manfred klopfte bei Karoline an der offenen Tür an, ehe er eintrat. Dann stand er mit leeren Händen so abwartend herum, dass Karoline ihn aufforderte, sich zu setzen.

»Was gibt's?«

»Ich ...« Manred hüstelte. Ihm fehlte die Zigarre. »Ich habe mit den Bergers gesprochen.«

Karoline runzelte die klare Stirn.

»Ich weiß, das interessiert dich nicht«, sagte Manfred mit einem unterdrückten Schmunzeln. »Aber ich erzähle es dir trotzdem. Es sei denn, du verbietest mir in deinem Büro den Mund.«

Karoline lächelte leicht.

»Hätte dir auch nichts genützt. Dann hätte ich dich in mein Büro zitiert und dich unter Androhung einer Abmahnung dazu verdonnert, mir zuzuhören.«

»So«, sagte Karoline. »Dann hättest du aber eine halbe Stunde später meine Kündigung auf dem Tisch gehabt.«

Manfred grinste. Es stimmte ihn hoffnungsvoll, dass Karoline sich allmählich wieder auf seine rauen Scherze einließ. Eigentlich gefiel es ihm, dass sie ihm nicht ohne Weiteres verzieh, dass er ihr Vertrauen missbraucht hatte. Seine Karo hatte Rückgrat oder Moral, oder wie auch immer man das nennen wollte. Manfred liebte große Worte nicht. Aber ihm imponierte, dass Karo so klar ihre Grenzen zog. Bis hierhin und nicht weiter. Das kannst du dir erlauben, das nicht.

»Jedenfalls«, grunzte er, »was ich sagen wollte: Simone war nicht schwanger, aber in der Tat krank. Sie hatte eine seltene Stoffwechselkrankheit, einen genetischen Defekt. Dabei zerstört das körpereigene Immunsystem allmählich die inneren Organe. Menschen mit dieser Krankheit werden selten älter als dreißig Jahre.«

»O Gott!«

Manfrd blinzelte, wie immer, wenn ihm etwas an die Nieren ging. Und wie immer, wenn das so war, ging er zu Karo, um sich zu entlasten.

»Wegen der Hormone und so konnte sie übrigens auch gar keine Kinder kriegen.«

Gegen ihren Willen sah Karoline plötzlich den Ausdruck auf Toms Gesicht vor sich, als er ihr erzählte, dass er womöglich ein Kind habe, aber nicht einmal wüsste, ob Junge oder Mädchen. Seine scharfen Augen waren dabei weich geworden. Dann hatte er sie kurz angeblickt, als hoffte er, sie werde ihm den Weg zu seinem unbekannten Kind weisen können. Aber diese Hoffnungen zerschlugen sich nun. Wer wusste schon, was Anneliese Müller in Leipzig da alles falsch verstanden hatte? Und wenn es kein Kind gab, gab es für Karoline auch keinen Grund mehr, Tom wieder aufzusuchen.

Manfred spürte sofort den plötzlichen Stimmungswechsel. Der Funke von der alten Freundschaft, der erst vorhin aufgeblitzt war, war auf einmal wieder erloschen.

»Das sagen also die Eltern«, sagte Karoline und senkte vor dem forschenden Blick des alten Journalisten kurz die Augen.

»Ja. Das sagen die Eltern.«

»Und …« Karoline musste sich zwingen, weiter zu sprechen, »wusste Tom … Thomas Reuter davon?«

Aha!, dachte Manfred. »Nein!«, sagte er. Sie nannte ihn Tom, dachte er weiter. Das war es also. Da gab es einen Tom in Karolines Seele. Diesen Einsiedler auf Hiddensee, diesen Bernsteinfischer, diesen … Manfred suchte nach einem angemessenen Schimpfwort und fand keines, der Achtung wegen, die er für Karoline hegte. Wenn sie sich in einen Tom verliebte, dann musste das einen Grund haben. Seine Karo war kein romantisches Mädchen, das auf den erstbesten Abenteurer hereinfiel.

»Mit anderen Worten«, sagte Karoline nüchtern, »Simone hat Thomas Reuter geheiratet und ihm nicht gesagt, dass sie unter einer seltenen Krankheit litt, an der sie früh sterben würde.«

»So ist es wohl gewesen.« Manfred stand auf und stellte sich ans Fenster. Karoline musterte seinen breiten, etwas gebeugten Rücken und die strubbeligen grauen Haare auf seinem großen Schädel. Er war immer noch eine imponierende Gestalt. Und ganz offensichtlich ging ihm das, was er ihr erzählte, viel näher, als er zugeben wollte.

»Sag mal, Manfred«, sagte sie sanft, »was ist eigentlich deine Rolle in der ganzen Geschichte? Warum lässt dir das bis heute keine Ruhe?«

»Lässt dir das denn Ruhe?« Er warf ihr einen kurzen Blick über die Schulter zu.

»Lenk nicht ab.«

Manfred drehte sich um. »Weißt du, ich stand immer auf der Seite von Simone und ihren Eltern. Ich mochte Reuter nicht. Was ich von ihm gesehen habe, hat mir nicht gefallen. Ein arroganter, erfolgsverwöhnter Bursche. Aber ich war halt ein verbiesterter alter Kerl, dem die Karriere weggebrochen ist. Das war es wohl. Mir hat Simone Leid getan. So eine entzückende Frau, und er lässt sie links liegen. Aber wenn ich jetzt bedenke, dass sie …«

»Verurteile sie nicht«, sagte Karoline. »Als sie zwanzig war und Reuter heiratete, da hat sie vielleicht nicht geglaubt, dass sie an der Krankheit sterben würde. Wenn man jung ist, glaubt man an das ewige Leben. Und die Medizin macht ja auch Fortschritte. Sie hat es einfach verdrängt.«

»Aber später hätte sie es ihm sagen müssen. Sie hätte ihm eine Chance geben müssen, sich um sie zu kümmern.«

»Vielleicht wollte sie es darum nicht. Sie wollte, dass

er sich für sie entscheidet, weil er sie liebt, nicht weil sie sterbenskrank ist. Nicht aus Mitleid.«

»Aber so geht das nicht, Karo! Das ist ein böses Spiel. Wenn man nicht zueinander ehrlich sein kann, dann ist das keine Ehe. Wir haben alle unsere Schwächen. Wir sind zaghaft, feige, ängstlich oder krank. Aber wenn wir das nicht voreinander zugeben können, dann taugt die ganze Sache nichts.«

»Es ärgert dich doch nur, weil sie auch dich getäuscht haben, allen voran deine Freunde, die Bergers«, bemerkte Karoline lächelnd, »dich, den scharfsichtigen Journalisten, dem nichts entgeht. Du hättest sehen müssen, dass die entzückende Simone eigentlich sterbenskrank war. Und immer wenn Reuter auf Reisen war, hat sie sich behandeln lassen. Und wenn er nicht ständig weggewesen wäre, dann hätten die Bergers ihm sagen müssen, dass er eine Frau geheiratet hat, die immer schon gewusst hat, dass sie krank ist. Und das alles hast du genauso wenig durchschaut wie es Reuter durchschauen konnte.«

Manfred knurrte unwillig.

»Und so wart ihr euch alle einig, dass Reuter und sein Egoismus Simone ins Grab gebracht haben. Und er glaubt es auch und macht sich Vorwürfe.«

»Er macht sich Vorwürfe? Tatsächlich?« Manfred hob die buschigen Brauen.

»Ja, was glaubst du denn? Und es sind nicht die Einzigen, die er sich macht.«

»Nein? Welche denn noch?« In dem Moment, da er es sagte, merkte er, dass er lieber geschwiegen hätte. Mit Schweigen, das wusste er seit langem, bekam er mehr heraus, als mit Fragen.

»Das sage ich dir nicht«, erwiderte Karoline schlicht.

Diesmal hielt Manfred den Mund. Aber Karoline lächelte nur, statt ihm den Vorwurf zu machen, sie müsse sonst befürchten, dass es nächste Woche im *Blickpunkt* stände. So einen Fehler machte man nur ein Mal, hätte er ihr entgegnen können. Aber diese Gelegenheit gab sie ihm nicht.

Leichter Schwindel erfasste Karoline, als Manfred ihr Zimmer verlassen hatte. Die Bergers hatten Tom getäuscht. Es würde ihn zwar nicht freuen zu erfahren, dass Simone an einer unheilbaren Krankheit gestorben war, aber es würde ihn vielleicht erleichtern zu hören, dass er für den frühen Tod seiner Frau nicht verantwortlich war.

Der Wunsch, es Tom sofort mitzuteilen, packte sie so heftig, dass es schon fast weh tat. Was hätte sie darum gegeben, sich in ihr Auto setzen zu können, gen Norden zu rasen, in Schaprode auf ein Boot zu springen, über die Insel zu rennen und an der blauen Tür seines Hauses am Hexenberg klopfen zu dürfen.

»Tom! Ich muss dir etwas Wichtiges sagen! Du kannst aufhören, dir wegen Simone Vorwürfe zu machen.«

Er würde zurückhaltend reagieren. Nicht alle Vorwürfe, die er sich machte, wurden gegenstandslos, aber vielleicht der schlimmste. Sie würde die sachte aufkeimende Hoffnung in seinen Augen sehen, vielleicht einen Funken warmer Dankbarkeit, wenn er erwog, was diese Nachricht für ihn bedeutete, seine zaudernde, etwas heisere Stimme hören, wenn er versuchte, auszudrücken, was ihn bewegte. Sie wäre ihm nahe, stünde vielleicht in der Küchentür und schaute ihm zu, wie er mit leichten geübten Bewegungen Tassen und Milchkännchen und Kaffee auf ein Tablett stellte …

Karoline schüttelte sich.

Abgesehen davon, dass sie es sich mit ihm verscherzt hatte, was vielleicht in Ordnung zu bringen gewesen wäre, so hatte sie doch Marina lebhaft vor Augen, die an Toms Unnahbarkeit gescheitert war.

Sie war eine so schöne Frau, sie liebte das Landleben,

wie er, sie liebte ihn, verstand ihn und hatte ihn doch nie bedrängt. Und trotzdem hatte er ihre Gefühle nicht erwidert. Vielleicht, weil er niemanden wirklich an sich heranlassen konnte, schon gar keine Frau. Selbst wenn Marina ihn interessiert haben mochte, so hatte er sich bei ihr beherrschen können. Denn sie war verheiratet. Dass er Karoline auf der Wiese in Neuendorf geküsst hatte, war eine Tatsache, die ihr zeigte, dass er nicht unempfindlich war für weibliche Reize. Aber dann war ihm womöglich ihr vermeintlicher Vertrauensbruch sogar ganz gelegen gekommen, um sie fortzuschicken, ehe eine Liebe sein ungezähmtes Freiheitsbedürfnis beschnitt. So hatte er ihr die brutale Wahrheit nicht sagen müssen, dass er sich das Leben mit einer Frau nicht vorstellen konnte und wollte. Er hatte sich zwar auf diese Insel zurückgezogen, aber er blieb doch immer der Mann, der keine Verpflichtungen eingehen mochte, keine Nähe zuließ und seine Unabhängigkeit über alles stellte.

Denn hätte ihm wirklich etwas an ihr gelegen, so hätte er sich nach dem ersten Zorn über ihren vermeintlichen Vertrauensbruch um Aufklärung bemühen müssen. Aber er hatte sie wohl längst vergessen.

Und nur sie saß jetzt da mit einer angefangenen Liebe im Herzen, die keinen Ankerplatz mehr hatte.

Als sie heimkam, war Marina schon da und stand in der Küche. Karoline hatte es aufgegeben, ihr abzugewöhnen, dass sie kochte, wenn sie zuerst zu Hause war. Seit zwei Wochen arbeitete Marina jetzt regelmäßig in der Goldschmiedewerkstatt von Karolines Freundin.

»Pit hat mir einen Brief geschickt!«, rief Marina ihr entgegen. »Liegt auf dem Tisch. Wie findest du das Bild? Offenbar hat er doch ein wenig Sehnsucht nach mir.«

Marina klang so glücklich, dass Karoline schwindlig wurde vor dem eigenen Elend.

Sie nahm die gefalteten Blätter vom Esstisch. Das obere zeigte einen kleinen Jungen, also wohl Pit selbst, der die Arme nach seiner Mutter ausstreckte. Das lange gelbe Haar, das er der großen Figur gemalt hatte, war unverkennbar Marinas messingfarbene Flut. Karoline konnte sich vorstellen, wie sich Marina fühlte. Sie wusste aus einigen langen abendlichen Gesprächen, wie sehr Marina an der Zuneigung des Jungen zweifelte und wie sehr sie an seiner Verschlossenheit verzweifelt war, Charaktereigenschaften, die Karoline übrigens, je mehr Marina über den Jungen erzählte, immer rätselhafter erschienen waren, weil es so offensichtlich keinen Grund dafür zu geben schien.

Aber wie dem auch sei, hier war eine Antwort, und zwar eine wunderschöne.

Karoline zog das oberste Blatt weg in der Meinung, eine weitere Zeichnung zu finden, und erschrak. In ihrer Hand zitterte ein auf Papier ausgedruckes Foto. Das musste das Bild sein, das Pit von Tom und ihr am Strand gemacht hatte.

Mit einem Schlag war alles wieder ungeheuer präsent, der Wind, das Licht, die salzige Luft, der weite Himmel. Die Sehnsucht schnitt ihr in die Seele. Und es war ja nicht die Insel, nach der sie sich so sehnte, etwa wenn sie an der Elbe spazieren ging und den Bernstein in der Manteltasche umklammerte, sondern das Gesicht dieses Mannes, das sie jetzt für Sekunden wieder völlig aus der Fassung brachte.

Auf dem Foto konnte sie sehen, wie er sie ansah, wenn sie woanders hinblickte, oder vielmehr, wie er sie damals angesehen hatte, aufmerksam und liebevoll. Die feinen Lachfalten in seinen Augenwinkeln waren etwas vertieft. Sogar die kleine Narbe an seiner rechten Augenbraue konnte man erkennen. Seine ernsten, fest geschlossenen Lippen befanden sich auf der Kippe zu einem Lächeln. Der Wind raufte ihm die Haare, und er sah aus, als wolle er sie im nächsten Augenblick in seine Arme schließen.

Karoline ächzte. Sie ließ das Blatt auf den Tisch sinken und fuhr zusammen, als sie jetzt Marina still in der Tür stehen sah.

»Warum Pit das Foto mitgeschickt hat, weiß ich wirklich nicht«, sagte Marina. Sie kam heran und stellte eine Schüssel Bohnen auf den Tisch.

Karoline wandte sich ab und ging zum Fenster. Was für eine fürchterliche Dunkelheit da draußen. Im Winter war die Stadt einfach schwarz.

Marina kam ihr nach und legte ihr leicht die Hand auf den Arm. »Was meinst du? Vielleicht hat Pit es für dich in den Brief getan. Er redet so oft von dir. Ich glaube, er würde dich gerne wieder sehen. Du musst uns bald besuchen kommen.«

Karoline schüttelte unwillkürlich den Kopf.

»Auch Tom würde dich wahrscheinlich gerne wieder sehen. Doch sicher. Er hat dir schließlich einiges zu verdanken. Ohne dich hätte Pit nie zu ihm Zutrauen gefasst.«

»Ach was. Tom hat es letztlich selber hingekriegt.«

»Sei nicht so bescheiden. Du hast uns allen gut getan. Auch mir und Gert. Ich weiß jetzt, wo ich wirklich hingehöre. Der Monat bei dir hier in Dresden, das war eine wunderbare Zeit, wirklich. Ich habe das einfach mal wieder gebraucht, diesen Lärm, diese Hektik, diese Unmengen von Autos. Aber leben will ich mit Gert und Pit auf der Insel. Das weiß ich jetzt. Ich habe richtig Sehnsucht nach Hiddensee. Ich vermisse Gert ungeheuer.«

»Das freut mich. Es freut mich wirklich.«

»Aber eine Kleinigkeit werde ich aus Dresden mitnehmen.« Karoline hörte das Lächeln in Marinas Stimme. »Nämlich das Goldschmiedewerkzeug. Schau mal, was ich für dich habe.«

Karoline wandte sich um und sah auf Marinas Handteller einen schimmernden Bernstein liegen, ihren Bernstein. Marina hatte ihn geschliffen, ohne die schiefe Würfelform zu zerstören, und an einer Ecke ein Loch gebohrt, durch den sie ein hauchdünnes Platincollier gezogen hatte.

»Er hat sogar einen Einschluss.«

Erst jetzt, da die Oberfläche geglättet und poliert war, konnte Karoline im rotgoldenen Innern des Steins ein kleines Blättchen sehen. »Er ist wunderschön. Vielen Dank. Wirklich. Ich … ich bin ganz gerührt.«

Marina lachte und legte Karoline das Collier um den Hals. Der Stein kam genau in ihrer Halskuhle zu liegen und fühlte sich eigenartig kühl und zugleich weich und warm an.

»Es gibt nur wenige Menschen, denen Bernstein wirklich steht«, bemerkte Marina, »aber dein Teint scheint dafür wie geschaffen zu sein. So und jetzt gibt es Essen.«

Als sie Pits Brief vom Tisch nehmen und beiseite legen wollte, hielt Marina jedoch noch einmal inne und betrachtete den Fotoausdruck.

»Pit hat das Foto gemacht«, sagte Karoline. »Es ist sein erstes Foto. Darum hat er es vermutlich mitgeschickt.«

»Und gut getroffen. Es gefällt mir. Du immer mit den Augen bei dem, was vor dir geschieht, immer wach, immer bereit, helfend einzugreifen. Du warst etwas besorgt, ob Pit das auch hinkriegt, nicht? Und Tom, er …« Marina blickte Karoline forschend an, »… er entdeckt gerade die Frau, die er liebt. Ganz sicher ist er sich noch nicht. Aber er merkt, dass es sich lohnt, darüber nachzudenken. Findest du nicht?«

Karoline konnte nicht antworten.

»Hör mal, Karo«, sagte Marina nun mit einer Entschlossenheit, die Karoline ihr noch vor vier Wochen nicht zugetraut hatte. »Ich habe mich hier so manchen

Abend bei dir ausgeweint. Wir haben uns alles Mögliche erzählt. Aber du hast mir nicht erzählt, warum es mit dir und Tom nichts geworden ist.«

»Es hat einfach nicht sollen sein.«

»Ist es wegen dieses Artikels? Gert hat mir davon erzählt. Du sollst irgendetwas nicht besonders Freundliches über Tom geschrieben haben.«

»Habe ich gar nicht. Das ist ja das Verflixte. Ich war es nicht. Es war mein Chef. Ich wusste gar nichts davon. Mein Fehler war nur, dass ich ihm zu viel erzählt hatte, um zu begründen, warum ich nichts schreiben wollte.«

»Aber dann ...«, Marina dachte einen Moment nach, » ... dann verstehe ich nicht, warum du nicht zu Tom gehst und ihm sagst ...«

»Warum sollte er mir glauben?«

»Warum sollte er dir nicht glauben!«

»Er würde denken, dass ich mich vor der Verantwortung drücken will und versuche, die Schuld auf jemand anderen zu schieben.«

»Warum sollte er das denken?«

»Marina, du bist zu gut für diese Welt. Aber schau mal, Tom hat selber einmal etwas getan, das er sich selbst nur schwer verzeihen kann. Dabei trifft ihn eigentlich keine unmittelbare Schuld. Doch er hat vor sich selbst die Verantwortung dafür übernommen. Er würde erwarten, dass ich das auch tue und meinen Fehler eingestehe. Das könnte ich natürlich tun. Ich gebe zu, dass ich ihn reingelegt habe und bitte ihn um Verzeihung.«

»Er verzeiht dir sicher.«

»Wenn du das sagst. Aber es wäre doch eben eine falsche Voraussetzung. Ich kann doch nicht eine Schandtat eingestehen, die ich gar nicht begangen habe, nur weil es ihm leichter fallen würde, mir zu verzeihen, als mir zu glauben, dass ich mich nicht herausrede, wenn ich sage, dass ich nichts dafür konnte.«

Marina lachte mit erfrischendem Übermut. »Das ist

wirklich kompliziert. Warum macht ihr es euch so schwer? Aber mag sein, dass du ihn tatsächlich besser durchschaust als ich. Vielleicht wird man so, wenn man so viel Böses gesehen hat. Immer misstrauisch. Trotzdem meine ich, du solltest es versuchen. Rede mit ihm.«

»Lass gut sein. Vielleicht ist es viel besser so. Wer weiß, ob das mit uns überhaupt gut gegangen wäre. Er auf der Insel und ich hier in Dresden.«

»Er könnte doch …«

»Dass er wieder in Dresden lebt, könnte ich weder verlangen noch erwarten.«

»Hm.« Marina senkte den Blick. Dass Karoline auf Hiddensee glücklich würde, konnte wiederum sie sich nicht vorstellen. Außerdem hielt sie es für falsch, wenn Karoline ihren Beruf aufgegeben hätte. Bei ihr war das etwas anderes. Sie hatte immer nur Hausfrau und Mutter sein wollen.

»Sagtest du nicht, das Essen sei fertig?«, sagte Karoline lächelnd.

Anderthalb Wochen später brachte sie Marina zum Bahnhof.

»Und zu Ostern kommst du uns besuchen. Ich bestehe darauf. Gert möchte dich schließlich auch endlich mal kennen lernen. Vesprichst du mir das?«

Karoline versprach es nicht, denn sie sah sich außer Stande, ein solches Versprechen zu halten.

18

Auf Hiddensee kam der Frühling immer etwas später. Während auf Rügen und auf dem Festland schon die Krokusse verblühten und die Osterglocken und Narzissen üppig in den Rabatten der Gärten blühten, hielt das Meer die Insel noch in seinem eisigen Griff.

Das Wintergras lag welk und gelb über dem Dornbusch, die Büsche wankten kahl im Wind. Nur die Möwen kreischten unermüdlich wie immer an der Hucke.

Tom stapfte über die Kiesel unterhalb der Steilküste. Er hatte auf dem schmalen steinigen Streifen zwischen Kliff und Meer den ganzen Norden vom Enddorn über den Toten Kerl umrundet und hielt nun auf die Hucke zu, die Bergnase von Kloster. In seinem Gepäck war nur eine leichte Kamera dabei, denn er hatte kein bestimmtes Ziel gehabt.

Seitdem Marina zurückgekommen war, glücklich und strahlend, glitten seine Gedanken noch öfter nach Dresden. Schon als er Karoline zum ersten Mal sah, hatte er den Zauber empfunden, der sie umgab. Und nun sprach Marina mit so viel Wärme von ihr, dass es ihm weh tat, wenn er zuhörte. Karoline hatte Marina verzaubert, im wahrsten Sinne des Wortes. Was auch immer sie mit ihr angestellt hatte, die Stürme und Depressionen waren aus ihre Seele vertrieben. Sie war wieder die gelassene und heitere Frau, die mit Gert auf die Insel gekommen war, um hier einen kleinen Jungen groß zu ziehen. Ihre Welt war wieder in Ordnung gekommen.

Als Tom vor inzwischen fast fünf Jahren auf die Insel gekommen war, hatte er nicht gehofft, dass sein Leben je wieder in Ordnung käme. Er hatte lediglich gehofft, Ruhe zu finden. Aber es war eine Ruhe gewesen, die der Totenstarre ähnelte. Marina war vielleicht die Erste gewesen, die ihm geholfen hatte, erneut, wenn auch zaghaft und äußerst vorsichtig, menschliche Beziehungen anzuknüpfen. Aber es hatte erst Karoline kommen müssen, um in ihm die Gefühle wieder zu wecken und ihn aus der inneren Lähmung zu holen.

Sie hatte ihm Zugang zu Pit verschafft. Wie viel ihm das bedeutete, hatte er erst im Lauf des Winters gemerkt, als er den Jungen zwei Wochen lang im Haus hatte. Auch jetzt besuchte Pit ihn wenigstens einmal am

Tag, meistens am Nachmittag, und Tom richtete seine Unternehmungen danach, dass er dann Zuhause war. Zuweilen musste er darüber schmunzeln, dass er, der sein Tun und Lassen nie nach anderen Menschen ausgerichtet hatte, so erpicht darauf war, daheim zu sein, wenn Pit hereinschneite und ein Glas Milch wollte oder ein Marmeladebrot.

Und wenn Pit wieder ging, dann sah er Karoline vor sich, ihre blitzenden braunen Augen, die Haarsträhnen, die ihr in die Schläfen und Stirn fielen, das offene Lächeln auf ihren vollen Lippen. Und er hätte am liebsten zugegriffen und sie in seine Arme geschlossen und geküsst. Sie hatte ihn erobert. Er wusste nicht wie, aber es erfüllte ihn mit Freude, mit Lebenslust und Zuversicht. Wenn sie an seiner Seite gegangen wäre, so wäre er vollständig glücklich gewesen, glücklicher als es erträglich gewesen wäre.

Aber konnte er sich ihr zumuten?

Ein gebrochener Mann, wie sie geschrieben hatte. Mit dieser düsteren Vergangenheit, die unabänderlich sein Wesen prägte? Wie hätte sie zu einem Mann Zutrauen fassen können, der seine Frau so schmählich im Stich gelassen hatte und mit dem Trauma einer Geiselnahme lebte, die er auch noch selbst zu verantworten hatte?

Obgleich sie beide Journalisten waren, er mit der Kamera, sie mit der Schreibmaschine oder dem Computer, lagen ihre Welten himmelweit auseinander. Er war erledigt, sie hatte die Zukunft noch vor sich. Für sie war er die Quelle einer Exklusivgeschichte. Während sie für ihn die Frau war, mit der er und für die er leben wollte.

Vielleicht, dachte er manchmal, war es die ausgleichende Gerechtigkeit, dass er die Frau, die er liebte, nicht bekommen würde, genauso wenig, wie damals Simone den Mann, den sie geliebt hatte. Er hatte sich ihr entzogen, weil er so war, wie er war. Und Karoline würde nie zu ihm auf die Insel zurückkehren, weil sie so war, wie er sie liebte: unabhängig, klug, weitsichtig, unromantisch. So eine Frau konnte sich nicht an einen wie ihn binden. Marinas Berichte über ihre Zeit bei Karoline in Dresden hatten ihm überdeutlich vor Augen geführt, dass Karolines Leben die Stadt war.

Er jedoch liebte diese langen Fußmärsche zwischen Meer und Himmel, bei denen man stundenlang keinem Menschen begegnete. Die Stadt war ihm im Grunde immer fremd geblieben, auch wenn er in Dresden aufgewachsen war. Dennoch hätte er die Insel ohne Zögern aufgegeben, wenn er mit Karoline hätte leben dürfen.

Tom warf einen Blick die Sandwand hinauf. Den Leuchtturm sah man von hier unten nicht. Aber dies war die Stelle, an der er Karoline in der Sturmnacht gefunden hatte. Da, ganz oben, knapp unterhalb der Grasnarbe hatte sie ich in die Wand gekrallt. Unter ihr die Brandung der aufgewühlten See, die sie sofort verschluckt und gegen die Wand zurückgeworfen hätte, wäre sie gefallen.

An diesem Vorfrühlingstag leckte das Meer friedlich an den Kieseln. Dennoch fühlte Tom wieder den peitschenden Sturm, hörte das Toben der Brandung, erlebte wieder seine Angst und die ungeheure Erleichterung, als er endlich ihre Hand erfasst hatte und in der seinen hielt, entschlossen, sie nie wieder loszulassen.

Und doch hatte er sie wenige Minuten später von sich gestoßen.

Konnte sie ihm das verzeihen? Hatte er ihr damit nicht bewiesen, dass er nicht im Stande war zu vertrauen? Und schlimmer noch, hatte er nicht überdeutlich gezeigt, dass er auf jede kleinste Irritation unbeherrscht und heftig reagierte? Verletzt wie er war, unsicher und egoistisch. Wie sollte sie da je Vertrauen zu ihm haben?

Und immer wieder endete jeder Gedankengang damit, dass er sich ihr nicht zumuten konnte.

Gert bog mit dem Fahrrad auf den Weg am Deich ein und ließ sich vom Wind treiben. Der Südwind würde dem Frühling auf der Insel in den nächsten Tagen auf die Sprünge helfen. Man brauchte nicht Meteorologe sein, um das vorherzusagen. Die Fischer strichen ihre Boote. Das war das sicherste Zeichen, dass der Winter vorbei war. Morgen würden sie Pits sechsten Geburtstag feiern.

Noch zu Weihnachten hatte Gert nicht zu hoffen gewagt, dass er sich so unbefangen darauf freuen würde. Marina buk Kuchen. Sie würden Pit eine kleine Kamera schenken. Er hatte sich von Tom beraten lassen, welches Gerät wohl für einen kleinen Jungen geeignet war, und ihn zur Geburtstagsfeier eingeladen. Aber Tom hatte nur den Kopf geschüttelt und gesagt: »Das ist eure Feier.«

»Es ist Pits«, widersprach Gert. »Und er freut sich sicher.«

Aber Tom hatte nur gelächelt.

Gert fiel wieder einmal auf, wie sehr Tom sich verändert hatte. Oder hatte er ihn nur einfach besser kennen gelernt? Anfangs war ihm Tom wie einer dieser Sonderlinge vorgekommen, die manchmal zurückgezogen auf solchen Inseln lebten, ein verwegener Kerl, der sich tagelang mit seinem Pferd in den Hügeln und Sümpfen der Naturschutzgebiete herumtrieb und auf der Jagd nach einem guten Foto weder Kälte noch Hitze zu spüren schien, kaum willens, einen zusammenhängenden Satz zu sagen, und noch weniger fähig zu lächeln. Ein bisschen eben wie der Mann, der er, Gert, gerne gewesen wäre, hart, frei und zu keinen Zugeständnissen an Frau und Kind verpflichtet. Aber Gert war dieser Mann nicht, und er war froh, dass er es nicht war. Denn er hatte Frau und Kind, kehrte täglich in sein Häuschen heim.

Die Einsamkeit, die Tom umgab, kam Gert inwischen alles andere als interessant vor. Zuweilen sah er die stumme Trauer in Toms Augen. Seine tiefe Freundschaft zu Marina und ihn und seine Bereitwilligkeit, jedem auf der Insel zu helfen, der zu ihm kam, waren Ausdruck einer Seele, die eine Heimat suchte und dankbar auf jedes Zeichen von Freundschaft reagierte. Toms Fähigkeit, sich schnell und vollständig in das Leben der Insulaner zu integrieren, hatte Gert immer erstaunt. Inzwischen begriff er, dass Tom sonst völlig allein gewesen wäre. Gert hatte es lange nicht so wichtig gefunden, Platt zu lernen und die seltsamen Regeln und Gesetze des Lebens auf der Insel zu verstehen. Er und Marina würden immer Leute vom Festland bleiben, immer ein wenig fremd, aber das störte ihn nicht, denn sie hatten ja einander.

Es wurde wirklich Zeit, dass Tom eine Frau bekam. Eigentlich sollte das doch nicht so schwierig sein für einen attraktiven Mann wie ihn.

Gert bog in Vitte in seine Straße ein. Pit kam ihm am Gartentor entgegengesprungen.

»Ich habe morgen Geburtstag!«

»Ich weiß«, sagte Gert und fuhr ihm über den blonden Schopf.

»Karo hat mir einen Brief geschrieben. Komm ich zeig ihn dir.« Pit ergriff Gerts Hand und zerrte ihn ins Haus. Marina kam ihm aus der Küche entgegen und lächelte. Er küsste sie. Dann drückte ihm Pit den Brief schon in die Hand, der heute mit dem Postschiff gekommen war.

Es war eine Zeichnung, über der in Druckbuchstaben ›für Pit‹ stand. Das konnte Pit schon lesen. Die Zeichnung zeigte einen Fluss, die Kuppeln und Türme von Dresden und am Geländer über dem Fluss eine Frau, die den Arm erhoben hatte und winkte.

»Das ist Karo«, erläuterte Pit.

Eigentlich verrückt, dachte Gert, dass er sie nie persönlich kennen gelernt hatte. Als sie im Herbst auf Hiddensee gewesen war, waren sie immer aneinander vorbei gelaufen. Dabei verdankte er ihr, dass Marina wieder so wunderbar lächelnd in der Küchentür stand.

»Ich muss das Bild Tom zeigen«, teilte Pit nun mit. »Er freut sich bestimmt. Er denkt immer an Karo.«

Gert lächelte über den Kopf seines klugen kleinen Jungen hinweg seine Frau an. Marina erwiderte das Lächeln.

»Warum ist das eigentlich nichts geworden mit den beiden?«, fragte er Marina am Abend, als Pit im Bett lag.

»Ich weiß es auch nicht genau«, antwortete sie. »Karoline vermutet, dass Tom ihr diesen Artikel übel nimmt, obwohl sie ihn gar nicht geschrieben hat. Aber ich glaube nicht, dass Tom irgendjemandem auf Dauer etwas übel nimmt. Ich kenne keinen nachsichtigeren Menschen als ihn.«

Gert fühlte nicht zum ersten Mal sein schlechtes Gewissen. »Weißt du eigentlich, dass ich damals Tom diesen Artikel gezeigt habe, nur um ihn … nun, um ihn zu verletzen?«

Marina blickte ihn erschrocken an.

»Er hätte es ja ohnehin erfahren«, sagte Gert, »aber ich war damals so wütend auf ihn, weil du …, wie soll ich sagen …?«

»Weil ich mich in Tom verliebt hatte«, vollendete Marina mutig den Satz. So deutlich hatten sie bislang noch nie darüber gesprochen. »Aber weißt du, ich war vielleicht verliebt, aber nicht in ihn, sondern in einen romantischen Traum. Es hat mir irrsinnig zu schaffen gemacht, dass ich dann dich und Pit hätte verlassen müssen. Und das habe ich nie gewollt, nie. Das kam überhaupt nie in Frage.«

Gert schwieg einen Moment, dann grinste er. »Ich überlege mir auch manchmal, wie es wäre, wenn mir die Frauen hinterher liefen. Aber …« Er zog seine Frau zu sich auf den Schoß. »Ich bin ja nun Gott sei Dank ein hässlicher Kerl.«

»Aber der schönste von allen hässlichen Kerlen«, sagte Marina und küsste ihn.

Am übernächsten Abend, als Gert vor der Kamera stand und in dreißig Sekunden die Windverhältnisse an der Küste erläuterte und den Frühling ankündigte, schloss er seine Ansage mit den Worten: »Wir auf Hiddensee erwarten die ersten Gäste. Und besonders warten wir auf einen Gast aus Dresden.«

Karoline saß in ihrem Sessel in ihrer Wohnung und lachte verblüfft. Gerts Schlenker ins Persönliche am Schluss des Wetterberichts waren sein Markenzeichen und hatten ihn populär gemacht, aber dass sie selbst auf einmal Objekt seiner Scherze werden würde, damit hätte sie nie gerechnet.

Am nächsten Tag stellte eine große Boulevardzeitung in großen Lettern die Frage: ›Wen erwartet der Wetterfrosch auf Hiddensee?‹

Als Karoline Manfreds Büro betrat, schob er diese Zeitung beiseite und grinste.

»Ich muss für ein paar Tage nach Leipzig«, sagte Karoline.

»Solltest du nicht eigentlich nach Hiddensee?«

»Ich wüsste nicht, warum«, sagte Karoline.

Manfred lehnte sich in seinem Sessel zurück und zog an der Zigarre. »Der Wetterfrosch scheint da aber anderer Meinung zu sein.«

Karoline lachte.

»Also, was willst du in Leipzig?«

»Ich weiß es tatsächlich nicht so genau.«

»Aha.«

»Es lässt mir keine Ruhe«, sagte Karoline verlegen.«Ich habe irgendwie das Gefühl, dass da noch etwas ist … irgendetwas. Oder es macht mich einfach nervös, dass ich es nicht bis zu Ende geklärt habe. Ich höre nicht gern auf halber Strecke auf, wie du weißt.«

Manfred hob nur leicht die Augenbrauen. »Freut

mich, dass du wieder die Journalistin in dir entdeckt hast.«

»Freu dich nicht zu früh!«

Manfred lachte knarrend. »Also gut. Wenn es dir keine Ruhe lässt, dann fahr halt und such nach diesem Kind, das es nicht gibt. Meinen Segen hast du. Auch wenn ich dich hier eigentlich nicht entbehren kann. Renate und Karlheinz sind immer noch krank, wie du weißt.«

19

Karoline fuhr aus Dresden hinaus in den Frühling. Auf den ausgedehnten Feldern lag ein grüner Hauch. Die Alleebäume zeigten die ersten Knospen. Vögel zwitscherten. Vielleicht, dachte sie, sollte sie sich ein Haus auf dem Land suchen. Die Stadt fing an, ihr auf die Nerven zu gehen. Zu viel Stein, zu wenig Wind.

In Leipzig besuchte sie zunächst Anneliese Müller in einem trostlosen Wohnsilo und verbrachte einen Nachmittag ihr gegenüber in einem engen, mit Plüschmöbeln zugestellten Wohnzimmer. Dann durchforstete sie in der Bibliothek medizinische Fachzeitschriften und fädelte mit Hilfe eines abgebrochenen Absatzes vor dem Jugendamt die Zufallsbekanntschaft mit einer Sekretärin ein. Als sie Freitagabend schließlich das Frauengefängnis verließ, wusste sie sehr viel mehr als ihr lieb war.

Sie setzte sich ins Auto und fuhr noch in dieser Nacht nach Jena zu ihrer alten Studienfreundin Frauke. Als sich Klaus von Karoline getrennt hatte, war sie genauso verstört mitten in der Nacht bei Frauke aufgetaucht. Und das Erste, was Frauke in so einem Fall tat, war, Karoline einen heißen Kakao zu kochen und sie ins Bett zu stecken.

Sie hatten während des Studiums in Berlin zusammengewohnt. Frauke stammte von der Insel Baltrum. Die Heirat mit einem Politologen, der an der Uni Jena lehrte, hatte sie dann nach Jena verschlagen. Dort zog sie drei Kinder groß und leitete ein Laientheater.

»Und wat is nu los«, sagte Frauke mit ihrem ostfriesischen Dialekt, als sie am Samstag zu einem späten Frühstück in der Wohnküche saßen.

Karoline schüttelte den Kopf. »Nichts Besonderes. Ich kann mich nur nicht daran gewöhnen, Gerichtsakten über Kindsmisshandlungen zu lesen.«

»Ich könnte das gar nicht erst lesen«, sagte Frauke.

Sie war eine füllige, temperamentvolle Frau mit wilden roten Haaren. Für sie war Karoline immer der Inbegriff der Frau gewesen, die ihr Leben meisterte. Die Geschichte mit Klaus war ihr zwar nahe gegangen, aber nicht so nahe, wie das jetzt. Was auch immer es war. Karoline wirkte ungewöhnlich verwirrt.

»Ich habe im Gefängnis eine Pflegemutter besucht, die besonders gut war im sich Ausdenken von Strafen.«

Frauke schüttelte sich.

»Sag mal«, wechselte Karoline das Thema, »kennst du eigentlich Horst Schneider?«

»Den Ex-*Blickpunkt*-Typ? Ja, den kenne ich. Seine Älteste geht in denselben Kindergarten wie unsere Jüngste. Er hat eine blutjunge Frau, die zweite. Wir haben sie mal zum Essen eingeladen. Er hat den ganzen Abend über seine Geiselnahme doziert.«

»Dann redet er gern darüber?«

»Er hält jedes Mal praktisch ein Referat über Geiselnahmen an und für sich.«

Karoline schwieg.

»Willst du mit ihm reden?«, fragte Frauke.

Karoline lächelte verlegen. Sie wollte nicht, dass Fauke den Eindruck gewann, sie besuche sie an diesem Wochenende nur, damit sie ihr den Kontakt zu Schneider vermittelte. So war es nämlich auch nicht.

»Na dann komm«, sagte Frauke. »Ich kenn' dich doch.«

»Ich weiß nicht recht.«

Karoline war sich tatsächlich unsicher. Wollte sie wirklich, dass Horst Schneider Toms Geschichte widerlegte, damit sie Tom endlich aus dem Kopf und – was noch wichtiger war – aus dem Herzen bekam?

Frauke kniff die grünen Augen zusammen. »Du wirst doch nicht auf einmal Hemmungen haben, einen arglosen Zeitgenossen am Samstagvormittag bei den Grillvorbereitungen aufzustören, he? Wo ist dein journalistischer Biss?«

Frauke sagte ihrem Mann Bescheid, damit er ein Auge auf die Kinder hatte. Dann machten sie sich auf den Weg ein Stück die Straße nach Weimar hinaus. Schneiders Haus lag in einem alten Wohngebiet mit Villen und Häuschen an den bewaldeten Jurakalkhängen, die das Städtchen umgaben. Hier konnte man gut leben, fand Karoline. Und Horst Schneider und seine Frau lebten gutbürgerlich in einem Haus mit Garten und Rosen, Kinderschaukel und Grillplatz.

Er selbst war deutlich über fünfzig, sie wohl keine dreißig Jahre alt. Die beiden Kinder waren vier und drei Jahre alt.

»Kommen Sie rein«, sagte Schneider sofort. Er war ein schwerer Mann mit einem gepflegten grauen Vollbart. »So, vom *Dresdner Tagblatt* sind Sie? Wie geht es dem alten Manfred Schulze? Immer noch munter dabei? Wissen Sie, wie wir ihn früher immer genannt haben? Das Federmesser.«

Karoline lachte pflichtschuldig. Sie kannte den alten Spitznamen Manfreds aus den früheren scharfen Zeiten. Aber die Erklärung für diesen Namen war inzwischen verloren gegangen. Die jungen Kollegen, die im *Dresdner Tagblatt* arbeiteten, kannten sie nicht, und Karoline hatte keine Lust, Horst Schneider um eine Erklärung zu bitten. Sie mochte es nicht, wenn andere schlecht über Manfred sprachen.

Horsts junge Frau stellte Orangensaft und Mineralwasser auf den Glastisch, während Karoline ihr Anliegen erläuterte. Als Horst anfing zu reden, ging seine Frau hinaus. Frauke stand auf und folgte ihr in die Küche.

»Wissen Sie«, sagte Horst seiner Frau hinterherblickend, »man lebt intensiver nach so einer Sache. Man besinnt sich auf die wesentlichen Dinge, auf Frau und Kinder.«

»Hm.«

»Sie müssen sich klar machen, Frau Wolf, dass ein Mensch, der so etwas erlebt hat, gezeichnet ist. Man lebt sehr einsam mit dieser Sache. Nach einer gewissen Zeit will es keiner mehr hören. Es interessiert niemanden wirklich. Man merkt, dass man allen auf die Nerven geht, zieht sich in sich zurück und schweigt schließlich. Darf ich Sie fragen, warum Sie sich so plötzlich nach all den Jahren dafür interessieren?«

»Ich habe im Herbst Thomas Reuter kennen gelernt.«

»Thomas Reuter«, sagte Horst nachdenklich. Karoline meinte ein wachsames Aufblitzen in seinen Augen gesehen zu haben. »Ja, ich habe gelesen, dass er jetzt auf Hiddensee lebt. Ein Wunder, dass er das überlebt hat. Ich kann es mir bis heute nicht erklären. Als ich ihn sah, schien er tot zu sein. Aber ich bin kein Mediziner. Er war eben ein zäher Bursche. Sehr eigenbrötlerisch, wenn Sie verstehen, was ich meine, aber ein wahnsinnig guter Fotograf. Darum habe ich damals auch darauf bestanden, dass er mich nach Kaschmir begleitete, auch wenn es den *Blickpunkt* ein Vermögen gekostet hat. Er verlangte damals horrende Vorschüsse. Und jetzt …« Horst nickte vor sich hin, »jetzt ist er erledigt. Mausetot als Fotograf. Ein gebrochener Mann. Wissen Sie, manche Leute werden nie damit fertig, dass ihr Leben von der Gnade von

Geiselnehmern abhing, dass sie die Kontrolle abgeben mussten und versagt haben. Und die, die am härtesten scheinen, sind dann manchmal die Schwächsten.«

Karoline schwieg.

»Wissen Sie«, fuhr Horst fort, »Reuter war einer, der sich nie etwas hat sagen lassen. Er richtete sich nie nach anderen. Er tat immer, was er wollte. Und nun war er plötzlich ein Gefangener. Aber er tat alles, damit er kein gewöhnlicher Gefangener war, so wie wir, die drei Briten und ich. Reuter konnte relativ gut Arabisch, die Sprache des Korans, in der Sie sich mit jedem echten Moslem auf der ganzen Welt unterhalten können. Also hat er die Rolle des Vermittlers gesucht. Und ich sage Ihnen, Frau Wolf, er tat es nicht für uns, sondern, um sich selbst eine Sonderrolle zu verschaffen, um Freiheiten zu bekommen, um sich ein Stück Macht zurückzuerobern, verstehen Sie? Er war so einer, der es nicht ertragen konnte, Gleicher unter Gleichen zu sein.«

»Hat er Ihnen nicht dennoch geholfen, als Sie nicht mehr weiterkonnten?«, erkundigte sich Karoline sachte.

»Hat er Ihnen das so erzählt?«

»Stimmt es nicht?«

Horst Schneider knetete sich Kinn und Bart. »In gewisser Weise ist es richtig. Sie müssen sich das mal vorstellen: tagelange Märsche, kaum Wasser, kaum was zu essen. Jederzeit konnte einem eine Mine die Beine zerfetzen. Immer schossen diese kriegerischen Knaben herum. Diese ständige Todesangst. Irgendwann kommt der Punkt, da denkst du, es geht nicht mehr. Da gibt man auf. Da ist einem der Tod lieber, als diese Quälerei. Man will nur noch, dass es aufhört. Endlich Ruhe. Und ich war ja nun auch nicht mehr der Jüngste. Reuter dagegen versorgte sich am Lagerfeuer des Anführers mit Essen, und wir bekamen, was er uns überließ. Während der Märsche trieb er uns an, schlimmer als unsere Entführer.«

»Und wie war das dann, als Sie nicht mehr konnten?«

»Die dünne Luft, Wassermangel, mein Kreislauf brach zusammen. Auf einmal sah ich fünf Gewehre auf mich gerichtet. Reuter stand etwas abseits und hielt seine Kamera schussbereit in der Hand. Ich kann zwar selbst ein bisschen Arabisch, aber ich habe nicht verstanden, was Reuter den Kaschmiris zurief. Sie lachten. Daraufhin nahm Reuter einem von ihnen die Wasserflasche weg und gab sie mir. Aber er hielt sie fest, und ich durfte nur einen Schluck nehmen. Ziemlich verächtlich sagte er zu mir: ›Noch so eine Szene und du bist tot.‹ Ich glaube, es war die Wut, die mich wieder auf die Füße brachte. Insofern verdanke ich Reuter wohl mein Leben. Das ist richtig.«

Horst machte eine Pause und blickte Karoline an. »Was hat er Ihnen denn erzählt?«

Karoline schüttelte den Kopf. »Wenig. Er redet nicht gern darüber.«

»Das kann ich mir vorstellen«, erwiderte Horst. »Er hat sich ja auch nicht gerade mit Ruhm bekleckert. Mut hatte er, den konnte man ihm nicht absprechen. Aber Verantwortung für Schwächere übernehmen, das konnte er nicht. Es lag wohl daran, dass er meist alleine gereist war. Er sorgte nur für sich. Uns behandelte er, als seien wir eine Behinderung, eine Gefahr für sein eigenes Leben, ein Klotz am Bein. Verstehen Sie, was ich meine?«

»Ich vertehe, was Sie damit sagen wollen.«

»Sie glauben, ich wolle ihn schlecht machen, nicht?«

Karoline schüttelte den Kopf.

»Wissen Sie, wir konnten alle nicht genügend Arabisch, um zu verstehen, worum es bei den Disputen ging, die Reuter mit unseren Peinigern führte. Aber wir sahen, wie sie miteinander lachten. Mag sein, dass er manchmal Schlimmeres verhindern konnte. Aber einen

Beweis habe ich dafür nicht. Im Grunde hatte nur er sichtbare Vorteile davon.«

»Das hat er mir auch erzählt«, bemerkte Karoline.

»Tatsächlich? Das hat er Ihnen so erzählt?«

»Reuter hat nichts beschönigt, falls Sie das meinen. Er hat jeden Moment sein Unvermögen gefühlt, mehr zu tun. Er macht sich deswegen immer noch Vorwürfe.«

»Aber unsere Vorwürfe hat er damals eiskalt abgewehrt.«

»Aber er hat sie verstanden. Sehr gut sogar.«

Horst lachte hart. »Im Nachhinein vielleicht. Wissen Sie, Reuter war nicht gruppenfähig. Ihnen mag er vielleicht erklärt haben, dass er keine andere Möglichkeit gehabt habe, als die Privilegien zu akzeptieren, die ihm der Anführer gewährte. Arabische Gastfreundschaft, die man nicht zurückweisen dürfe und dergleichen. Mag ja alles richtig sein. Aber er war ein Opportunist, ein Verräter eigentlich. Er hat sich selber in eine Lage manövriert, in der er niemandem mehr trauen konnte. Er legte sich immer abseits von uns mit seiner Pentax schlafen. Er hütete diese Kamera, schützte sie mit seinem Körper, wenn er schlief, ließ sie nie aus der Hand. Als ob er nichts mehr wäre, wenn er sie verlöre. Das hatte schon etwas Paranoides.«

»Haben Sie ihm darum seine Filme und anderen Kameras zerstört?«

»Behauptet er das?«

Karoline runzelte die Stirn.

»Ich will Ihnen das Bild, das Sie von Reuter haben, ja nicht zerstören«, sagte Horst. »Aber er war eine echte Gefahr für uns alle. Er hätte uns an den Teufel verkauft, um selbst davonzukommen. Ich habe das bei den Befragungen im Auswärtigen Amt nie so deutlich gesagt. Über Tote sagt man nichts Schlechtes, dachte ich immer. Aber als Reuter dann auch noch diesen kleinen David in sein gefährliches Spiel mit einbezog und die Solidarität in der Gruppe zerstörte, da war für mich das Maß voll.«

Eine Strafaktion, dachte Karoline. Aber Horst würde es nicht zugeben. Er hasste Reuter immer noch. Horst würde überhaupt nichts zugeben. Er hatte sich seine Variante des Geschehens zurechtgelegt und verteidigte sie jetzt.

»Erstaunlich«, sagte Karoline, »dass Sie und die beiden Briten frei gelassen wurden. Immerhin sind fast nie Geiseln aus dem Kaschmir wieder gekommen.«

»Hat Reuter behauptet, das sei sein Verdienst gewesen?«

Karoline lächelte. »Reuter hat mit keinem einzigen Wort behauptet, er habe irgendeinen positiven Einfluss gehabt. Die Frage, wessen Verdienst es ist, können Sie vermutlich viel besser beantworten als er oder ich.«

Horst warf einen Blick zur Tür, hinter der seine Frau und Frauke verschwunden waren, weil sie seine immergleiche Geschichte nicht mehr hören konnten.

»Eines ist doch klar«, sagte er dann. »Derjenige von uns, der ihm am nächsten war, der kleine David, musste sterben.«

»Waren Sie dabei, als er erschossen wurde?«

»Nein. Man hatte uns getrennt. Als wir an der Stelle ankamen, fanden wir nur zwei Menschen, die wir für tot halten mussten. David erschossen, Reuter erschlagen.«

»Was glauben Sie, was passiert war?«

»Was sagt denn Reuter?«

Karoline lächelte. »Er hat Ihnen verziehen, was Sie getan haben.«

»Mir?« Horsts Augen waren auf einmal geweitet. Er atmete hörbar. »Unverschämtheit!«

Karoline bereute plötzlich, dass sie versuchte, in ihn zu dringen.

»Entschuldigen Sie«, sagte sie. »Ich bin zu weit gegangen. Im Grunde geht es mich nichts an. Ich sollte wohl besser gehen und Sie in Frieden lassen.« Sie stand auf.

»Nein. Bleiben Sie. Bitte, bleiben Sie.«

»Ihr Geheimnis geht mich wirklich nichts an«, erwiderte Karoline ruhig. »Ich hätte gar nicht kommen dürfen.«

»Doch. Es ist gut, dass Sie gekommen sind. Bitte setzen Sie sich wieder. Ich bitte Sie!«

Karoline setze sich zögernd wieder hin.

»Ich habe noch nie jemandem die Wahrheit erzählt, Frau Wolf, mein Geheimnis, wie Sie das nennen. Wissen Sie, es ist eine ganz natürliche menschliche Reaktion, dass man sich nach so einer Sache eine Geschichte zurechtlegt, die erzählbar ist und einen selbst nicht in einem allzu erbärmlichen Licht erscheinen lässt. Schließlich hat man die Geschichte dann so oft erzählt, dass man selber glaubt, dass es so und nicht anders gewesen ist.«

»Wegen mir oder Reuter brauchen Sie Ihre Geschichte jetzt auch nicht mehr ändern«, sagte Karoline.

Horst nickte langsam und bedächtig. »Aber ich will es. Ich habe Reuter nie gemocht. Ein arroganter Bursche. Ich habe ihn gehasst. Ich habe versucht, seine Kameraausrüstung zu zerstören, damit es ihm nicht besser geht als uns. Ich war verrrückt vor Wut. Es war mein Hass auf Reuter, der mich am Leben erhalten hat, glaube ich. Ich wollte ihn überleben.«

Karoline nickte.

»Wissen Sie, Frau Wolf, als mir vorhin klar wurde, dass Sie die Version von Reuter kennen, da habe ich mir gesagt, dass ich zugeben muss, dass ich ihm mein Leben verdanke. Das wird er Ihnen erzählt haben. Also muss ich es zugeben, damit Sie mir dann glauben, was ich alles Böses über ihn erzähle.«

»Sie werden sich vielleicht wundern«, sagte Karoline, »aber ich würde Ihnen sogar glauben, wenn Sie mir erzählen würden, dass Sie Reuter wirklich für tot gehalten haben.«

Horst blickte sie prüfend an.

»Sehen Sie«, sagte Karoline, »Sie haben das so erlebt. Sie sind kein Arzt. Sie mussten nicht erkennen können, ob jemand, der schwer verletzt ist, noch lebt.«

»Aber Reuter hatte die Augen offen.«

»Tote haben manchmal die Augen offen.«

»Aber er blickte mich an. Er lebte. Und ich habe ihm nur die Kamera aus der Hand genommen, die Pentax, die er so hütete, und mich zu den anderen umgewandt und gesagt, er sei tot.«

Karoline schwieg.

»Wollen Sie nicht wissen, warum?« Horst wartete jedoch Karolines Antwort gar nicht ab. »Ich verstehe, Sie denken, die Erklärung liege in der Situation: Verwirrung, Angst, Erschöpfung. Reuter lag mit blutendem Schädel da. Es war ausgeschlossen, dass er einen Transport überlebte. So habe ich es all die Jahre vor mir selbst gerechtfertigt.«

Karoline war der Meinung, das Horst Schneider ihr keine Erklärung schuldete. Aber sie sah auch, dass er die einmalige Chance sah, in diesem Punkt seinen Frieden mit sich zu machen. Und dazu brauchte er sie als Zuhörerin.

»Aber die Wahrheit ist: Ich habe ihn sterben sehen wollen. Ich habe ihn bewundert, beneidet und gehasst. Er hatte alles, was ich nicht habe, Verwegenheit, Mut, Klugheit, Geschick. Er hat uns allen das Leben gerettet und verlangte nichts dafür, nicht einmal Dankbarkeit. Er war nicht eitel, gar nicht stolz auf sich! Ich hätte es gar nicht fertig gebracht, mit diesen fanatischen Moslems herumzuscherzen. Aber Reuter konnte das. Mich hat meine ohnmächtige Wut fast umgebracht. Aber Reuter hatte sich unter Kontrolle. Ich war so ungeheuer zornig auf mich, auf meine Schwäche, meine Unterlegenheit.

Und da habe ich meinen Zorn gegen ihn gewendet. Er wirkte so stark. Und dann lag er da. Er hatte versucht, Davids Leben zu retten und hatte dafür eins über den Schädel bekommen. Das erkannte ich sofort. Er war der Held, der ich sein wollte. Aber Helden sterben. Also habe ich gesagt, er sei tot. Und ich fand, das geschah ihm recht.«

Horst saß in sich zusammengesunken in den Polstern des Sofas.

»Sie haben ihn nicht getötet«, sagte Karoline milde aber nüchtern. »Es kommt schließlich vor, dass man mal jemandem den Tod an den Hals wünscht. Reuter hätte es ohnehin als Wahnsinn empfunden, wenn Sie versucht hätten, ihn mitzuschleppen. Und Sie haben den beiden Briten auch noch die Schuldgefühle erspart, einen Verletzten zurückzulassen, Schuldgefühle, die Sie, Herr Schneider, sich selbst nicht erspart haben.«

Horst richtete sich etwas auf und lächelte verblüfft.

Karoline fühlte sich unendlich müde.

»Warten Sie mal«, sagte er nun und sprang mit einer Leichtigkeit auf, die bei seinem Gewicht erstaunlich war. Er verließ das Zimmer und kam wenig später mit einer alten Kamera in der Hand wieder.

»Nehmen Sie die. Das ist die Pentax, die ich Reuter damals abgenommen habe. Ich habe es nie fertig gebracht, sie wegzuwerfen. Aber ich will sie nicht mehr im Haus haben. Sie hat in meinem Leben nichts mehr zu suchen. Bitte, nehmen Sie sie und geben Sie sie ihm zurück.«

»Ich glaube nicht, dass ich das kann«, sagte Karoline entsetzt.

»Dann behalten Sie sie eben. Bitte!«

Der Fotoapparat sank schwer in Karolines Hand, ein kühles verkratztes Gerät mit einem unergründlich bläulich schillernden Objektiv. Toms Auge. Karoline lief ein Schauer den Rücken hinunter.

20

Tom bog langsamen Schrittes vom Terrassenufer in die Straße Am Zwingerteich ein. Eine milde Dämmerung hing an diesem Sonntagabend über der Stadt. Er war erst am Nachmittag mit dem Zug angekommen und hatte seine Schritte zuallererst hierher gelenkt. Karolines Adresse kannte er, seit er sie für Pit auf den Brief an seine Mutter geschrieben hatte. Aber Karoline machte nicht auf. Sie war nicht da.

Also holte er seine Reisetasche aus dem Schließfach am Bahnhof und belegte ein Zimmer in dem riesigen Hotelkomplex an der Prager Straße. Stundenlang wanderte er an diesem Nachmittag heimatlos durch die ihm vertraute Stadt. Brühlsche Terrasse, Semperoper, Frauenkirche, Kunstakademie, Zwinger. Seine alten Freunde waren über die Welt verstreut oder so sehr seine Freunde nicht, dass er sie besuchen wollte. Außerdem brachte er es nicht fertig, sich weit von Karolines Wohnung zu entfernen und kehrte immer wieder dorthin zurück, in der Hoffnung, sie werde endlich da sein und ihm öffnen.

Mit zitternder Hand drückte er abends zum fünften oder sechsten Mal die Klingel.

Eine erneute Enttäuschung schien ihm unerträglich. Andererseits war seine Erregung, je länger er herumirrte und je öfter er an ihre Haustür zurückkehrte, derartig gestiegen, dass er jetzt befürchtete, er werde ihr, wenn sie öffnete, einfach nur noch erschöpft zu Füßen fallen und, »Ich liebe dich!«, stammeln können. Und das war nicht gerade das, was er ursprünglich vorgehabt hatte. Keinesfalls wollte er sie mit Liebeserklärungen in Verlegenheit bringen, bevor er nicht wusste, wie sie zu ihm stand. Eigentlich wollte er nur sehen, ob es ihr gut ging, einen Kaffee mit ihr trinken, unverbindlich ein wenig reden und dann vielleicht wissen, ob es zwischen ihnen noch irgendetwas gab, das es ihm erlaubt hätte, sein Interesse für sie zu zeigen.

Den Entschluss zu dieser Reise hatte er spontan gefasst, gewissermaßen, ohne darüber nachzudenken. Hätte er nachgedacht, hätte er nur wieder Argumente gefunden, es zu unterlassen. Nun kam es ihm fast wie eine höhere Fügung vor, dass er vor Karolines verschlossener Tür stand.

Tom war ganz und gar nicht der Mann, der mit dem Kopf durch die Wand wollte und den Widerstände reizten, sie zu überwinden. Er hatte in seinem Leben zu viele Schwierigkeiten zu überwinden gehabt, um sich noch an unüberwindlichen Hindernissen abzurackern. Wenn sich eine Tür nicht freiwillig öffnete, dann musste man einen anderen Weg gehen. Manchmal hatte Tom erst hinterher begriffen, dass der Umweg, den er hatte einschlagen müssen, weil der gerade Weg versperrt war, ihn an das eigentliche Ziel gebracht hatte. Oft an ein ganz anderes.

So stand er da im unzugänglichen Hauseingang gegen die Wand gelehnt und fuhr sich ratlos durch die Haare. Wozu war er überhaupt da? Was suchte er hier? In seinem Leben war so viel falsch gelaufen. Da hatte er wenigstens eine Sache wieder in Ordnung bringen wollen. Aber es sollte nicht sein. Zumindest an diesem Abend nicht. Und vielleicht auch überhaupt nicht, bevor er nicht etwas anderes in Ordnung brachte.

Langsam drehte er sich um und fasste die Straße ins Auge, peilte die Richtung. Er musste über die Elbe hinüber und hinein in die immer enger werdenden Straßen von Dresden-Leubnitz mit seinen Reihensiedlungen und steilen kleinen Häuschen. Dort lag der tiefere Grund, warum er in die Stadt seiner Kindheit, in Karolines Stadt, zurückgekehrt war.

Gertrud Berger fasste sich ans Herz, als sie ihren Schwiegersohn urplötzlich vor der Tür stehen sah, blass wie von den Toten auferstanden und angespannt wie ein junger Mann, der um die Hand der Tochter anhalten wollte.

»Wer ist es?«, rief hinter ihr Hans Berger und kam an die Tür. »Thomas! Dass du dich überhaupt noch getraust …«

Aber Tom blickte so ernst und bittend die drei Stufen zu ihnen hoch, dass Hans dann doch die Tür ganz öffnete und ihn nicht einmal unfreundlich herein bat.

Tom wankte, als er diesen vertrauten engen und grüngelb tapezierten Flur betrat. Hans fasste ihn am Ellbogen und schob ihn ins winzige Wohnzimmer, in dem der Fernseher lief. Er stellte ihn ab und bot einen Schnaps an, den Tom mit einem knappen Kopfschütteln ablehnte.

Immer noch der maulfaule Kerl, dachte Hans. Doch als Tom ihnen dann in dem alten Sessel gegenübersaß und sie über den Couchtisch mit Eichenfurnier anblickte, spürte er sofort, dass er es mit einem völlig anderen Menschen zu tun hatte. Toms hagere Gesichtzüge waren nicht nur reifer, sondern auch feiner geworden.

»Dass wir dich noch einmal zu Gesicht kriegen«, sagte Hans nicht unfreundlich, aber auch nicht herzlich, »das hätte ich nicht gedacht.«

»Ich bin gekommen«, sagte Tom, »um euch um Verzeihung zu bitten, falls das möglich ist.«

Gertrud Berger hob die abgearbeitete Hausfrauenhand zur Wange. Tom hatte sie immer erschreckt und erschreckte sie auch jetzt. Sein scharfer Blick hatte sie stets beunruhigt. Eigentlich hatte sie immer gefürchtet, dass er eines Tages entdeckte, zu welchem Betrug sie ihre Tochter angestiftet hatten.

»Es tut mir unendlich Leid, was ich euch angetan habe«, fuhr Tom fort. »Ich würde es verstehen, wenn ihr mir sagt, dass ihr mir nicht verzeihen könnt.«

Hans hüstelte. Verzeihung gewährte man nicht einfach mal so schnell, wenn man über Jahre hinweg gegrollt hatte.

»Ich weiß«, sagte Tom, »ich habe euch weh getan, denn ich habe Simone nicht glücklich machen können. Im Gegenteil. Ich habe sie zwar aufrichtig geliebt, aber ich war nicht der richtige Mann für sie. Ich wünschte, sie wäre nie an mich geraten. Dann würde sie vielleicht noch leben.«

»Es war nicht deine Schuld«, sagte Hans gepresst.

Gertrud hatte die zweite Hand an die Wange gelegt. Tränen rannen ihr aus den offenen Augen.

»Ich fürchte«, sagte Tom, »so einfach könnt ihr mich nicht davonkommen lassen. Ich habe jahrelang Simones Wünsche missachtet. Ich ...«

Gertrud schluchzte auf.

Tom unterbrach sich und wandte seinen Blick ihr zu. Mit Simones Vater hatte er sich einst leidlich verstanden, aber mit der Mutter nie. Sie war ihm immer irgendwie aus dem Weg gegangen, hatte ihm nie in die Augen geblickt, hatte sich meist in die Küche zurückgezogen, wenn er und Simone sie besuchten. Oft hatte sie Simone mitgenommen, oder zu sich gerufen. Dann hatten die beiden Frauen leise aber heftig in der Küche herumdiskutiert. Aber er hatte nie erfahren, worüber. Wenn er Simone hinterher fragte, was ihre Mutter eigentlich gegen ihn hatte, zuckte sie mit den Achseln. Ihre Mutter sei eben überbesorgt, immer ängstlich, dass ihrer Tochter etwas schaden könne. Er solle sich darüber keine Gedanken machen. Aber es schien Tom nicht eigentlich Sorge um die Tochter zu sein, was Gertrud Gerber so abweisend sein ließ, sondern etwas anderes, etwas, das nach schlechtem Gewissen aussah. »Schlechtes Gewissen!«, hatte Simone darauf erwidert. »Nein, warum auch. Du siehst Gespenster!«

Jetzt sah er wieder Gespenster, falls es welche waren. Gertrud Berger hatte Angst vor ihm. Es bestürzte Tom sehr, dies zu sehen. Kein Mensch sollte vor ihm Angst haben.

»Was habe ich dir eigentlich getan, Gertrud?«

Sie schüttelte den Kopf.

»Du hast mir deine Tochter nicht geben wollen. Du hast gewusst, dass ich der falsche Mann für sie war.«

Sie schüttelte wieder den Kopf. »Nein. Nein.«

Toms Augen wurden milde. »Es tut mir Leid, was auch immer es ist.«

»Nun ist es aber gut, mein Junge«, sagte Hans plötzlich rau. »Auch wir waren nicht ganz fair.«

Tom merkte, wie sich in ihm alles verkrampfte.

»Wir haben dir etwas verschwiegen, Thomas. Aber du darfst Simone im Nachhinein keinen Vorwurf machen ...«

Er blickte zu seiner Frau hinüber, die neben ihm saß und weinend nickte.

»Es war nicht ihre Idee«, fuhr Hans fort, »es dir nicht zu sagen. Sie wollte es dir vor der Hochzeit sagen. Aber wir ... wir ... Nun, das wirst du vielleicht nicht verstehen. Aber, wenn man als Eltern weiß, dass man die einzige Tochter höchstwahrscheinlich überleben wird, dann sucht man das zu verdrängen, solange es geht. Solange sie gesund ist. Und es ging ihr ja auch gut. Wir haben einfach die Augen zugemacht und gehofft, dass es bald ein Medikament gibt. Wir haben ihr doch so sehr ein normales, glückliches Leben gewünscht. Sie war so verliebt in dich, so glücklich und hoffnungsfroh. Aber hättest du sie noch geheiratet, wenn du gewusst hättest, dass sie bald sterben muss und dir keine Kinder schenken wird?«

Tom lief ein Schauer den Rücken hinunter. Was für eine Frage stellten sie ihm da eigentlich? Das also war es gewesen, was sie ihm insgeheim immer vorgeworfen hatten: dass er ihre Tochter nicht geliebt und nicht geheiratet hätte, wenn er erfahren hätte, dass sie krank war.

Sie hatten ihn für einen Mann gehalten, den man täuschen musste, damit ihre Tochter ein paar glückliche Jahre an seiner Seite hatte. Für einen eiskalten Egoisten hatten sie ihn gehalten, der eine Frau sofort fallen ließ, wenn er erfuhr, dass es schwierig werden könnte.

Tom bedeckte das Gesicht mit den Händen.

Ja, hätte er sie denn geheiratet, wenn er gewusst hätte, was auf ihn zukommen würde? Zumindest hätte er dann eine Chance gehabt, Simone besser zu verstehen. Ihren verzweifelten Kampf, ihn von seinen Reisen abzubringen. Er hätte sich einen Job in Dresden suchen müssen, um Simone die Zeit zu widmen, die ihr blieb, um mit ihm glücklich zu sein. Dann wäre seine Karriere zwar weniger steil verlaufen, dafür aber womöglich länger und stetiger. Und dennoch war er Simone zutiefst dankbar, dass sie ihn nicht vor diese Entscheidung gestellt hatte.

Er hob den Kopf und blickte die beiden alten Eltern jenseits des Couchtischs mit Eichenfurnier an.

»Wir haben alle Fehler gemacht«, sagte Hans und stellte nun doch den Schnaps auf den Tisch. »Schwamm drüber.«

Tom zögerte. »Darf ich euch noch eine Frage stellen?«

»Bitte.«

»Hat Simone ein Kind zur Welt gebracht?«

»Nein«, erwiderte Hans schnell. »Ich sagte doch, sie konnte keine Kinder austragen.«

Tom blickte Gertrud an, die heftig den Kopf schüttelte, dabei aber wieder in Tränen ausbrach. Er hatte das sichere Gefühl, belogen zu werden. Aber er stieß mit seinen Schwiegereltern an, ohne in sie zu dringen. Wenn sie es für besser hielten, nicht seine Vatergefühle für ein Kind zu wecken, das womöglich nicht mehr am Leben war, vielleicht an derselben Krankheit gestorben war wie seine Mutter, dann musste er das respektieren.

Völlig erschöpft betrat er die nächtliche Straße. Er fühlte sich innerlich leer und unfähig zu denken. All seine Gefühle, die ihn in den letzten Jahren gequält hatten, waren auf einmal gegenstandslos geworden. Und nun kam er sich völlig verloren vor. Obgleich er erst nach einer zweistündigen Wanderung durch die Stadt gegen Mitternacht im Hotel ankam, konnte er doch die ganze Nacht kaum schlafen.

Karoline, die spät Abends nach Dresden zurückkehrte, konnte ebenfalls nicht schlafen. Auf dem Anrufbeantworter hatte sie eine Nachricht von Klaus vorgefunden.

»Hallo Karoline«, tönte seine Stimme klar und vergnügt in dem nächtlichen Zimmer. »Ich wollt' nur mal fragen, wie es dir geht und dich daran erinnern, dass wir doch mal wieder zusammen essen gehen wollten.« Kleine Pause. »Ich vermisse dich sehr.«

Am Morgen lag die Pentax MZ-10, die ihr Horst überlassen hatte, noch immer auf dem Tisch, wo sie sie beim Heimkommen hingelegt hatte, um den Anrufbeantworter abzuhören, und blickte sie mit ihrem einen bläulichen Auge an.

»Was mache ich nur?«, fragte sich Karoline. »Was soll ich nur tun?«

Der Fotoapparat lag schwer in ihrer Hand. Ein robustes Gerät mit Metall-Bajonettverschluss. Verkratztes Metall, abgegriffene Knöpfe. Wohin damit? Karoline wollte die Kamera nicht in ihrer Wohnung haben, zumindest vorerst nicht. Sie dachte ohnehin schon viel zu viel an Tom. Vielleicht sollte sie sie ihm per Post schicken. Karoline stopfte die Pentax in ihre Handtasche. In der Redaktion gab es vermutlich eine geeignete Paketschachtel. Als sie dort ankam, legte sie die Kamera jedoch erst einmal ins Regal hinter ihrem Rücken. Einfach so, kommentarlos, konnte sie Tom das Ding doch nicht schicken. Aber was sollte sie ihm schreiben? Was würde er von ihr denken, wenn er las, dass sie Horst befragt hatte? Dass sie ihm misstraute, nicht geglaubt hatte?

Karoline verschob das Problem auf später und stürzte sich auf alle unerledigten Arbeiten.

Manfred kam erst gegen zwölf und ging mit knappen Gruß an ihrer offenen Bürotür vorüber. Sie war ihm dankbar, dass er sie nicht mit Fragen nach den Ergebnissen ihrer Reise nach Leipzig löcherte. Manchmal konnte er doch sehr feinfühlig sein. Aber sie hatte zu früh zu gut von ihm gedacht.

»Karo, kommst du mal!«, rief er gegen fünf über den Gang. »Setzt dich mal.«

Schon lange hatte sie nicht mehr in dem Stuhl vor seinem überladenen Schreibtisch gesessen. »Was gibt's?«

»Hast du mir nichts zu erzählen?«

»Nein, eigentlich nicht.«

»Nicht?« Manfred zog die buschigen Brauen zusammen. »Da schickt man dich eine Woche nach Leipzig, obgleich wir uns hier vor Arbeit kaum retten können, und du hast nichts zu erzählen? Willst du dich über mich lustig machen?«

»Das würde ich mir nie erlauben.«

»Du traust mir immer noch nicht, Karo.«

»Richtig, Manfred.«

»Also ist doch was dran.«

»Woran?«

Manfred fing an, in den Papieren auf seinem Schreibtisch zu wühlen. »An dem Gerücht, dass Reuter nach Dresden zurückkommt.«

»Was?«

Manfred unterbrach die Wühlerei und grinste. »Zumindest war er hier. Wusstest du das nicht?«

»Nein.«

»Seltsam! Dabei dachte ich, er sei wegen dir hier.«

»Ausgeschlossen!«

»So? Warum bist du dir da so sicher?«

»Hör mal, Manfred! Das geht dich wirklich nichts an!«

»So so. Dann nimmt er dir also das mit dem Artikel im *Blickpunkt* doch übel. Ein bisschen arg nachtragend, findest du nicht? Aber so ein übler Kerl ist er wohl doch nicht. Immerhin hat er es jetzt über sich gebracht, sich bei den Bergers zu entschuldigen …«

»Wofür eigentlich?«, sagte Karoline ungewollt heftig. »Dafür, dass sie ihn getäuscht haben?«

Manfred ließ das Wühlen in seinen Papieren. »Das kann ich dir nicht sagen, Karo. Aber Hans Berger hat mich heute Vormittag angerufen und mir nur gesagt, dass Reuter gestern Abend bei ihnen war und sie um Verzeihung gebeten hat. Sie hätten alles geklärt. Viele Tränen, Erklärungen und Beichten und dann vergeben und vergessen und so weiter.«

»Wie schön für alle Seiten.« Es sollte kühl klingen, aber Manfred vernahm das kleine Schwanken in Karos Stimme.

»Übrigens«, fuhr er mit gespieltem Desinteresse fort, »hat Reuter die Bergers auch nach diesem Kind gefragt.«

Karoline hob die Augen. »Oh?«

»Aber es gibt natürlich keines.«

Karoline schwieg.

»Oder doch?« Manfred beugte sich vor. »Karo! Meine liebe Karo, ich bitte dich: Rede mit mir. Ich sehe doch, dass du da an einer Sache knabberst. Ja ja, ich weiß, du bist tapfer und erwachsen und all das, aber, verdammt, vielleicht kann ich dir doch mit irgendeinem dummen Rat helfen. Gib mir eine Chance, Karo!«

Sie erhob sich. »Ich will nicht darüber reden, Manfred. Begreif das endlich. Dieser Reuter kann mir gestohlen bleiben … und sein … sein Kind auch.«

»Dann gibt es also tatsächlich eines!« Manfred sprang auf und umrundete seinen Schreibtisch überraschend behände, um Karo an der Tür zurückzuhalten.

»Na, na! So viel Zorn, so viel Bitterkeit bei meiner

kühlen Karo? Du bist mir böse, das begreife ich. Es tut mir wirklich Leid. Ich hätte diesen Artikel nicht in den *Blickpunkt* setzen lassen dürfen. Das sehe ich ein. Aber zum Teufel, wie kann Reuter es wagen, dir irgendetwas übel zu nehmen, ohne den geringsten Versuch zu machen, die Wahrheit herauszufinden. Dieser Kerl traut dir wirklich zu, dass du ihn reinlegst, obgleich du ihn liebst ... Widersprich nicht. Du liebst ihn, das kannst du nicht leugnen, das sieht ja ein Blinder mit Krückstock. Aber Kopf hoch, ich werde diesen Kerl anrufen ...«

»Er hat kein Telefon.«

»Dann werde ich ihm schreiben und ihm sagen, dass ich es war, der dein Vertrauen missbraucht und diese albernen zehn Zeilen verfasst hat. Das werde ich tun.«

»Quatsch!«, sagte Karoline. »Das kann ich ihm auch selber sagen. Aber darum geht es gar nicht.«

»Und worum geht es dann?«

»Ich müsste ihm ... Ach verflucht. Es ist alles so verfahren. Ich müsste ihm etwas vorenthalten, das er unbedingt wissen muss. Aber dann würde ich völlig unschuldige Menschen unglücklich machen. Das halte ich nicht aus.«

»Hat das etwas mit diesem Kind zu tun?«

»Ja«, brach es aus Karoline hervor. »Verdammt. Hätte ich doch meine Nase da nicht reingesteckt. Das Kind ist natürlich adoptiert worden. Reuter galt ja als tot. Und die Mutter ist im Kindbett gestorben.«

»Komm, setzt dich mal wieder«, sagte Manfred und führte Karoline zum Stuhl zurück. »Alles der Reihe nach. Wieso konnte Simone auf einmal doch ein Kind austragen?«

»Sie hat eine Hormonbehandlung machen lassen. Übrigens nicht zum ersten Mal. Sie hatte bereits im zweiten Jahr der Ehe schon eine Fehlgeburt. Damals war Reuter gerade in der Türkei. Ich habe ihre Krankenakten gesehen. Sie war in einem Forschungsprojekt und Thema eines Ärztekongresses. Ihre Daten sind zwar anonymisiert worden, aber ich habe es rekonstruieren können. Jede Schwangerschaft barg für sie das Risiko, dass ihr eigenes Immunsystem sein Zerstörungswerk beschleunigte. Aber sie wollte unbedingt ein Kind. Man hat ihr versichert, dass das Risiko, dass sie den Gendefekt an ihr Kind vererbt, enorm klein ist. Der Junge ist dann auch getestet worden, bevor er zur Adoption frei gegeben wurde. Er ist völlig gesund.«

»Ein Junge also«, sagte Manfred.

»Es war eine Frühgeburt. Er kam mit acht Monaten zur Welt. Simones Zusammenbruch waren verfrühte Wehen. Sie hat sich nach Leipzig in diese Spezialklinik verlegen lassen. Sie haben sie per Hubschrauber dorthin gebracht. Die Ärzte hatten gehofft, sie retten zu können. Aber dann kam es zwei Tage nach der Geburt zu totalem Organversagen.«

»Arme Simone.«

»Es war ihre bewusste Entscheidung gewesen. Sie hat noch eine Art Testament geschrieben, in dem sie verfügte, dass das Kind in eine gute Familie kommen sollte. Ihre Eltern, die Bergers, haben dem zugestimmt, da es der letzte Wille ihrer Tochter war.«

»Und warum hat Simone dann überhaupt die Scheidung eingereicht?«

»Weil sie für das Kind eine andere Zukunft wollte. Eine richtige Familie. Allerdings war ihr wohl nicht klar, dass auch ein geschiedener Vater ein Anrecht auf sein Kind hat. Er hätte der Adoption zustimmen müssen.«

»Vielleicht hätte er es getan.«

»Vielleicht.«

Manfred lehnte sich in seinem knarrenden alten Stuhl zurück. »So ist das also.«

»Das ist leider noch nicht alles«, sagte Karoline langsam. »Ich habe mich mit einer Sekretärin des Jugendamts unterhalten. Sie hat keine Namen genannt. Aber die Leute überschätzen immer die geringe Menge an Daten, die man braucht, um jemanden zu identifizieren. Man gab den Säugling zunächst in eine Pflegefamilie, weil gerade kein passendes Paar greifbar war, das ihn hätte adoptieren können. Da fiel mir ein, dass mir der Name Berger schon einmal untergekommen war. Du weißt, ich vergesse keine Namen. Ich erinnerte mich, dass vor drei oder vier Jahren in Leipzig ein Prozess gegen ein Ehepaar stattfand, das sich seinen Lebensunterhalt damit verdient hatte, Kinder in Pflege zu nehmen und sie praktisch verhungern zu lassen. In den Gerichtsakten habe ich den kleinen Berger dann wieder gefunden. Er war zwei Jahre bei ihnen, bis die Nachbarn das Pärchen anzeigten. Man hat dann den völlig verängstigten kleinen Jungen nicht in ein Waisenhaus stecken wollen und darum ziemlich hurtig an ein Ehepaar abgegeben, das soeben im Jugendamt einen Antrag auf Adoption gestellt hatte. Sie kamen praktisch rein und kamen mit einem Kind wieder raus.«

»Und ich dachte, die prüfen zuerst immer alles genau.« grunzte Manfred.

»Sie wollten den Jungen aus der Schusslinie haben, denn die Presse fing damals an, nach den misshandelten Kindern zu suchen, um Reportagen zu machen. Es ging darum, die Spuren des Jungen so schnell wie möglich zu verwischen. Als der Prozess gegen diese Pflegeeltern begann, wussten nur zwei Menschen, wer den Jungen adoptiert hatte.«

»Und du hast mit einem der beiden gesprochen, alle Achtung!«

»Es hat mich einen Absatz von meinen teuersten Schuhen gekostet. Aber die Sekretärin war sehr gesprächig. Sie hat natürlich nicht gewusst, was mich wirklich interessierte.«

»Und?«, sagte Manfred. »Wo isser nun, Reuters Sohn?«

Karoline schüttelte den Kopf.

Manfred betrachtete sie nachdenklich. Seit einiger Zeit trug sie einen Bernstein um den Hals, der geheimnisvoll schimmerte.

»Hör mal, Karo! Hat Reuter denn kein Recht auf sein Kind?«

»Und die Adoptiveltern?«

»Gehen die dich was an?«

»Geht mich das alles überhaupt irgendetwas an?«

»Na gut. Wie du meinst.« Manfred ließ sich mit dem Stuhl nach vorn wippen und begann, in den Papieren auf seinem Schreibtisch herumzusuchen.

»Weshalb ich dich eigentlich gerufen habe ... Da haben wir es ja. Ordnung ist doch die halbe Miete.«

Er reichte Karoline eine Einladung zu einem Vortrag in der Unterkirche der Frauenkirche. Klaus Arendt war der Vortragende.

»Muss das sein?«, seufzte Karoline.

»Ich selber kann nicht hin. Und Gerhard will ich nicht schicken. Aber irgendjemand muss hingehen. Und du verstehst wenigstens, was Klaus sagen wird und kannst uns dann die Kuppelkonstruktion erklären.«

»Das kann ich auch, ohne da hinzugehen. Klaus hat es mir hundert Mal erklärt.«

»Ich weiß Karo. Aber der Fotograf ist immer noch krank, und jemand muss ein Foto machen.«

21

Tom schlenderte zwischen Zwinger und Semperoper hindurch über den Theaterplatz zur Augustusbrücke. Das *Dresdner Tagblatt* war am anderen Elbufer in einem Eckhaus untergebracht. Es war abends halb acht. Morgens hatte er Karoline nicht mit einem Besuch erschrecken wollen. Außerdem war er sich nicht sicher gewesen, ob er sie in der Verfassung, in der er war, überhaupt besuchen wollte. Das heißt, er wollte schon, dringend sogar, aber er war sich im Moment überhaupt nicht klar, was er denken sollte. Was war seine Zukunft nach all den Enthüllungen? Seine Vergangenheit war eine andere, als er geglaubt hatte. Wer war er eigentlich?

Dann hatte er doch noch einmal an Karolines Wohnungstür geklingelt und war nicht einmal überrascht gewesen, dass sie wieder nicht zu Hause war. In der Redaktion würde man wohl wissen, wo sie sich befand. Vielleicht auf Dienstreise. Er wollte wenigstens eine Nachricht hinterlassen, dann mit dem Zehnuhrzug fahren und auf Hiddensee abwarten, wie sie die Nachricht aufnahm, dass er in Dresden gewesen war.

In den Redaktionsräumen wuschen die Letzten ihre Kaffeetassen. Er fragte nach Karoline Wolf.

»Schon weg«, rief ihm einer zu.

»Kann ich ihr eine Nachricht hinterlassen?«

»Da hinten ist ihr Büro.«

Tom ging den Gang entlang und betrat langsam und zögernd das Büro, in dem Karoline ihre Tage verbrachte. Sie war ordentlich. Das sah er sofort. Doch ehe er die Atmosphäre in sich aufnehmen konnte, fiel sein Auge auf die Pentax in dem Regal hinter Karolines verwaistem Stuhl.

Er erschrak zu Tode. Fast drei Monate hatte er dieses Ding gehütet wie einen Schatz. Nicht einmal beim Schlafen hatte er den Apparat abgelegt. Nichts in seinem Leben hatte er je so bewacht, so geschützt, so pausenlos unter seiner Hand oder in seinen Fingern gespürt. Und jetzt scheute er sich, sie aus dem Regal zu nehmen. Sein dunkles Auge.

Wo hatte Karoline das her? Tom schwankte. Sie hatte recherchiert. Horst hatte ihm damals die Kamera aus der Hand genommen. Vielleicht hatte er sie aufgehoben. Dann hatte sie mit ihm gesprochen. Was hatte er Karoline erzählt? Dass er, Tom, ein Egoist gewesen war, ein Feind der Leidensgenossen, ein Freund der Geiselnehmer? War es Horst gelungen, in ihr den letzten Rest von Achtung für ihn zu zerstören?

Nein, dachte er plötzlich. Karoline ließ sich nicht so schnell einnehmen. Sie besaß einen klaren Blick, der den Dingen auf den Grund ging. Er musste lernen, ihr zu vertrauen.

Tom streckte die Hand nach der Kamera aus.

»He! Was machen Sie denn da?«, knarrte ihn von hinten einer an. Tom drehte sich um.

In der Tür stand ein Mann, der nun erstaunt die buschigen Augenbrauen hob. »Oh! Thomas Reuter!«

»Und Sie sind Manfred Schulze. Wir haben uns früher bei zwei oder drei Gelegenheiten gesehen. Sie waren doch ganz früher mal beim *Blickpunkt*, nicht?«

»Welche Ehre, dass Sie sich an mich erinnern«, knurrte Manfred. »Was machen Sie hier?«

»Ich wollte Karoline eine Nachricht hinterlassen.«

»Sie ist nicht da. Aber, wenn Sie schon mal hier sind, darf ich Sie dann einen Moment zu mir bitten?«

Tom folgte ihm in das unaufgeräumte Büro und nahm in dem Stuhl vor dem Schreibtisch Platz.

»Zigarre, Cognac, Kaffee?«, fragte Manfred.

»Nein Danke. Ich habe nicht viel Zeit.«

»Kaum zurück in der Stadt und schon keine Zeit mehr. Suchen Sie einen Job? Ich gebe Ihnen einen. Wir könnten dringend einen anständigen Fotografen brauchen.«

Tom schüttelte den Kopf und lächelte leicht unter dem unverholen forschenden Blick des Veteranen.

Manfred fand den Mann, der da im gut geschnittenen dunkelblauen Jackett, weißem Hemd und Jeans vor ihm saß, entschieden gereift. In der einst so selbstgefälligen Visage, fand Manfred, war eine gewisse ernste Ruhe eingekehrt. Die frappierend blauen Augen blickten ihn offen an. In seinen scharfen Blick war mit den Jahren sogar eine gewisse Nachsicht eingekehrt, die Fähigkeit, auch mal wegzublicken.

»Ich muss Ihnen etwas gestehen«, sagte Manfred und biss das Ende seiner Feierabendzigarre ab. »Ich habe Karo zu Ihnen nach Hiddensee geschickt. Sie sollte Sie aufstöbern.«

Tom nickte ruhig.

»Dann hat sie mich angerufen und mir erzählt, dass Sie sie von ihrem Hof gescheucht haben. Sie wollte den Artikel nicht schreiben. Ganz entschieden nicht.«

»Verstehe«, sagte Tom. »Also haben Sie es getan.«

»Richtig.«

»Hätte ich mir eigentlich gleich denken können«, sagte Tom. »Denn anders würde es zeitlich überhaupt nicht hingehauen haben. Mir wollte nie einleuchten, wie sie den Artikel am Erscheinungstag noch in die Zeitung bekommen hat.«

»Jedenfalls trifft Karo keine Schuld«, bekräftigte Manfred. »Sie dürfen Ihr das nicht nachtragen.«

»Aber ich trage ihr das doch gar nicht nach«, sagte Tom erstaunt.

»Ach nicht? Und ich dachte …«

»Ich war vielleicht im ersten Moment zornig, aber du meine Güte, ich weiß doch, wie so etwas läuft. Ein Reporter kriegt irgendetwas raus, und schon wird ihm die Information aus der Hand genommen. Irgendein Chefredakteur redigiert immer in jedem Text herum, streicht und fügt hinzu. Wissen Sie, wie man Sie nennt, Herr Schulze, zumindest früher genannt hat?«

Manfred zog die buschigen Brauen zusammen. »Wie?«

»Das Federmesser.«

»Hm. Ich weiß«, knurrte er.

»Das Federmesser«, sagte Tom ruhig, »schreibt mit Herzblut, aber nicht mit dem eigenen, sondern dem der anderen.«

Manfred schnaufte. »Freut mich zu hören, dass ich sogar unter euch jungen Leuten noch einen gewissen Ruf genieße. Natürlich nicht zu vergleichen mit dem Ihren.«

Tom lächelte entspannt.

»Und wofür ...«, Manfred blinzelte, »wofür war mein Spitzname die Retourkutsche? Für das Schrotgewehr?«

»Nein, für den gebrochenen Mann.«

»Ah! Das hat Sie getroffen, was?«

»Ziemlich. Vor allem aber hat es mich aufgeweckt.« Tom erhob sich. »Aber ich muss jetzt wirklich los. Mein Zug geht in zwei Stunden.«

Er streckte die Hand über den Tisch.

Manfred ergriff sie.

»Übrigens«, sagte er, als Tom bereits an der Tür war. »Wenn Sie Karo suchen, sie ist bei einer Veranstaltung in der Frauenkirche.«

Tom lächelte. »Danke.«

Erneut eilte er über die Augustusbrücke in die Altstadt zurück. Unter dem Nachthimmel erstrahlten die feierlichen barocken Bauten hinter der Brühlschen Terrasse. Die Frauenkirche befand sich vollständig im Gerüst, eingehüllt in Eisen und Planen, außen dunkel, doch innen von Scheinwerfern erleuchtet, eigenartig verheißungsvoll. Der Zugang zur Unterkirche befand sich zwischen Bauzäunen gegenüber dem Hilton Hotel. Tom konnte sich einer gewissen Erregung nicht erwehren. Es war lange her, dass er so viele Menschen in so hellem künstlichen Licht beisammen gesehen hatte, alle weltstädtisch gekleidet, die Herren in grauen Anzügen, die Damen in Kostümen, Kleidern, eleganten Schuhen, die Mädchen nach der letzten Mode zurechtgemacht.

Nicht, dass er sich seiner Erscheinung zu schämen gehabt hätte. Aber er hatte das Interesse verloren, Aufmerksamkeit zu erregen. Also blieb er hinter allen Leuten am Eingang stehen und ließ den Blick über die Köpfe schweifen. Man feierte den Baubeginn der Kuppel. Der Bürgermeister redete. An den Wänden des Gewölbes aus hellgelbem Sandstein hingen Fotos von Bauabschnitten. Ein Ingenieur fing an, Erklärungen abzugeben. Die Unterkirche war rappelvoll und die Leute formierten sich immer wieder neu, wenn der Redner zum nächsten Bild schritt. Es war ein gut aussehender Mann in grauem Anzug, dem man beides ansah, Jugend und Erfolg. Sein Vortrag war eloquent und selbstsicher, fast ein wenig selbstgefällig.

Als sich die Gruppe erneut umorganisierte, weil das dritte Foto dran war, sah Tom endlich den nussbraunen Schimmer, den er überall wieder erkennen würde. Karoline hatte das Haar hochgesteckt. Tom konnte erkennen, dass sie eine moosgrüne Jacke trug. Er war betroffen von ihrer Eleganz und Schönheit, obgleich sie gut zwanzig Meter von ihm entfernt ganz vorn beim Vortragenden stand und er durch Dutzende Reihen von Menschen von ihr getrennt war. Sich jetzt zu ihr durchzudrängeln, hätte den ganzen Betrieb gestört und ihm die Aufmerksamkeit verschafft, die er nicht suchte.

Ganz still blieb er darum an der Wand neben dem Eingang stehen, suchte Karoline immer wieder neu in der Menge und kostete die Erregung aus, ihr so nahe zu sein. Und wenn er den letzten Zug über Berlin nach Rostock verpassen würde, er musste bleiben, er musste sie sprechen, ihr in die Augen sehen, ihre lebhafte melodiöse Stimme hören, ihre Worte in seinem Herzen fühlen, welche auch immer sie ihm zukommen lassen würde, ob kühle oder warme. Er war selten mehr mit sich im Reinen gewesen als in dieser Stunde. Selten war er so tief von der Richtigkeit seines Tuns überzeugt gewesen, wie jetzt, da all seine Hoffnungen sich mit geradezu schmerzlichem Sehnen auf ein klärendes Gespräch richteten. Ihm war, als sei er dort angekommen, wo er immer im Leben hingewollt hatte.

Endlich beendete der Ingenieur seine Erklärungen.

Es gab Applaus. Tom schickte sich gerade an, seinen Posten an der Wand zu verlassen, da sah er, wie sich der Ingenieur Karoline zuwandte. Ihr Gesicht konnte er nicht sehen, aber seines. Und was er sah, bannte ihn an seinen Platz: dieses Lächeln eines Mannes, der sich der Frau, die er ansieht, absolut sicher ist, ein besitzergreifendes Lächeln, zugleich vertraulich und lässig wie das eines langjährigen Freundes, eines Bettgenossen, eigentlich eines Ehemannes. Und als ob das noch nicht genügt hätte, Tom zu überzeugen, dass Karoline in festen Händen war, hob er jetzt die Hand, nestelte ihr kurz durchs Haar und ließ seine Hand auf ihrem Oberarm ruhen.

Dann schob sich ein Herr in kariertem Jackett vor ihn. Als Tom Karoline wieder im Blick hatte, stand der Bürgermeister bei den beiden und schüttelte dem Ingenieur die Hand, wahrscheinlich, um ihm für den überaus interessanten und fesselnden Vortrag zu danken.

Karoline wandte sich verärgert ab. Erstens war der Vortrag nicht interessant gewesen, zweitens wunderte sie sich, dass Klaus immer noch nicht begriffen hatte, dass er bei ihr nichts mehr holen konnte. Sie war nicht mehr sein liebes tolerantes Mädchen, zu dem er immer zurückkommen konnte, wenn ihn die blonden Sekretärinnen oder Malerinnen im roten Schlauchkleid langweilten, oder wenn er bei dem Engel von Hiddensee abblitzte.

Es wurde Zeit, dass sie ging.

Sie schulterte die Fototasche und fasste entschlossen die dicht gedrängte Gruppen und Grüppchen von Menschen ins Auge, durch die sie sich zum Ausgang schlagen musste.

Da sah sie ihn.

Er stand gleich an der Wand unmittelbar neben dem Treppenaufgang nach draußen, hochgewachsen und trotz seiner breiten Schultern fast schmal in seinem dunkelblauen Jackett, das blonde Haar etwas zerzaust, ein wenig fremd und doch felsenfest und aufrecht, den Kopf leicht gesenkt, die Lippen halb geöffnet, die blauen Augen seltsam dunkel auf sie geheftet.

Es war wie ein böser Traum. Dort stand er, und vor ihr bauten sich immer neue Hindernisse auf, hier zupfte jemand an ihrem Ärmel, dort wollte sie jemand begrüßen, da wollte sich eine Gruppe gar nicht teilen, um sie durchzulassen. Und dann, als sie endlich den Herrn im karierten Jackett umrundet hatte, der grinsend und scherzend immer in die Richtung auswich, in der sie an ihm vorbeizielte, und als sie erneut den Ausgang ins Auge fassen konnte, war Tom weg.

Oder war er überhaupt nie da gewesen? Hatte sie es sich nur eingebildet? Sah sie schon Gespenster?

»Du hör mal, Karoline!«, rief Klaus ihr von hinten zu und fasste sie am Arm. »Renn doch nicht weg. Ich finde, wir sollten uns endlich wirklich mal wieder zusammensetzen und ein paar Missverständnisse klären. Findest du nicht?«

»Wir beide haben nichts mehr miteinander zu bereden.«

»Aber wir sind doch noch Freunde?« Klaus lächelte sein siegessicherstes Lächeln.

»Geh du deiner Wege, Klaus. Ich gehe meinen. Leb wohl.«

Damit ließ sie ihn stehen. Als sie endlich den Ausgang erreicht hatte, rannte sie die Treppe hoch und zwischen den Bauzäunen hinaus auf die Straße. Das Kopfsteinpflaster schimmerte feucht. Laternen spiegelten sich. Das Hilton warf seine Lichter auf die leere Straße. Kein Mensch zu sehen, nicht einmal Touristen auf dem Weg zu den Restaurants in der Münzergasse.

Karoline holte tief Luft.

Tom hätte nur die Hand ausstrecken müssen, um sie zu berühren. Er stand halb hinter ihr im undurchdringlichen Schatten hinter einem Bauwagen am Bauzaun und wagte kaum zu atmen. In den letzten Sekunden war ihm eisig klar geworden, dass Karoline sich mit ihrem Freund versöhnt haben musste. Wie hatte er auch etwas anderes annehmen können? Sie hatte ihm damals in seiner Küche von der Trennung erzählt, und es hatte durchaus nicht so geklungen, als habe sie diese schon überwunden gehabt. Hiddensee hatte ihr etwas Abstand verschafft. Der kurze Flirt mit ihm hatte ihr bewiesen, dass es auch noch andere Männer gab, die sie haben konnte. Dieses Wissen hatte sie vielleicht für diesen gut aussehenden Ingenieur wieder attraktiv gemacht. Über Winter hatten beide wieder zueinander gefunden. Solche Dinge passierten. So lief das Leben.

In ihrem jedenfalls war er damit völlig überflüssig geworden, auch wenn sie jetzt kaum einen Meter von ihm entfernt atemlos in der hellen städtischen Nacht stand und nach ihm Ausschau hielt. Genauso hätte sie nach Marina Ausschau gehalten, wenn sie so unvermutet aufgetaucht und so plötzlich wieder verschwunden wäre wie er.

Und genauso hätte sie dann mit dem Kopf geschüttelt, die Fototasche zurechtgerückt, es aufgegeben, das Rätsel zu ergründen, und wäre Richtung Augustusstraße davongegangen.

Als ihre Schritte verklungen waren, trat Tom aus dem Schatten, eilte über den Altmarkt und hetzte durch die lange Prager Straße mit seinen Plattenbautenhotels, Kaufhäusern und Wasserspielen zum Bahnhof, riss seine Tasche aus dem Schließfach und sprang buchstäblich in der letzten Sekunde auf den Zug nach Berlin.

22

Als Karoline am anderen Morgen ins Büro kam, passte Manfred sie ab und winkte sie in sein Zimmer.

»Hat er dich gefunden?«

»Wer?«

Obgleich Karolines Kopf voll war von dem einen, konnte sie sich nicht vorstellen, dass Manfred diesen meinte. Seit gestern Abend zweifelt sie ohnehin an ihrem Verstand. Manfred hatte ihr zwar mitgeteilt, dass Tom in der Stadt war, aber was suchte er ausgerechnet in der Frauenkirche? Sie musste sich getäuscht haben. Und wenn nicht? Er hatte so fürchterlich real gewirkt. Auf seinem Gesicht hatte ein Ausdruck von Schmerz gelegen. Oder bildete sie sich das ein, weil ihre eigene Seele so schmerzte? Mit Verachtung hatte er ihr damals im Sturm das Leben gerettet und ihr anschließend klargemacht, dass sie ihm nie wieder unter die Augen kommen sollte. Nun hatten sie sich wieder gesehen und prompt hatte er sich umgedreht und war gegangen.

»Na, Reuter«, sagte Manfred nun.

»Äh«, stammelte Karoline. »Wieso?«

»Er war gestern Abend hier. Ich habe ihn in deinem Büro aufgestöbert, als er verdammt begehrlich die Hand nach der Kamera ausstreckte, die du in deinem Regal liegen hast.«

»Es ist seine. Es ist die Pentax, die er in Kaschmir dabeihatte.«

»Ach, interessant!«, grunzte Manfred. »Na jedenfalls, du warst gerade raus. Da habe ich ihn dir hinterhergeschickt. Ein anständiger geradsinniger Bursche. Er gefällt mir. Wirklich. Ich glaube, wir haben ihm Unrecht getan, oder vielmehr ich. Du natürlich nie.«

Karo starrte ihn sprachlos an.

»Urlaub gewährt«, sagte Manfred lächelnd.

»Wie?«

»Du brauchst eine Woche Urlaub, oder besser zwei. Obgleich ich dich gerade jetzt nicht entbehren kann.«

»Ich habe keinen Urlaub beantragt.«

»Ach nein? Und wieso habe ich dann den Antrag schon unterschrieben?« Manfred nahm einen Zettel vom Tisch und winkte damit. »Auf nach Hiddensee. He, Karo! Nein, nicht weinen! Was ist denn los? Um Himmels willen? So kenne ich dich gar nicht. Hier nimm mein Taschentuch. Ich bügle es selbst. Kopf hoch. Das kann doch alles nur ein Missverständnis sein.«

»Es geht nicht. Ich kann nicht nach Hiddensee. Ich kann ihn nicht wiedersehen.«

»Es geht alles, wenn man nur will. Hör mal, mein Kind. Ich habe in meinem Leben alles falsch gemacht, weil ich nie genug Energie besaß, mein Leben selbst in die Hand zu nehmen. Schau mich an! Willst du so werden wie ich?«

Karoline musste unter Tränen lachen.

»Na siehst du. Und jetzt rufst du Marina Eilers an. Ihr Mann, dieser verrrückte Wetterfrosch, hat dich ja schon übers Fernsehen eingeladen. Sie warten auf dich, Karo.«

Zwei Stunden später befand sich Karoline auf der Autobahn und fragte sich beklommen, ob es richtig war, was sie tat. Aber das satt ergrünte Land, das sie von Süden nach Norden durchmaß, beruhigte sie. Doch dann verpasste sie wegen eines Staus vor Stralsund in Schaprode die letzte Fähre nach Hiddensee und musste sich auf Rügen ein Hotel suchen.

Die Insel lag als grünes Band zwischen Sonnenuntergang und den Bodden.

Sie schlief kaum in dieser Nacht. Mehrmals fasste sie den Entschluss, gleich nach dem Frühstück nach Dresden zurückzufahren. Aber am nächsten Morgen bestieg sie dann doch die große Fähre nach Vitte. Jetzt, Mitte Mai, schifften sich etliche Touristen ein. Möwen schaukelten auf dem Wind. Der Bodden glitzerte silbern. Die Schiffsmaschinen stampften. Allmählich tauchten die Häuser von Vitte auf, die Hügel des Dornbuschs, der flache, zwischen Wolken und Meer verschwimmende Süden.

Karoline fühlte Ruhe in ihre Seele einkehren. Den ganzen Winter über hatte sie dieses Licht, diese Luft, diese Weite des Himmels schmerzlich vermisst. Nun kehrte sie zurück, bereit zu akzeptieren, was auch immer dieses friedliche verschlafene Stück Land für sie bereit halten mochte.

Marina wartete mit einem Handkarren fürs Gepäck an der Mole. Ihr langes messingfarbenes Haar wehte im Wind. Sie fielen sich in die Arme. Marina war noch schöner geworden, fand Karoline. Oder es war das klare Licht, das sie erstrahlen ließ, oder die wieder gefundene innere Ruhe? Sie passte einfach auf diese Insel.

»Na alles okay?«, erkundigte sich Karoline als sie ihre Reisetasche auf den Handkarren legte.

»Mehr als das.« Marina lachte leise. »Ich bin schwanger.«

»Was? Und ich dachte ... hast du nicht gesagt, du kannst keine Kinder bekommen?«

»Nun, offenbar kann ich es doch. Der Arzt sagt, das geschieht nach einer Adoption öfter, als man denken sollte ...«

Karoline zuckte zusammen. Auch Marina stutzte und lachte dann.

»Ja, Karoline, ich habe dir nie erzählt, dass Pit adoptiert ist. Ich hatte immer Hemmungen, es auszusprechen. Als ob er mir dann wieder weggenommen werden könnte. Aber das ist natürlich Unsinn. Und weißt du was, jetzt wo wir noch ein Kind bekommen werden, da habe ich erst recht das Gefühl, dass Pit wirklich mein Sohn ist. Kannst du das verstehen? Endlich sind wir eine richtige Familie.«

»Ach Marina. wie schön!«, sagte Karoline warm. »Wie wunderbar. Gratuliere. Und wo ist Pit nun?«

Sie sah sich um.

An den Containern, die per Kran vom Schiff gehoben worden, stand Nünü und dirigierte unnötigerweise das Abladen. Aber Karoline achtete nicht auf ihn, denn in diesem Moment kam Pit mit Karacho auf seinem Fahrrad um die Ecke geschossen, bremste schlitternd, warf das Fahrrad hin und flog ihr ungebremst in die Arme.

»Karo! Endlich bist du wieder da!«

Marina lächelte. Karoline setzte den Jungen wieder auf dem Boden ab und richtete sich auf. Da sah sie, wie Nünü mit wiegenden Schritten und drohender Miene auf sie zukam.

»Nu smit ik dei in't Water!«

»He!«, schrie Pit und warf sich gegen die Beine des Riesen. »Du schmeißt sie nicht ins Wasser! Das darfst du nicht!«

Die Männer am Hafen hielten inne, richteten sich auf und schauten.

»Das ist meine Karo! Das lasse ich nicht zu!«, brüllte Pit und umklammerte dabei die Beine von Nünü, der mächtig ins Schwanken kam. »Auch wenn du viel stärker bist als ich. Aber das ist nicht richtig, dass man anderen Menschen Angst macht. Karo hat dir nichts getan!«

Nünü blickte auf den Kleinen herab, der wie ein Frosch an seinem Bein hing. »Scht, min lütter Pogg«, sagte Nünü plötzlich sanft und pflückte den Jungen von seinen Beinen. »Sei nich bang!«

»Ich habe keine Angst«, schrie Pit. »Ich habe keine Angst vor dir!«

Ein Lächeln erschien auf dem Kindergesicht des bärenhaften jungen Mannes. Er fuhr Pit durch den blonden Schopf, tippte sich an den Schirm seiner Schiffermütze, nickte Karoline und Marina zu und wandte sich um und ging.

Pit, der kleine Held, kam zu Marina und Karoline zurück, ergriff beider Hände und fing erst dann an zu zittern.

»Was war das denn?«, erkundigte sich Karoline.

»Ach«, sagte Marina und lud Pits Fahrrad auf den Handwagen für die Reisetasche. »Bei Nünü weiß man nie, was dem im Kopf herumspukt.«

Sie wollte Karoline nicht unbedingt mitteilen, dass Nünü seit dem Erscheinen des Artikels über Tom fröhlich in allen Kneipen damit drohte, sie vom Kliff zu stoßen.

»Nünü hat was falsch verstanden«, teilte Pit jedoch mit, den solche Rücksichten nicht quälten. »Er glaubt, du hättest Tom weh getan. Aber ich weiß, dass das nicht stimmt.«

Karoline drückte den Kleinen noch einmal an sich, aber hauptsächlich, um ihre eigene Rührung zu verbergen. »Du warst sehr mutig. Danke«, flüsterte sie ihm ins Ohr.

Dann endlich konnten sie sich unbehelligt von weiteren Seltsamkeiten auf den Weg zu Eilers Haus machen. Marina führte Karoline in ein nettes kleines Zimmer unter dem schrägen Reetdach.

»Ich hoffe es gefällt dir.«

»Aber sicher.«

»Dann pack in Ruhe aus. Ich mache schon mal Kaffee. Gert ist leider schon fort. Du musst also bis heute Abend warten, bis du ihn zu sehen kriegst. Er ist schon ganz gespannt auf dich.«

Als Karoline nach unten ging, hatte Marina den Tisch im Garten hinterm Haus gedeckt.

»Und siehst du«, sagte Marina verschmitzt, »dass Milchkännchen hat eine Macke, und trotzdem gibt es Milch.«

Karoline grinste.

»Kürzlich hat sogar Gert bemerkt, dass die Suppenkelle nicht zum Besteck passt. Du siehst, ich entwickle mich langsam von der perfekten Hausfrau zur Familienmutter. Ich bin gespannt, wie Pit auf ein Brüderchen oder Schwesterchen reagiert. Weißt du noch, du hast mir mal gesagt, dass wir unseren Kindern vertrauen sollen. Ich war einfach zu gluckenhaft. Seitdem Pit über einen Monat nur mit Gert und Tom verbracht hat, mache ich mir weniger Sorgen. Komisch nicht? Vorher hatte ich immer geglaubt, nur ich wüsste, wie Pit zu behandeln wäre. Aber die Männer haben es auch ganz gut hingekriegt. Ich bin gar nicht so wichtig.«

Karoline lauschte mit zunehmender Verwunderung.

»Seit ich weiß, dass es nicht immer auf mich ankommt, kann ich mich auch mal hinsetzen und den ganzen Nachmittag Bernsteinschmuck machen. Sie haben angefangen, ihn im Hauptmann-Museum zu verkaufen. Mit dem Haushalt muss ich es nun auch nicht so genau nehmen.« Marina hob das Milchkännchen. »Milch? Wie lange willst du bleiben?«

»Ich weiß es noch nicht.«

»Du kannst so lange bleiben wie du willst. Meinetwegen für immer.«

Karoline lachte verlegen. Eine Weile saßen sie schweigend da. Die Vögel zwitscherten in den Bäumen. Pit kam um die Hausecke und setzte sich neben Karoline.

»Ich habe viele Fotos gemacht. Ich habe auch eine Kamera. Ich habe sie zum Geburtstag bekommen. Und Tom hat mir gezeigt, wie man damit umgeht. Willst du die Bilder sehen?«

»Ja sicher.«

»Ich hole sie, geh nicht weg, Karo.«

»Nein, ich gehe nicht weg. Ich bin doch gerade erst angekommen.«

Pit rannte ins Haus.

Karoline fragte sich, woher Pit eigentlich ihren Kurznamen kannte. Sie hatte ihn auf der Insel nur Tom angeboten, und der hatte meist Karoline zu ihr gesagt. Nur in den kurzen Momenten ihrer größten Nähe hatte er sie

Karo genannt, und das so zärtlich und drängend, dass ihr bei der bloßen Erinnerung ein Schauer den Rücken hinunterlief.

»Er ist ein begeisterter Fotograf«, bemerkte Marina lächelnd. »Bei dem Lehrer auch kein Wunder. Manchmal wundere ich mich, welche Energie in diesem kleinen Kerl steckt. Die Probleme, die wir anfangs mit ihm hatten, scheinen wie weggeblasen. Wir haben ihn ja erst bekommen, als er schon zwei war. Völlig verstört.«

Karoline rührte wie abwesend in ihrem Kaffee. Es war ein Fehler gewesen, hierher zu kommen. Aber nun konnte sie ja nicht einfach wieder aufstehen und gehen. Sie musste wenigstens ein paar Tage aushalten.

»Eigentlich hat Tom das geschafft«, fuhr Marina fort.

»Was?«

»Na, dass Pit sich allmählich wie ein normaler Junge benimmt, wild, laut und gelegentlich ungezogen. Auch wenn ich mir gern einbilden würde, dass Gert und ich ihm allmählich Zutrauen eingeflößt hätten.«

»Das habt ihr auch!«, sagte Karoline energisch. »Ohne euch wäre er nicht das kluge, aufgeweckte Bürschchen, das er ist. Ihr habt dem Jungen die sichere Basis gegeben, auf der Insel herum zu turnen und Freundschaften mit fremden Leuten zu knüpfen. Er braucht euch und sonst niemanden.«

»Mag sein. Aber Tom ist für ihn sehr wichtig. Sie haben so viele Gemeinsamkeiten. Diesen Ernst bei allem, was sie tun. Ein bisschen scheu aber wahnsinnig lieb, wenn sie jemandem vertrauen. Wirklich! Ich finde, er wird Tom immer ähnlicher. Manchmal höre ich direkt Tom reden, wenn Pit etwas sagt.«

Karoline wurde blass.

»Du musst dir nur mal Fotos ansehen, auf denen beide drauf sind. Gert hat ein paar Schnappschüsse von einer Schneeballschlacht. Dieselben blonden Schöpfe, dieselben blauen Augen.«

»Pit imitiert ihn einfach«, sagte Karoline.

Marina lachte. »Ja sicher. Pit imitiert ihn viel zu sehr. Aber da wir nicht seine leiblichen Eltern sind, suche ich vielleicht darum nach Ähnlichkeiten, wo keine sind. Ist ja auch absurd. Pits Eltern sind tot, hat man uns gesagt.«

Ehe Karoline etwas sagen konnte, kam Pit zurück und breitete seine Fotos auf dem Gartentisch aus. Jedes Bild hatte eine Geschichte, die dazu erzählt werden musste. Und dass der Adler nur als winziger Punkt an einem weiten blauen Himmel sichtbar war, lag daran, dass Pit noch kein Teleobjektiv hatte.

»Tom sagt, da muss meine Hand erst ruhiger werden.«

Marina lachte auf und fuhr ihm durch den blonden Schopf. Pit schüttelte sich, wie sich kleine Jungs gerne bei solchen Zärtlichkeiten schütteln.

»Gehn wir jetzt zu Tom, Karo?«

»Nein«, sagte sie. »Jetzt nicht, Pit.«

Pit spürte, dass er jetzt nicht ›warum?‹ fragen durfte. Er knabberte eine Weile auf seiner Unterlippe herum, dann wandte er sich an seine Mutter. »Mami, darf ich mit Jupp und Karl an den Strand?«

»Ja sicher. Aber um eins gibt es Mittagessen.«

»Bis später dann«, sagte Pit in einem so erwachsenen Tonfall, dass Karoline sich das Lachen verbeißen musste. Dann sprang er davon.

»Ich bin froh«, sagte Marina, »dass er sich inzwischen auch mit anderen Kindern anfreundet, nicht nur mit Erwachsenen. Und manchmal fragt er jetzt auch schon, bevor er irgendwohin verschwindet. Nämlich dann, wenn er sich sicher ist, dass ich nichts dagegen haben kann. Auch darin ist er Tom ähnlich. Wenn er sich sicher fühlt, ist er der vertrauenvollste und liebevollste Mensch von der Welt. Aber wenn er etwas nicht versteht, dann zieht er sich in sich zurück und wird abweisend.«

»Marina«, sagte Karoline etwas ernster als sie eigentlich wollte, »mach dich doch nicht verrückt mit solchen Gedanken.«

Eine Weile zwitscherten nur die Vögel.

»Sag mal«, fing dann Marina wieder an, »kann es sein, dass die uns auf dem Jugendamt etwas Falsches gesagt haben? Dass man den Adoptiveltern gar nicht sagt, dass die leiblichen Eltern noch am Leben sind.«

»Nein, das kann nicht sein. Wieso hat man euch eigentlich nicht gesagt, wer Pits Eltern sind?«

»Wir wollten es nicht wissen. Sie waren ja ohnehin tot. Es ging alles sehr schnell. Ich war viel zu aufgeregt.«

Karoline schwieg.

»Aber …« Marina zögerte einen Moment. »Du meinst, wir könnten einfach aufs Jugendamt gehen, und die sagen uns da, wer Pits Eltern waren?«

»Marina, wozu sollte das gut sein?«

Marina lächelte verlegen. »Aber wenn nun zum Beispiel Tom …«

»Ja, was wäre dann?«, fragte Karoline gequält. »Was wäre, wenn sich herausstellen würde, dass Tom Pits Vater ist?«

Wieder zwitscherten nur die Vögel.

Marina wurde plötzlich ernst und griff nach der Kaffeekanne. Der Strahl, der Karolines Tasse füllte, zitterte leicht. Dann goss sie sich selbst nach und stellte die Kanne wieder auf den Tisch, auf dem noch Pits Fotos lagen. Erst dann blickte sie Karoline an.

»Ist er es?«

»Hör mal, Marina. Mit einer Adoption soll für Kinder wie Pit die Sicherheit geschaffen werden, dass sie nicht mehr herumgeschoben werden können. Kein anderer hat dann noch ein Recht auf ihn. Ihr seid seine Eltern. Nicht nur euch soll ihn keiner mehr streitig machen können, auch Pit soll auf diese Weise davor geschützt werden, dass er seine Eltern zum zweiten Mal verliert. Willst du diesen Sinn einer Adoption zunichte machen?«

»Nein, natürlich nicht.«

»Dann hör auf, auch nur daran zu denken, dass du herausbringen müsstest, wer sein Vater ist. Bei euch geht es Pit doch gut. Er ist glücklich. Er hat alles, was er braucht, sogar seinen großen Freund Tom.«

»Aber wenn die auf dem Jugendamt sich geirrt haben? Tom galt doch als tot.«

»Also gut«, sagte Karoline. »Dann denk das mal zu Ende. Hast du dir auch überlegt, in welche Lage du Tom bringen würdest, wenn sich - rein hypothetisch - herausstellen würde, dass er Pits Vater ist?«

Marina ließ die Teller sinken und blickte Karoline erstaunt an.

»Tom ist euer Freund. Ihr würdet ihn in Teufels Küche bringen. Er müsste nämlich auf einmal entscheiden, ob er euch den Sohn wegnimmt.«

»Aber wenn es doch sein Sohn ist ...«

»Marina! Pit ist *euer* Sohn!«

»Aber Tom hängt doch so an Pit und Pit an ihm. Schau sie dir doch an. Wie Vater und Sohn. Kann ich Tom seinen Sohn vorenthalten? Könnte ich so tun, als hätte er keine Rechte, nur weil er nicht da war, als sein Sohn zur Adoption freigegeben wurde? Da müsste ich mir doch vorkommen wie eine Diebin.«

»Ach Marina«, seufzte Karoline.

Marina ließ die Teller einfach fallen. Mindestens einer ging dabei zu Bruch. Sie sank neben Karoline auf die Bank an der Hauswand und ergriff ihre Hände.

»Pit ist Toms Sohn, nicht wahr? Sag es mir, wenn es so ist!«

Karoline blickte sie an. Nun tropften doch die Tränen aus Marinas schönen graublauen Augen.

»Seit wann weißt du es?«

»Seit ein paar Tagen«, sagte Karoline widerstrebend. »Und ich wollte es dir nie sagen. Ich habe nur nach Toms Kind gesucht. Ich wollte wissen, was aus ihm geworden ist. Aber ich wünschte, ich hätte es nicht wissen wollen.«

»Du wirst Tom sehr glücklich machen.«

»Nein Marina. Das würde ihn nicht glücklich machen. Lass es so wie es ist. Lass es unser Geheimnis bleiben. Tom ist für Pit ein toller Freund. Er muss nicht auch noch der Vater sein.«

»Das kannst du Tom nicht antun«, sagte Marina. »Das kannst du nicht wirklich wollen.«

»Ich hätte überhaupt nicht hierher kommen dürfen.«

»Sag das nicht. Ich bin sogar froh, dass nun alles klar ist.« Sie lächelte unter Tränen. »Jetzt weiß ich wenigstens, dass ich nicht verrückt bin, weil ich mir über Pit und Tom so viele Gedanken gemacht habe. Ich habe es gespürt. Es hat mir einfach keine Ruhe gelassen. Gert hat schon an meinem Verstand gezweifelt. Der arme Gert. Wie soll ich ihm das nur beibringen? Er hängt doch so an Pit.«

»Sag es ihm nicht, Marina. Warte zumindest damit. Lass uns noch eine Weile darüber nachdenken. Es ist nicht nötig, jetzt gleich mit allen darüber zu reden.«

Marina dachte eine Weile stumm nach, dann hob sie die klaren graublauen Augen. »Nein, Karoline. Es wird nicht leichter, wenn ich es aufschiebe. Ich kann damit nicht leben, Tom zu belügen. Du musst es ihm sagen. Je eher, desto besser. Du hast nach seinem Sohn gesucht und ihn gefunden. Jetzt musst du es ihm sagen.«

»Nein, Marina, nicht auf deine Kosten.«

Marina fasste Karolines Hände fester. »Du musst. Ich kann es nicht tun. Ich hätte das Gefühl, als verkaufte ich mein eigenes Kind.«

»Und ich habe das Gefühl, dich und Gert zu verraten. Ich habe euch wirklich nur Unglück gebracht.«

»Beruhige dich«, sagte Marina auf einmal sehr gefasst. »Red erst einmal mit Tom. Dann sehen wir weiter. Nimm mein Fahrrad und fahr zu ihm, jetzt gleich. Es hat keinen Sinn, den Kopf in den Sand zu stecken. Er muss es wissen. Dann überlegen wir uns, wie wir es Gert sagen.«

Karoline schüttelte den Kopf, und Marina legte den Arm um sie.

23

Tom war spät aufgestanden, weil er spät ins Bett gegangen war. Nach seiner Rückkehr aus Dresden hatte er den ganzen Tag aufgeräumt und die halbe Nacht über seinen Fotos gesessen und den Ausschuss aussortiert, rigoroser als sonst. Er hatte ganze Serien weggeschmissen. Er würde Sommer für Sommer Zeit haben, sie neu zu machen, so oft, bis jedes Detail stimmte. Er hatte überhaupt nichts anderes zu tun als das.

Beim Aufräumen war ihm plötzlich der Ausdruck in die Hände gefallen, den er von Pits erstem Foto gemacht hatte. Und wieder schaffte er es nicht, ihn wegzuwerfen. Es hätte auch nichts genützt, solange er das Bild nicht von der Festplatte seines Computers löschte. Lange hatte Tom auf das Foto gestarrt, dann pinnte er es an die Wand über seinen Fototisch. In gewisser Weise war Karo nur noch Erinnerung, wenn auch eine schmerzhafte. Und normale Menschen hängten sich Erinnerungsfotos an die Wand. Schließlich hatte er dann aber nur noch auf dieses Foto gestarrt, so lange, bis ihm die Tränen kamen.

Er duschte und überlegte, was er mit dem Tag anfangen sollte. Was sollte er überhaupt noch mit seinen Tagen anfangen? Das Wetter war schön, fürchterlich schön. Aber für die Pirsch mit dem Fotoapparat war er innerlich zu unruhig, zu verzweifelt, um es genau zu sagen.

Er hatte sich gerade angezogen und stand in der Küche an der Kaffeemaschine, als Pit mit seinem Rad in rasender Eile vom Leuchtturmweg in seine Zufahrt einbog und scharf im Kies bremste, das Fahrrad hinwarf und aufs Haus zu rannte. Tom empfing ihn in der Haustür.

»Karo kommt!«, rief Pit.

Tom fühlte seinen Herzschlag aussetzen. Was wollte sie hier?

»Komm! Wir müssen zum Hafen, sie abholen.«

»Nein Pit. Geh du. Ich habe noch etwas zu tun.«

»Aber freust du dich denn nicht?«

»Doch«, sagte Tom. »Ich freue mich für dich. Geh nur. Geh, sonst kommst du noch zu spät. Ich sehe die Fähre schon. Sie legt gleich an. Du musst dich beeilen.«

»Okay.« Pit rannte zu seinem Fahrrad, nahm es hoch und sprang auf. Tom sah ihm nach und wünschte sich genau diese kindliche Begeisterung, diese schlichte Freude, die es ihm erlaubt hätte, alle Grübeleien über Bord zu werfen, zum Hafen zu eilen und Karo in die Arme zu schließen. Einfach so, glücklich wie ein Kind.

›Karo, Karo‹, dachte er, als er ins Haus zurückging. Seit er seinen unseligen Groll begraben hatte und zärtlich an sie dachte, nannte er sie Karo. Wenn es ihm aber einfiel, wie fern sie ihm war, wie unerreichbar, dann hieß sie Karoline. Pit hatte die zärtliche Variante ihres Namens von ihm übernommen. Tom wünschte sich sehnlichst, er hätte genauso begeistert rufen können wie der Kleine: ›Karo kommt!‹

Seine Hand zitterte, als er den Kaffeefilter füllte. Was sollte er tun? Was musste er tun? Was durfte er tun? Sie würden sich unweigerlich irgendwann begegnen, wenn sie auf der Insel war. Er musste eine Form finden, ihr ruhig und freundlich zu begegnen, ohne seine Gefühle zu verraten. Er konnte nicht wieder davonlaufen, so wie vorgestern in Dresden. Hier konnte er nicht einfach flüchten, nur weil er nicht wusste, wie er es hinkriegen sollte, sie zu sehen und ihr nicht zu sagen, wie sehr er sie liebte, so sehr, dass er sogar bereit war zu akzeptieren, dass sie mit diesem Ingenieur in Dresden glücklicher wurde als mit ihm.

Mit ihm konnte man wahrscheinlich überhaupt nicht glücklich werden. Er war verschlossen, eigenbrötlerisch, egoistisch, vergrub sich in die Fotografiererei, streifte tagelang einsam über die Insel. Er konnte ihr nichts bieten außer unendlicher Langeweile. Für sie würde die Insel auf Dauer zum Gefängnis werden. Was hätte sie hier anfangen sollen? Es würde nicht gut gehen. Er war nicht Egoist genug, um eine junge aufstrebende Journalistin von allen Chancen abzuschneiden. Und wenn er ihr anböte, nach Dresden zu ziehen, nur gesetzt den Fall? Er hatte nichts anderes gelernt als Fotografieren. Entweder er musste sein altes Leben wieder aufnehmen und reisen, oder er würde bei Schulze im *Dresdner Tagblatt* enden. Um mit Karo leben zu können, hätte er es getan. Er hatte seinen Erfolg schon hinter sich. Es kam nicht darauf an, dass er berufliche Erfüllung fand. Es kam nur darauf an, dass Karo glücklich war.

Tom pfiff sich zurück. Was malte er sich etwas aus, das nicht zur Debatte stand. Karos Glück hing in keinster Weise von ihm ab. Damit musste er sich abfinden, und nur damit. Da er nicht wusste, wohin mit sich selbst, landete er unweigerlich in seinem Arbeitszimmer. Vom Fenster aus konnte er Alt- und Neubessin überblicken, die beiden mit Reet und Schilf und Wald bedeckten Treibsandlandzungen, die weit in den Bodden reichten. Der Anblick hatte ihn sonst immer beruhigt. Jetzt nicht. Er stand wieder auf und ging hoch ins Labor. Für die Millimeterarbeit des Vergrößerns war er zu nervös, aber zum Aufräumen, Becken und Flaschen waschen war seine Unruhe gerade richtig. Würde sie kommen? Nein, sie würde nicht kommen. Er hatte ihr sehr deutlich gesagt, dass sie nicht willkommen war. Und der erste Schritt, den er in Dresden zu machen versucht hatte, war ihm gründlich misslungen. Was musste sie nur von ihm denken? Ein Stoffel, der eine alberne Kränkung ein Leben lang nachtrug.

Tom warf seine Arbeit angewidert hin und ging hinunter in die Küche. Was er dort wollte, war ihm nicht ganz klar, aber für einen Kaffee lohnte der Gang immer. Hauptsache, er war in Bewegung und tat etwas, um nicht nachdenken zu müssen. Er goss den bitteren Rest des Kaffees vom Morgen weg und füllte frisches Wasser in die Maschine. Dabei schaute er gewohnheitsmäßig aus dem Fenster, um einen Blick auf den Weg zu werfen, der den Leuchtturm mit Kloster verband. Etwas am äußesten Rand seines Blickfelds irritierte ihn. Er beugte sich vor, um den Teil des Vorplatzes zu überblicken, den die Wand verdeckte.

Da stand sie.

Tom verschlug es den Atem. Es war Karo, die mitten auf seinem Hof stand, etwas näher an der Scheune als am Haus. Der laue Wind zupfte an ihren Haaren. Sie hatte die Hände in den Taschen ihrer silbergrauen Jacke vergraben, über der Schulter hing eine Handtasche. Sie blickte unverwandt in Richtung seiner Haustür. Sie bewegte sich nicht. Sie wartete.

Tom schob die Kaffeekanne in die Maschine. Was tun? Mein Gott, du Narr, geh raus! Sie traut sich wahrscheinlich nicht weiter. Er könnte ja das Schrotgewehr auf sie anlegen.

Karoline zog die Schultern hoch und überlegte. Ein Herrenfahrrad lehnte an der Scheune und das Pony döste auf der Koppel. Also war Tom vermutlich zu Hause. Aber wenn er in seinem Arbeitszimmer saß, dann konnte er sie nicht sehen. Andererseits wollte sie ihm die Entscheidung überlassen, ob er ihr die Tür öffnete oder nicht. Das Weinlaub glänzte frisch und grün. Sie fröstelte. Es war deutlich kühler auf der Insel als auf dem Festland. Sie musste sich bewegen und ging langsam zum Koppelzaun, hinter dem das Pony döste, immer noch im struppigen Winterfell mit dicker Mähne. Immerhin hob es den Kopf und schnupperte an Karolines Hand. Wenigstens einer, der sie wahrnahm.

Doch dann, als sie sich umwandte, stand Tom in der Haustür.

Sie erschrak, obgleich sie nur darauf gewartet hatte, dass er sich zeigte. Er stand ganz still. Sie sah, wie angespannt seine Gesichtszüge waren, und zögerte. Da machte er einen Schritt vorwärts. Er hob die Hände leicht und sagte: »Ich habe kein Schrotgewehr.«

Karolines Herz machte einen Hüpfer. Wenn er darüber scherzen konnte! Falls er scherzte. Denn eigentlich blickte er ziemlich ernst drein.

»Hallo Tom.«

»Hallo. Pit hat mir schon erzählt, dass du hier bist.« Tom staunte selber über seinen ruhigen Ton.

»Hast du einen Moment Zeit, Tom?«, sagte sie. »Ich muss dir etwas mitteilen.«

Er trat beiseite. »Komm rein. Ich wollte mir gerade Kaffee machen, als ich dich vom Fenster aus sah.«

Na bitte, es geht doch, dachte er. Er konnte mit ihr reden, ohne dass ihm die Stimme bebte. Sie war gekommen. Und sie trug seinen Bernstein. Er fühlte sich auf einmal eigenartig ruhig. Sie stand in seiner Küche und sah ihm zu, wie er den Kaffeefilter füllte und dabei das Pulver verschüttete.

»Wie lange wirst du auf Hiddensee bleiben?«, erkundigte er sich.

»Eine Woche, vielleicht länger. Das hängt davon ab.«

Er blickte auf. »Wovon hängt das ab?«

Sie lächelte. »Vom Wetter, von den Stürmen, und davon, ob die Fähre geht.«

Er senkte eilig die Augen und stellte Kaffeebecher,

Zucker und Milch aufs Tablett. »Du wohnst bei Marina und Gert, nehme ich an.«

»Das ist richtig. Nachdem Gert mich gewissermaßen über den Wetterbericht eingeladen hat.«

Tom lächelte leicht. »Es war ziemlich viel Presse hier. Sie wollten alle wissen, wen er eingeladen hat. Aber er hat nur gegrinst und gesagt, sein Gast werde schon kommen. Der Werbeeffekt war enorm.«

Er nahm das Tablett auf.

Karoline trat von der Küchentür zurück in den Gang, um ihn durchzulassen. Mit dem Ellbogen öffnete er die nächste Tür, und sie betraten das helle kleine Esszimmer. Auf dem Tisch stapelten sich Bücher, viele von ihnen aufgeschlagen. Tom fand eine Ecke für das Tablett und begann, die Bücher zusammenzuräumen, um Platz zu schaffen.

Karoline nahm eines hoch und blätterte darin. »Acker Spergel«, las sie vor. »Scharfes Berufskraut.«

»Hiddensee ist eines der botanisch interessantesten Gebiete Deutschlands«, sagte Tom. »Wenn ich Bücher schreiben könnte, würde ich über jede Landschaftsform eines machen, über die Krautschicht des Dornbuschwaldes, zum Beispiel, oder die Trockenrasenvegetation. Es gibt eine unglaubliche Artenvielfalt. Aber ich kann nicht schreiben. Ich kann nur fotografieren.«

»Du hast angefangen, auch Pit das Fotografieren beizubringen«, bemerkte Karoline. »Er hat mir seine Bilder gezeigt.«

Tom stellte die Tassen auf den Tisch. »Pit ist sehr interessiert, und er hat einen Blick für Kleinigkeiten. Man könnte auch sagen, er ist genauso ein Pedant wie ich. Kürzlich befand er: ›Der Schatten stört. Das gibt einen Balken im Bild.‹« Tom lächelte leicht. »Man hört immer seine eigenen blöden Sätze, wenn Pit redet. Setz dich.«

»Pit ist dir ziemlich ähnlich«, sagte Karoline, während sie sich an die lange Seite des Tischs setzte.

»Er ist ein kleiner Junge, wie ich einer war. Ich erinnere mich gut an meine Kindheit. Vielleicht kann ich ihn darum ganz gut verstehen. Moment, ich hole den Kaffee.«

Er ging hinaus.

Aber der Kaffee war natürlich noch nicht vollständig durchgelaufen. Tom riss die Kanne trotzdem aus der Maschine. Dabei schwappte der Kaffee aus der Tülle und er musste erst einmal einen Lappen nehmen, um Kanne und Heizplatte abzuwischen. So ruhig, wie er geglaubt hatte, war er doch nicht. Und Karo hatte es sicherlich gemerkt. Aber sei's drum. Warum sollte er ihr irgendetwas verbergen?

Als er mit dem Kaffee zurückkam, hatte Karoline die alte zerkratzte Pentax aus ihrer Handtasche gezogen, die er schon in ihrem Büro gesehen hatte, und hielt sie in der Hand.

»Manfred hat mir erzählt«, sagte sie lächelnd, »dass du sehr begehrlich die Hand nach ihr ausgestreckt haben sollst, als er dich in meinem Büro erwischte.«

Tom stellte die Kaffeekanne ab. Ihre Finger berührten sich nicht, als sie ihm die Kamera reichte. Er wog sie in seiner Hand. Sie sah die kleine Narbe an seiner Braue und die feinen Linien der Lachfalten in seinen Augenwinkeln. Er sah erschöpft aus, aber wie jemand, der einen langen Weg zurückgelegt hatte und endlich angekommen war.

»Du hast sie von Horst, nicht wahr?«, erkundigte er sich mit seiner etwas heiseren Stimme und und blickte Karoline an.

»Ja. Er lebt mit seiner Familie in Jena.«

»Ich weiß.«

Tom legte die Pentax zu den Büchern, schenkte Karoline und sich Kaffee ein und setzte sich an die kurze Seite des Tischs über Eck zu Karoline.

»Warum …«, Tom zögerte. »Warum warst du bei ihm?«

»Es hat sich zufällig ergeben. Ich habe eine Freundin in Jena, die ihn und seine Familie kennt. Horst redet ausgesprochen gern über die Entführung. Er hat sich eine Geschichte zurecht gelegt, die … mit der er leben kann.«

»Hasst er mich noch?«

»Nicht mehr. Ich … ich habe ihm gesagt, dass du ihm verziehen hast. Daraufhin hat er …«

»Moment! Du hast ihm gesagt, dass ich …«

Karoline blickte ihn so erschrocken an, dass er jäh verstummte.

»Entschuldige«, sagte sie hastig. »Es war eine ungehörige Einmischung in deine Angelegenheiten.«

»Nein, nein, Karo. Es ist in Ordnung. Ich hätte es ihm wohl längst selbst sagen sollen. Allerdings hätte ich nicht gewusst, was ich ihm zu verzeihen hätte.«

»Dass er dich verletzt hat liegen gelassen.«

Tom senkte den Blick und lächelte kaum merklich. Karolines Engagement tat ihm wohl.

»Aber eigentlich«, sagte sie in die Stille hinein, »bin ich wegen etwas ganz anderem gekommen.«

Seine Hand spielte mit dem Kaffeebecher. »Weswegen?«

Sie spielte mit dem Löffel. »Ich war letzte Woche in Leipzig. Uns hatte eine Frau geschrieben, und zwar aufgrund dieses unseligen Artikels im *Blickpunkt*.«

»Den du nicht geschrieben hast«, sagte Tom. »Darin habe ich dir fürchterlich Unrecht getan.«

Sie blickte ihn überrascht an. »Aber die Informationen stammten von mir.«

»Aber du hast Manfred verboten, über mich zu schreiben«, sagte Tom. »So hat er es mir jedenfalls erzählt. Du hast dein Versprechen nicht gebrochen. Und selbst wenn, ich habe überreagiert.«

»Es tut mir Leid, dass das passiert ist«, sagte Karoline.

Er schüttelte sachte den Kopf. »Es ist nicht wichtig. Die Insulaner hatten viel Spaß mit meinem Schrotgewehr. Mehr ist nicht passiert. Weswegen warst du nun also in Leipzig?«

Karoline räusperte sich. »Ja, also, diese Frau hatte uns geschrieben, dass deine Frau Simone in ihrem Haus eine Dachgeschosswohnung gemietet hatte.«

Tom fasste mit der zweiten Hand nach seinem Kaffeebecher. Es war das einzige Anzeichen von Erregung, das er zeigte.

»Sie hielt sich monatelang zu Spezialbehandlungen in Leipzig auf.«

»Simone war krank«, sagte Tom. »Das habe ich inzwischen auch erfahren. Ich war ...«, er räusperte sich, » ... ich war in Dresden, um mit den Bergers zu sprechen.«

»Manfred hat mir davon berichtet«, sagte Karoline und hob die Augen. »Du hättest sie um Verzeihung gebeten. Wenn ich auch nicht wüsste, was die dir zu verzeihen hätten.«

Tom lächelte und spielte mit seiner Kaffeetasse.

»Jedenfalls hat mir Manfred auch berichtet, dass du die Bergers gefragt hast, ob Simone ein Kind geboren hat.«

»Sie haben es verneint«, sagte er rasch. »Simone war so krank, dass sie keine Kinder bekommen konnte. Aber vielen Dank, Karo, dass du extra gekommen bist, um mir mitzuteilen, dass ich nicht an Simones Tod Schuld bin. Ich muss allerdings sagen, dass ich noch nicht recht weiß, was ich darüber denken soll.« Er lächelte plötzlich. »Du hast dir sehr viel Mühe gemacht, Karo. Vielen Dank. Ich weiß das durchaus zu schätzen.«

»Es ist noch nicht alles«, erwiderte Karoline zögernd.

Tom zog die Brauen zusammen. Seine Finger spielten nervös mit dem Griff am Kaffeebecher. Er merkte es und legte die Hand flach auf den Tisch.

»Simone war in einem Forschungprojekt«, fuhr sie fort. »Es gibt eine ausführliche Dokumentation ihres

Falles. Tom, die Bergers haben dich erneut belogen. Simone war tatsächlich schwanger.«

Toms Brauen zuckten.

»Sie hat das Kind geboren. Und es lebt.«

»Es lebt?«

»Es ist ein Junge. Simone hat ihn zur Adoption freigegeben.«

Tom senkte den Kopf und umklammerte die Tasse mit beiden Händen. Erst nach eine Weile blickte er wieder auf. »Vielen Dank, Karo. Das ist eine wunderschöne Nachricht. Ich weiß nicht, wie ich dir dafür danken soll.«

»Langsam, Tom. Ich habe noch ein wenig weitergeforscht. Jugendämter, Gerichtsakten ...«

Tom zuckte zusammen. »Gerichtsakten?«

»Ja, leider. Dein Sohn kam nach dem Tod von Simone zunächst in eine Pflegefamilie, bis sich ein geeignetes Paar gefunden hatte, das ihn adoptieren sollte. Diese Pflegeeltern ...«

»Nein«, sagte Tom. »Bitte nicht.«

»Doch leider. Sie wurden verurteilt und kamen ins Gefängnis. Dein Sohn war damals zwei Jahre alt. Man hat sich daraufhin ziemlich beeilt, Adoptiveltern für ihn zu finden.«

»Warum war ich nur nicht da, um mich um ihn zu kümmern?«, brach es aus ihm hervor.

»Du galtest als tot. Von deinem Wiederauftauchen gab es nur eine winzige Pressenotiz, die den Leuten vom Jugendamt in Leipzig entgangen ist. Das Auswärtige Amt wusste ja nicht, dass du ein Kind hast. Also hat es dem Jugendamt keine Nachricht von deiner Wiederkehr geschickt.«

»Also hätte ich mich selbst beim Jugendamt melden müssen.«

»Tom! Woher hättest du wissen sollen, dass du dich beim Jugendamt in Leipzig melden musstest? Du hättest dein Kind in Dresden gesucht.«

Tom atmete tief durch und versuchte sich zu sammeln. »Der Junge wurde also adoptiert, als er zwei war?«

»Ja.«

»Das heißt ...«, Tom musste sich räuspern, »ich werde nicht erfahren, wo er lebt. Ich kann nur hoffen, dass er beim Jugendamt nach seinen leiblichen Eltern fragt, wenn er achtzehn ist.«

Karoline blickte ihn forschend an.

»Vielleicht besser so«, sagte er. »Ich war nicht da, als er mich brauchte. Welches Recht hätte ich jetzt noch, mich als Vater in seine neue Familie zu drängen? Das würde ihm vermutlich nicht gut tun.« Tom ächzte. »O Gott, Karo, es ist hart, nicht zu wissen, ob er gute Eltern hat. Das wüsste ich gern. Wenigstens das.«

»Er hat gute Eltern. Die besten, die es gibt«, sagte Karoline langsam.

»Du weißt, wer ...?« Tom schluckte.

»Sie lieben ihn wie ihren eigenen Sohn.«

»Dann ... dann solltest du mir vielleicht besser nicht sagen, wer sie sind. Ich fürchte, ich könnte in Versuchung geraten, meinen Jungen wenigstens ab und zu mal sehen zu wollen, wenn ich schon nicht mit ihm leben kann.«

Karoline schlug das Herz bis zum Hals.

»Aber ich würde bei diesen Leuten nur Angst und Schrecken auslösen, egal, ob ich mich als Fremder ihrem Kind nähere, oder ob ich ihnen sage, dass ich der Vater bin. Es wäre für sie und meinen Sohn eine ungute Situation.«

»Tom, du kannst ihn sehen.«

»Ich kann ...?« Seine Augen füllten sich mit solch ungläubiger Freude, dass Karoline an sich halten musste, ihn nicht einfach an sich zu ziehen.

»Sie erlauben mir, dass ich ihn ab und zu besuche?«

»Du kannst ihn sogar täglich sehen, wenn du willst. Es ... es ist Pit.«

»Wie?«

»Pit ist dein Sohn, Tom.«

Karoline fühlte förmlich, wie Tom innerlich taumelte. Seine Hand rutschte vom Kaffeebecher und zuckte nach ihrer. Er spürte die Berührung ihrer Finger, fuhr zusammen und stand hastig auf, um ans Fenster zu gehen. So viel Licht da draußen. Der Frühling war da. Aber er sah es kaum.

»Ich … ich habe einen Sohn. Wirklich und wahrhaftig. Und nicht irgendeinen, den ich nicht kenne und der vor mir erschrickt, wenn er mich zum ersten Mal sieht. Es ist Pit. Pit ist mein Sohn. O Karo!«

Er wandte sich zu ihr um.

»Karo, du … du schenkst mir einen Sohn! Du hast ihn mir gerettet, als Lizzy durchging, und ihn mir in meine Haus gebracht. Du hast ihn zu meinem Freund gemacht. Du hast nach meinem Kind gesucht, und nun schenkst du mir Pit. Das … das werde ich dir nie vergessen, solange ich lebe. Wie … wie kann ich dir nur dafür danken?«

Karoline schüttelte den Kopf. »Vielleicht darf ich dich daran erinnern, dass du mir in der Sturmnacht kurz mal das Leben gerettet hast. Ich denke wir sind quitt. Nicht?«

Er stand vor dem Fenster und wankte.

»Allerdings …«, begann sie zögernd.

»Ja?«

»Marina und Gert …«

»Denen werden wir es nicht sagen«, sagte Tom schnell. »Auf keinen Fall dürfen wir es ihnen sagen. Sie dürfen es nicht erfahren. Pit ist ihr Sohn. Das kann ich ihnen nicht antun. Das ist doch klar. Sie wären in ihrer unendlichen Großherzigkeit noch im Stande und brächten ein Opfer, das ich auf keinen Fall annehmen könnte. Erst wenn Pit eine teure Ausbildung braucht, oder wenn Marina und Gert irgendeine andere Hilfe brauchen und sie nicht annehmen, ohne mir Fragen zu stellen, erst dann dürfte oder müsste man es ihnen sagen. Aber dann wäre Pit auch schon älter.«

»Und wenn Pit dir dann Vorwürfe machen würde?«

»Dann werde ich es ertragen müssen. Schließlich habe ich mich nicht genügend angestrengt, herauszubekommen, ob er noch lebt, als ich aus Kaschmir kam. Ich hätte nicht so schnell aufgeben dürfen. Marina und Gert haben Pit in der schwersten Zeit als traumatisierten Jungen bei sich aufgenommen. Du hast selbst mitbekommen, wie Marina gelitten hat. Ich wäre ein Barbar, wenn ich meinen Jungen jetzt für mich reklamieren würde. Du darfst es ihr nicht sagen.«

»Marina weiß es bereits.«

»Wie?«

»Sie hat es geahnt. Ihr ist seit längerem aufgefallen, wie ähnlich ihr euch seid, Pit und du. Wenn man sich Fotos anschaut, ist eure Ähnlichkeit sogar frappierend. Marina hat mir solange zugesetzt, bis ich ihr ihre Vermutung bestätigt habe.«

»Arme Marina!« Tom fuhr sich durch die Haare.

Karoline wäre gerne aufgestanden und zu ihm gegangen, um ihn in die Arme zu nehmen und festzuhalten, so verwirrt sah er aus, so unsicher, was er mit seinem unverhofften Glück anfangen sollte, wenn es seiner Freunde Unglück sein musste. Aber sie tat es nicht, denn er war eben schon ihrer Berührung ausgewichen.

»Eigentlich«, sagte Karoline, entschlossen, reinen Tisch zu machen, »eigentlich wollte ich niemandem sagen, was ich herausbekommen habe, weder Marina und Gert noch dir.«

Tom nickte. »Ich verstehe.«

»Ich habe jedoch keine Nacht mehr richtig geschlafen, seitdem ich es weiß.«

»Ja«, sagte er leise und ein wenig bitter, »wer mit mir

zu tun hat, hat mit mehr Schatten als Licht zu tun. Mein Glück bedeutet anscheinend immer das Unglück anderer. Es war sicherlich nicht leicht für dich, das eine gegen das andere abzuwägen. Du wusstest nicht, ob du mir trauen kannst und was ich tun würde, wenn du mir die Gelegenheit gibst, mich als Vater zu fühlen und Marina und Gert unglücklich zu machen, so wie ich bislang alle, die ich liebte, unglücklich gemacht habe.«

»Nein«, sagte Karoline leicht verärgert. »Ich habe keinen Moment angenommen, dass du verantwortungslos mit der Information umgehst, dass Pit dein Sohn ist. Warum sollte ich so schlecht von dir denken? Vielmehr habe ich dir diesen Konflikt ersparen wollen. Ich weiß, wie sehr du an Pit hängst, und wie glücklich ich es dich macht, zu wissen, dass er dein Sohn ist. Aber du magst Marina eben auch viel zu gern, um ihr Familienglück zu trüben. Ich fürchte nur, ich bin eben letztlich nicht dazu berufen, deine Konflikte zu lösen. Ich vergrößere sie eher.«

Tom schwieg betroffen.

Karoline erhob sich. »Wie dem auch sei. Ich habe die Papiere mitgebracht, mit denen sich Pits Schicksal zurückverfolgen lässt und ein Vaterschaftsbeweis erbracht werden kann. Wenn du sie haben willst, kannst du sie bei Marina abholen. Ich werde die Insel morgen wieder verlassen.«

»Ich brauche diese Papiere nicht«, sagte Tom hastig. »Gert und Marina werden ihren Sohn nicht verlieren. Allerdings weiß ich noch nicht, wie ich dazu beitragen kann, dass sie nicht das Gefühl haben, ich würde mich aus der Verantwortung stehlen und nur den guten Onkel spielen wollen. Wenn Marina und Gert damit Probleme haben, dann werde ich mich von der Insel zurückziehen. Pit darf auf keinen Fall das Gefühl haben, zwischen zwei Fronten zu stehen. Das wird nicht passieren.«

Karoline lächelte über seinen Eifer, ihr zu versichern,

dass er nicht der Egoist war, für den sie ihn seiner Meinung nach offenbar hielt, und griff nach der Türklinke.

»Dann wünsche ich euch viel Klugheit und Glück. Ich fürchte, ihr werdet es brauchen.«

Tom stand immer noch am Fenster, sichtlich ratlos.

Ihre Seele krampfte sich zusammen. »Leb wohl, Tom.« Schnell wandte sie den Blick ab und öffnete die Tür.

»Karo!«

Sie drehte sich um.

»Karo! Du hast ... du hast so viel für mich getan. Ich weiß gar nicht, was ich darüber denken soll.«

Sie stutzte. »Es tut mir Leid, wenn dir das aufdringlich erscheinen sollte.«

»Aber nein, Karo. Finde ich denn für dich nie die richtigen Worte? Ich fürchte, ich habe nicht die Gabe, mich verständlich zu machen. Auf dich muss ich ja einen geradezu widerwärtigen und unberechenbaren Eindruck gemacht haben, so wie ich mich aufgeführt habe.«

Karoline lächelte fein. »Unberechenbar würde ich nicht sagen. Es war eigentlich von Anbeginn klar, dass du nichts mit mir zu tun haben wolltest. Das hast du mir sehr deutlich zu verstehen gegeben. Ich habe nur einfach ständig dein Bedürfnis missachtet, in Ruhe gelassen zu werden. Einen Augenblick lang habe ich allerdings gedacht, damals bei unserem Ausflug auf den Gellen ... aber, na ja, das habe ich wohl missverstanden. Im Grunde wolltest du immer nur in Frieden gelassen werden.«

»Nein, ganz und gar nicht. Das stimmt nicht. Ich war am Sonntag in Dresden nicht wegen der Bergers oder irgendetwas anderem. Ich wollte mit dir ... ich habe ein halbes Dutzend Mal an deiner Wohnung geklingelt. Aber du warst nicht da. Du warst, wie ich jetzt weiß, in Leipzig, um für mich nach meinem Sohn zu suchen. Schließlich bin ich am Montag zum *Dresdner Tagblatt* gegangen, um dir eine Nachricht zu hinterlassen. Dort habe ich dann gesehen, dass du meine Pentax hast.«

»Und du dachtest, dass ich recherchiere, um am Ende doch noch eine Geschichte über dich zu schreiben?«

»Nein, gar nicht. Ich habe nur einen Moment lang befürchtet, dass dich das Bild überzeugt haben könnte, das Horst von mir zeichnet. Er hat mich immer für ein mieses Schwein gehalten. Und so, wie ich mich dir gegenüber benommen habe, musstest du das auch so sehen. Ich schäme mich unendlich für die Szene, die ich dir in der Sturmnacht gemacht habe. Ich bin nach Dresden gekommen, um ... um dir das zu sagen. Schulze hat mich dann in deinem Büro aufgestöbert. Er hat mir gesagt, dass du in der Frauenkirche bist. Und dann ... Ich war wie vor den Kopf gestoßen. Ich dachte ...«

»Ja?« Karoline ließ die Tür los machte einen Schritt ins Zimmer zurück.

»Dieser Typ, der da bei dir war ...«

»Das war Klaus, mein Ex-Freund. Exer geht kaum. Du hast doch nicht etwa gedacht, ich sei wieder mit ihm zusammen? Mein Gott! Deswegen bist du so plötzlich abgehauen. Du meine Güte, Tom!«

»Es tut mir Leid«, stammelte er. »Ich habe alles verkehrt gemacht. Ich bin ein fürchterlicher Idiot.«

»Ach«, sagte sie, »wenn das dein einziges Problem ist.«

Es klang kühl, wie sie es sagte, aber der untergründig warme Ton erregte ihn maßlos, und das kleine Schwanken in ihrer Stimme ließ ihn innerlich erzittern. Er spürte, wie sich ihre Hand vertrauensvoll in seine schmiegte und schloss seine Finger um sie.

»Karo! Ist das wahr? Verstehe ich dich richtig? Kann ich mich dir denn überhaupt zumuten?«

Sie lächelte.

Er hob die Hand und strich ihr vorsichtig eine Strähne aus der Stirn.

»Vielleicht«, sagte sie lächelnd, »sollten wir uns küssen.«

Da hielt ihn nichts mehr. Er schloss sie in seine kräftigen Arme.

24

Später, wenn sie sich den stürmischen Beginn ihrer Beziehung vergegenwärtigten, lachten sie über ihre eigene Kopflosigkeit. Es war von Anfang an so klar gewesen, und sie hatten es sich so schwer gemacht.

Manchmal, wenn er mit einem Glas Orangensaft in ihr Zimmer unter dem Dach hinaufstieg, dann lief ihm ein glückseliger Schauer den Rücken hinunter. Still stellte er das Glas neben ihren Laptop auf den Tisch am Fenster, von dem aus sie den Dornbusch mit dem Leuchtturm überblicken konnte, und küsste sie auf den Hals oder die Wange oder auch ihre Lippen, wenn sie sich ihm lächelnd zuwandte.

Als sie sich aus dem langen Kuss lösten, mit dem sie an jenem Frühlingstag ihre Missverständnisse beseitigten, waren noch längst nicht alle Probleme aus dem Weg geräumt.

Sie waren zunächst zu erregt, zu beglückt und zu begierig, einander die körperlichen Freuden zu bereiten, nach denen sie sich beide so gesehnt hatten, um an die Zukunft zu denken.

Dann erinnerte sich Karoline, dass Marina mit dem Mittagessen nicht nur auf Pit, sondern auch auf sie wartete. Als Tom und Karoline erschienen, sah Marina sofort, was sich ereignet hatte, auch wenn die beiden noch etwas bestürzt über ihr Glück zu sein schienen.

Am Abend lernte Karoline dann endlich Gert von Angesicht zu Angesicht kennen.

Doch es wurde, als Pit zu Bett gegangen war, ein Abend der gemischten Gefühle. Tom und Karoline bemühten sich einfühlsam, Marina und Gert die Angst zu nehmen, sie könnten Pit verlieren. Tom versprach, sich nicht in ihre Erziehung einzumischen. Gert wollte davon nichts hören und bot Tom an, gewisse Rechte schriftlich festzulegen. Es dauerte die halbe Nacht, bis alle vier ihre Ängste und Wünsche ausgesprochen hatten und übereingekommen waren, zunächst einmal alles so zu belassen, wie es war. Pit besuchte Tom ohnehin regelmäßig und Marina hatte längst akzeptiert, dass der Junge zu Menschen außerhalb seines Elternhauses intensive Beziehungen aufbaute. Sie und Gert würden bald ein leibliches Kind haben, und vielleicht sogar noch weitere. Und obgleich das ihre Liebe zu Pit nicht schmälerte, so machte es den Gedanken leichter, dass Pit eines Tages erfahren musste, wer sein wirklicher Vater war. Alle zusammen konnten nur hoffen, dass er dann verstehen würde, warum sie das Arrangement getroffen hatten, seine rechtliche Zugehörigkeit zu Marina und Gert nicht zu ändern und Tom als eine Art Patenonkel in ihre Familie aufzunehmen.

Die nächsten Tage widmeten sich Tom und Karoline dem Abenteuer, einander immer besser kennen zu lernen. Sie machten Ausflüge mit Pit, gingen zusammen essen, redeten viel, erzählten sich ihr Leben und verbrachten manchen Abend mit Marina und Gert. Tom erfuhr zum ersten Mal in seinem Leben, wie berauschend leicht es war, einem Menschen zu vertrauen, dessen ehrliches Interesse es war, ihn glücklich zu sehen.

Nach der ersten Woche fragte Marina Karoline, warum sie eigentlich nicht den Rest der Ferien zu Tom zog. »Das Haus ist doch groß genug für euch beide.«

»Aber …«

»Kein Aber, Karo. Muss ich dich erst vor die Tür setzen, damit du merkst, dass ich es dir nicht übel nehme, wenn du zu Tom ziehst?«

Sie umarmten sich lachend.

Toms Haus war in der Tat groß genug für sie beide. Karoline hätte sich in zwei eigenen Zimmern einrichten können. Aber sie vermieden es, darüber zu sprechen, wie es weitergehen würde, er aus Rücksicht auf ihre möglichen beruflichen Pläne, die er keinesfalls behindern wollte, und sie, weil sie sich nicht sicher war, ob er wirklich eine Frau in seinem Haus haben wollte.

Doch das Ende des zweiwöchigen Urlaubs, den Manfred Karoline zugestanden hatte, näherte sich unaufhaltsam. Dann musste sie nach Dresden zurück.

Tom spürte in seiner unendlichen Feinfühligkeit, dass er nicht damit rechnen konnte, dass Karoline Forderungen an ihn stellte. Egal, wie er sich die Beziehung vorstellte, sie schien alles akzeptieren zu wollen. Es berührte Tom tief, dass sie sich ihm so überließ. Beglückt übernahm er die Verantwortung, die sie ihm damit gab.

Auf einem Spaziergang mit Pit auf dem Geröllstrand unterhalb der Steilküste des Dornbuschs, fasste er sich dann endlich ein Herz.

»Ich überlege, wieder nach Dresden zu ziehen.«

Karoline wandte sich ihm betroffen zu. »Du willst dein Haus hier aufgeben?«

»Das nun nicht. Wir könnten unsere Ferien hier verbringen.«

»Und Pit?«

»Als geschiedener Vater hätte ich ihn auch nur die Hälfte der Ferien sehen können und jedes zweite Wochenende.«

»Das Opfer ist zu groß«, widersprach sie.

»Das ist kein Opfer, Karo.«

»Aber was würdest du denn machen wollen in Dresden?«

»Das wird sich zeigen. Ich habe genug Geld, um nicht arbeiten zu müssen. Aber wahrscheinlich würde ich mir etwas suchen. Zum Beispiel hat mir dein Chef, Manfred Schulze, einen Job angeboten.«

Karoline lachte. »Das hieße Pressekonferenzen und Politiker fotografieren. Nein, Tom. Das würde dich nicht glücklich machen.«

»Ich kann nirgendwo glücklich sein, wo du nicht bist. Es sei denn, ich wäre dir in Dresden lästig.«

»Nein, selbstverständlich nicht. Aber …«

Er küsste ihr das Aber von den Lippen. Sie gingen eine Weile Hand in Hand, während Pit in den Steinen nach Muscheln suchte.

»Du warst doch nie ein Stadtmensch«, fing Karoline mit der ihr eigenen Beharrlichkeit wieder an. »Eigentlich bist du doch ständig woanders gewesen als in Dresden, immer auf Reisen in entlegenen Gebieten, fern der Städte.«

»Das ist vorbei. Ich habe wirklich genug erlebt, so viel, dass es für drei Leben reicht.«

In diesem Moment kam Pit zu ihnen gelaufen und hängte sich an die andere Hand Toms.

»Du solltest Bücher schreiben«, sagte Karoline. »Über deine Reisen. Über Hiddensee. Mit deinen Fotos.«

»Ich kann nicht schreiben. Glaub mir, ich habe es versucht. In meinem Kopf sind Dutzende von Büchern fertig konzipiert, aber wenn ich mich hinsetze, um sie zu schreiben, dann weiß ich nicht, wie ich es formulieren soll. Dann kommt mir auf einmal alles steif und hölzern vor, was ich hinschreibe. Ich kann das nicht. Das Einzige, was ich kann, ist, Fotos machen.«

»Aber ich kann schreiben«, sagte Karoline. »Ich könnte deine Reisen erzählen. Ich könnte die Texte zu deinen Bildbänden über Hiddensee schreiben.«

»Da hättest du aber auf Jahre zu tun«, sagte Tom.

»Na und?«

Tom schwieg. Er wagte kaum, den Gedanken zu Ende zu denken, was das bedeutete. Aber vielleicht verstand er sie auch falsch. Schließlich musste sie nicht in seinem Haus leben, um für ihn zu schreiben.

»Wenn ich es mir recht überlege«, sagte Karoline langsam, »dann bin ich nicht Journalistin geworden, um über Katastrophen und menschliches Elend zu berichten, sondern weil mich interessiert, was Menschen so treiben, was sie denken, hoffen und wünschen, und was sie tun, um ihren Platz in der Welt zu finden.«

Tom fasste ihre Hand fester. »Mir hast du einen sehr schönen Platz gegeben, Karo. Weißt du eigentlich, dass ich, als ich dich das erste Mal sah, den Kopf verloren habe? Ich ahnte, dass du die Frau bist, die mich von dieser Insel in die Welt zurückholen würde. Und davor hatte ich Angst.«

»Tom, das wollte ich nie.«

»Ich weiß. Aber ich will es. Ich kann wieder daran denken, meine Fotos zu veröffentlichen. Es ist wie eine Befreiung.«

»Aber mich verdammst du dazu, weiterhin für das *Dresdner Tagblatt* über Baustellen, Skandale und Unfälle zu schreiben?«

»Aber wieso denn? Ganz und gar nicht. Du könntest doch zum *Blickpunkt* gehen. Mit deinen Fähigkeiten stehen dir alle Möglichkeiten offen. Vielleicht könnte ich bei den alten Kollegen ein gutes Wort für dich einlegen, obgleich ich bezweifle, dass du das bräuchtest.«

Karoline blieb stehen. »Tom! Bist du so begriffsstutzig oder tust dur nur so?«

Er wandte sich ihr erschrocken zu.

»Oder steckt da etwas anderes dahinter? Sag mir einfach, wenn du mich hier nicht haben willst. Ich verstehe das schon richtig. Schließlich warst du immer ein Einzelgänger.«

»Um Himmels willen, Karo! Nein! Ich und alles was ich bin und besitze gehört dir. Aber ich kann dir doch nicht zumuten, hier zu leben, fern von allem, was dich als Journalistin interessiert. Der *Inselbote* wäre nicht das geeignete Betätigungsfeld für dich. Darum …«

Karoline legte ihm die Finger auf die Lippen. »Du bist hier. Du und deine Fotos und ein halbes Dutzend Bücher, die wir gemeinsam machen werden. Wo sollte ich denn im Moment anders hinwollen in der Welt?«

»O Karo!« Tom zog sie in seine Arme.

Der Wind zupfte am trockenen Seegras zwischen den Kieseln und spielte mit dem heranschwappenden Meer. Seeschwalben flatterten an der Sandwand unter dem Leuchtturm auf der Suche nach Nisthöhlen und ließen sich vom Wind in den blauen Himmel tragen.

Pit sprang fröhlich am Wasser entlang und rief den Möwen und den Wellen zu: »Karo bleibt! Karo bleibt hier!«